KB118707

파피루스의 비밀

나남
nanam

나남창작선 174

파피루스의 비밀

2022년 1월 5일 발행
2022년 1월 5일 1쇄

지은이 高承徹
발행자 趙相浩
발행처 (주) 나남
주소 10881 경기도 파주시 회동길 193
전화 (031) 955-4601(代)
FAX (031) 955-4555
등록 제 1-71호(1979.5.12)
홈페이지 http://www.nanam.net
전자우편 post@nanam.net

ISBN 978-89-300-0674-3
ISBN 978-89-300-0572-2 (세트)

책값은 뒤표지에 있습니다.

나남창작선 174

고승철 장편소설

파피루스의 비밀

나남
nanam

인간은 신(神)의 손 안에 있다

그러나 인간은 그 사실을 까맣게 모른다

(이집트 격언)

작가의 말

세계를 흔들겠다는 담대한 기상으로

1822년, 1922년, 2022년 … .

백 년 주기로 어떤 일이 일어날까?

나폴레옹(1769~1821)은 1798년 5만 명 프랑스 군대를 이끌고 이집트를 침공했다. 프랑스 군대는 1799년 이집트 북부 로제타 마을에서 고대 이집트 상형문자가 그득 새겨진 비석을 발견했다. 1822년 천재 언어학자 샹폴리옹(1790~1832)이 '로제타 석石'을 해독하는 데 성공했다. 해, 달, 오리 등 사물의 모양을 본떠 만든 글자가 표의表意문자일 뿐 아니라 음가音價를 지닌 표음表音문자이기도 하다는 사실을 밝힌 것이다. 이집톨로지Egyptology, 이집트학가 탄생하는 순간이었다.

백 년 이후인 1922년엔 영국인 고고학자 하워드 카터(1874~

1939)가 '소년 파라오' 투탕카멘의 왕묘를 발견했다. 여기서 황금 마스크를 비롯한 귀중한 부장품들이 다수 발굴되었다. 이집트 고고학 역사상 가장 중요한 발굴이었다.

2022년엔? 호사가들은 이번에도 무언가 획기적인 사건이 벌어질 것이라는 기대감에 부풀어 있다.

필자는 1990년, 2010년, 두 차례에 걸쳐 이집트를 여행했다(별첨한 필자의 기행문 참조).

첫 방문에서는 카이로 부근의 피라미드 일부만 보았다. 두 번째 방문은 인문학 공부모임의 도반道伴들과 함께했다. 2인 1실 호텔 투숙에서 나는 운이 좋게도 이집트학 전문가 유성환 박사와 룸메이트가 되었다. 이집트 전역의 유적지를 탐방하는 동안 낮에는 유 박사의 공식 해설을 들었고, 밤에는 호텔 방에서 개인 '족집게 과외'를 받았다.

나는 오랫동안 이집트 문명에 대해 가졌던 관심과 답사에서 받은 현장감을 접목하여 장편소설 초고를 완성했다. 그러나 출판을 오래 미루어 왔다. 스케일이 워낙 방대한 내용이어서 나 자신이 미처 소화하지 못했기 때문이다. 또 한국과 이집트 사이의 거리감이 너무 커 한국 독자들에게 이 소설이 주목받기 어렵다는 걱정이 있었다.

2014년 2월 16일 한국 성지순례단에 폭탄 테러를 가하려는 자폭 테러범을 이집트 현지 여행사 제진수 사장이 온몸으로 덮쳐 살신성인殺身成仁하는 사건이 벌어졌다. 2010년 내가 이집트를 여행할 때 성심성의껏 안내하던 바로 그분이었다. 이집트가 마냥 먼 나라가 아님을 실감했다.

나중에 알고 보니 언론계 선배인 강상헌姜尙憲 문명비평가도 카이로박물관에서 연구원으로 잠시 활동했다. 〈동아일보〉에서는 카이로에 특파원을 보내는데 내가 아끼는 후배 언론인 이세형, 임현석 기자가 파견되어 근무하다 돌아왔다. 독서 모임의 회원인 사찰寺刹건축 전문가 조인숙趙仁淑 박사도 이집트 고건축에 대한 관심이 컸다. 언론인 이계성 벗님의 따님도 미국 시카고대학에서 이집톨로지를 전공한단다. 이런저런 인연으로 이집트에 대한 나의 관심의 불씨는 꺼지지 않았다.

이 글의 도입부에 나오는 튀니지의 제르바섬에도 1주일간 머문 적이 있다. 그때 사막 한가운데 돌올突兀한 돌산의 동굴에서 살아가는 혈거穴居 주민을 보고 깊은 인상을 받았다.

유성환 박사가 귀국하여 서울대 아시아언어문명학부의 강의교수로 활동하기에 간간이 안부를 묻곤 했다. 그러다 유 교수가 2021년 6월 초 〈국제신문〉에 쓴 칼럼을 보니 이집트 연구가들은 2022년에 뭔가 획기적인 일이 일어나지나 않을까 기대한다는 것이다. 나도 관심이 다시 솟구쳤다. 오래 전의 초고를 꺼내 찬찬히 읽고 다듬었다.

집필 과정에서 소설창작이라는 어렵고 외로운 길을 걸어가는 데 나에게 힘을 주신 선배 몇 분의 얼굴이 떠올랐다. 먼저 지혜로운 문학평론가 이광훈李光勳, 1941~2011 선배의 '안동 하회탈' 같은 파안대소 얼굴…. 한때 같은 일터 〈경향신문〉에 몸담았기에 상하관계가 뚜렷하고 나이도 띠동갑보다 더 차이나지만 세월이 흐르자 이 선배는 나에게 "편한 친구처럼 지내자"고 했다. 이따금 점심을 함께 먹으며 문학을 화제로 즐겁게 담소를 나누곤 했다.

이광훈 선배는 월간 〈세대〉의 편집장 시절에 필명을 떨치던 언론인 이병주李炳注, 1921~1991 선생을 소설가로 데뷔시킨 일화를 구수한 말투로 들려주었다.

"1965년 어느 날, 잡지 마감일 무렵에 〈알렉산드리아〉라는 제목의 원고가 불쑥 들어왔어요. 필화筆禍사건으로 수감되기도 한 논객이 쓴 글이라 처음엔 시평時評 에세이인 줄 알았소. 다 읽고 나니 소설인 거라. 고민하다 아예 제목에 '소설'을 삽입했소. '소설' 다음엔 점(·) 하나를 찍고…. 이미 편집된 다른 글들을 많이 들어내고 이 작품을 몽땅 실었소. 이렇게 탄생한 작품이 중편 〈소설·알렉산드리아〉요. 이 문제작은 발표되자마자 대단한 센세이션을 불러일으켰소."

나는 이번 작품을 집필하기 전에 출정 의식儀式 비슷하게 〈소설 · 알렉산드리아〉를 다시 읽었다. 국가보안법을 위반해 영어囹圄의 몸이 된 어느 신문사 논설위원이 지식과 자유사상의 원천인 알렉산드리아를 동경하는 내용이다. 주인공은 답답한 교도소 안에서 자신을 황제라고 자기최면을 걸면서 알렉산드리아를 상상한다. 본인이 갈 수 없어 대신에 피리 연주자인 동생을 알렉산드리아로 보낸다는 줄거리다.

평생 수도승 자세로 문학을 연구한 김윤식金允植, 1936~2018 교수의 진지한 표정도 내 눈앞에서 어른거린다. 이병주 문학 학술행사장 등에서 간간이 만난 거목巨木 평론가 김 교수는 관목灌木 소설가인 나를 무시하거나 '잡상인' 취급을 하지 않았다. 어느 날 김 교수는 나에게 화두話頭가 될 만한 말씀을 던졌다.

"고 선생! 작가에겐 남이 알아주지 않아도 낙심하지 않고 꾸준히 쓰는 인내심이 필요하오. 그리고 고 선생은 언론인 출신이니 나림 이병주 선생처럼 스케일 큰 작품을 쓰시오. 세계와 역사를 흔들겠다는 담대한 기상으로… ."

또 한 분의 선배는 필자가 오래 사숙私淑한 이탈리아 소설가 움베르트 에코(1932~2016) 교수이다. 그는 기호학, 언어학, 중세학中世學, 철학, 미학 등 여러 학문을 섭렵하고 이를 소설이라는 창窓으로 대중에게 소개했다. 그의 초기 작품인 《장미의 이름》을 읽고 느낀 신선한 충격과 나 자신에 대한 열패감劣敗感은 세월이 흘러도 잊어지지 않는다. 필자가 지닌 문제의식의 원천源泉이 《장미의 이름》이기에 에코 교수의 영전靈前에 이 졸작을 바치고 싶은 심경이다.

집필하면서 내내 나의 머릿속에는 '인터넷을 쓰고 우주여행을 하는 현대인도 감성 기제機制에서는 동굴 벽에 소떼 그림을 그리고 주술呪術에 의존한 크로마뇽인과 별로 차이가 없다'는 명제가 맴돌았다.

이 소설은 착상에서 탈고까지 이래저래 30여 년이 걸린 작품이다. 까마득한 5천 년 전 이집트 신화에서 오늘날 우리가 삶의 의미를 찾는다면 다행이겠다.

이 작품이 '구도求道 소설'로 읽히기를 소망한다. 삶이 괴롭고, 죽음이 두려운 독자에게 작은 위안이 되기를 바란다.

2022년 1월 원단元旦

마스크 벗을 날을 고대하며

고승철 장편소설

파피루스의 비밀

차례

프롤로그

내 초등학교 동기생 가운데 임호택林浩澤이란 천재 소년이 있었다. 어린 나이에 불어, 영어를 줄줄 말했고, 수학 문제를 풀 때엔 기존 공식을 따르지 않고 자기가 개발한 방식대로 술술 풀었다. 천왕성, 명왕성에 대해서도 훤했다. 오페라 아리아 같은 어려운 노래도 한두 번 듣고 따라 부를 만큼 음감이 탁월했다. 가히 만물박사였다. 친구들이 '임 천재'라 부르면 그는 "천재는 무슨 천재… 호기심이 많아 그저 열심히 파고드는 노력파일 뿐…"이라며 손사래를 쳤다.

언젠가 그 친구 집에 놀러갔더니 서재에 책이 산더미처럼 쌓여 있었다. 굵은 사과를 예쁘게 깎아 하얀 도자기 접시에 담아온 친구 어머니를 보니 고상한 기품이 느껴져 야코가 죽었다. 지리산 언저리 골짜기에서 상경해 서울 방산시장에서 리어카 냉차 장사를 하는 꽃무늬 몸뻬 차림의 울 엄마와 너무도 대조적이었다. 친구 어머니는 세련된 서울 말씨를 쓰는데 울 엄마는 거름 냄새 풀풀 풍기는 '겡상도' 사투리를 썼다. 나는 임호택이 나와는 '클라스'가 다른 아이임을 알고 친하게 사귈 엄두를 내지 못했다. 그 아이가 촌뜨기인 나를 차별하지 않는 것만으로도 감읍할 따름이었다.

초등학교를 졸업한 후엔 임 천재를 볼 기회가 없었다. 간간이 그의 활동이 신문에 실려 "될성부른 나무는 떡잎부터 다르구나!" 하고 혼자서 감탄할 뿐이었다. 세계 수재 모임인 멘사Mensa 회원 소식란에 그 친구가 세계 청소년 체스 대회에서 은메달을 딴 쾌거가 실렸다.

내가 고등학교를 졸업할 무렵에 울 엄마는 겨우 냉차 장수에서 벗어나 신문 가판점을 차렸다. 알루미늄 통 같은 점포이지만 지붕이 있어 비바람을 피할 수 있기에 엄마는 "점빵 안에 있으모 천당이라카이!" 라고 자랑했다. 집안 살림은 여전히 쪼들려 언감생심焉敢生心, 나는 대학에 갈 꿈도 꾸지 못했다.

나는 답답한 마음에서 우리 집안 이야기를 사타구니 속까지 드러낸다는 심경으로 소설로 썼다. 울 엄마가 '지리산 도사 할배'의 첩실이라는 사실도 소설 속에 털어놓았다. 이 단편소설을 K대학에서 주최하는 문학공모전에 출품해 뜻밖에 총장상을 받았다. 그 덕분에 4학년 전액 장학금을 받고 그 학교 국어국문학과에 들어

갔다. 대학생 때는 문예지 중편소설 공모에 당선돼 22세 때 소설가로 데뷔했다. 일찌감치 문인 자격'증'을 땄기에 숱한 작가지망생 눈에는 선망의 대상이 되었다.

국어교육과 어느 여학생은 신문사 신춘문예 공모에 시, 소설, 희곡을 해마다 보냈으나 줄곧 낙선의 고배를 마셨다. 그녀에게 글쓰기 지도를 핑계로 접근해 문학을 논하다가 내 자랑 비슷한 장광설을 풀기 일쑤였다.

"최인호, 황석영, 이문열 같은 거물급 소설가의 부인이 되고 싶지 않아?"

"내가 어떻게 그런 꿈을 가질 수 있겠어?"

"바로 나, 나와 결혼하면 돼! 내가 그런 반열에 오를 테니까."

이런 객기, 호기로 그녀에게 큰소리쳤다. 그녀가 나의 배우자이다. 그녀는 요즘 농담조로 가끔 말한다.

"나는 사기결혼 피해자야!"

대학 졸업 후 첫 직장은 문학작품을 주로 내는 중견 출판사. 3년쯤 일하다 전업작가로 글만 쓰겠다며 퇴사했지만 주목받을 만한 작품은 쓰지 못하고 배를 곯다가 다시 다른 출판사에 들어갔다. 나이 서른, 내가 결혼할 무렵에 건축가로 활동하는 임호택이 네덜란드의 어느 미술관 설계 공모전에서 그랑프리를 수상했다는 기사를 신문에서 읽었다.

나는 지금까지 문명文名을 떨치지는 못했다. 그런데 묘하게도 내가 편집한 소설들은 줄줄이 베스트셀러가 되었다. 상투적인 표현이지만 출판계, 문학계에서는 나를 '마이다스의 손'이라 부른다. 밀리언셀러 작가 H선생의 초고草稿는 그야말로 진흙투성이였다. 비문非文과 엉터리 맞춤법이 그득했고, 작중 인물들의 캐릭터도 개성이 부족했다. 내가 초고를 확 뜯어고쳐 '보석'으로 환골탈태換骨奪胎시켰다. 이와 비슷한 사례가 한둘이 아니다. 그렇지만 정작 내 작품은 발표하는 족족 뜨뜻미지근한 반응을 얻을 뿐이었다. 출판사 사장은 나를 언제나 격려한다.

"당신은 대기만성大器晩成형이니 언젠가 대형 홈런을 칠 거요!"

어느 봄날, 《봄날은 온다》라는 장편소설을 출간하고 내 소설의 봄날을 애타게 기다리고 있을 때였다. 출판사 사무실로 '깨복쟁이' 친구 임호택이 불쑥 찾아왔다. 머리엔 야구모자를, 얼굴엔 마스크를 썼기에 그를 알아보는 데 잠깐 시간이 걸렸다. 귀공자 미美소년이 이렇게 수염투성이 임꺽정 같은 모습으로 나타날 줄이야! 눈매는 여전히 형형熒熒했다.

"나, 임호택이야. 도깨비처럼 출현했지?"

"이게 누구야?"

등산복 차림의 그는 어깨걸이 가방에서 A4 용지에 출력된 원고 뭉치와 새끼손가락 크기의 USB를 꺼내 나에게 건네준다. 그는 뭔가 서두르는 듯한 움직임이다.

"뚱딴지같은 부탁인데, 이 원고, 책으로 출판할 수 있겠나?"

"무슨 내용인데?"

임호택은 눈을 껌벅이며 잠시 뜸을 들이더니 말문을 이었다.

"내가 겪은 수기手記야. 실제 일어난 일을 그대로 썼지."

"수기? 그럼 논픽션이네?"

나는 원고 종이를 휘리릭 넘기며 훑어보았다. 얼핏 보니 소설 같았다. 내가 소설 편집자로 이름깨나 떨치자 나를 찾아왔나? 소설이라고 밝히기가 쑥스러워 수기라고 둘러대나? 앞부분에는 초등학생 시절에 나도 겪은 '호박꽃 사건'이 있었다. 그러니 논픽션 같은데 ….

"자네가 읽어보고 좀 다듬어 주게. 내 글솜씨가 시원찮아서…."

"소설이 아니라면 문학적 윤색이 필요 없을 것 아닌가? 되도록 원문을 살려야지."

"자네가 알아서 판단하시게."

근황을 물어보니 원고 속에 다 들어있다면서 자세한 대답은 하지 않았다.

친구가 떠난 후 원고를 찬찬히 살폈다. 완독하고 나니 경악하지 않을 수 없었다. 임호택이 특이한 인물이긴 한데 이 수기가 사실이라면 경천동지驚天動地할 일이다. 인류 문명사를 새로 기술해야 할 대大사건이라는 느낌이 든다. 신神과 인간의 관계를 서술한 이집트의 희귀 고古문헌을 임호택이 해독하였다는 것 아닌가. 수천 년 전에 파피루스에 쓰인 놀라운 비밀!

싸구려 공명심功名心을 좇아 이 글을 쓰지는 않았겠지? 이 친구가 뜬금없이 이런 소설을 창작할 리도 없을 터이다. 픽션이 아니라 논픽션이라는 그의 말을 의심할 근거는 없다. 그러나 이 책을 논픽션으로 출간했을 때 내가, 우리 출판사가 후後폭풍을 감당할 수 있을까? 팩트 여부를 저자에게 확인하려 했으나 웬일인지 임호택과 연락이 닿지 않았다.

한 가지 아쉬운 점은 초등학교 때의 여러 친구들이 등장하는데 나에 대해서는 일언반구一言半句도 없다는 사실이다. 그만큼 당시의 나는 존재감이 없었나 보다.

고민 끝에 '소설'로 장르를 정해 출판한다.

호박꽃 사건

1

에메랄드 빛깔의 저 바다가 홍해紅海라니!

홍해라면 불그레한 바다인 줄 알았다. 그러나 내 눈으로 직접 보니 그렇지 않았다. 영어로도 'Red Sea'라고 하는데 왜 그런 이름이 붙었을까?

튀니지, 아프리카 대륙의 맨 꼭대기에 자리 잡은 나라….

나는 그곳으로 향하는 에어버스 340 여객기를 타고 있다. 백 층 넘는 마천루들이 즐비한 두바이를 떠난 비행기가 사막투성이인 아라비아 반도를 가로 질러 홍해 상공을 날고 있다.

안락한 비즈니스석의 창窓쪽 좌석에 앉아 이마를 유리에 대고 아래를 내려다본다. 홍해는 이름과 왜 다를까? 연두색 물에서 붉을 홍紅자는 전혀 연상되지 않는다. 황해黃海라고도 불리는 한반도 서해는 중국 황하에서 내뿜는 황톳물 때문에 자주 싯누런 바다가 된다. 그럴 때는 누를 황黃자가 어울린다.

이 세상엔 홍해처럼 이름과 실체가 다른 것들이 어디 한둘이랴. 우연히 그렇게 된 것도 있고 의도적으로 조작된 것도 있으리라. 세상 이치도 그렇지 않을까. 상식이 진실과 다른 경우 말이다. 내가 실제로 체험한 몇몇 사례만 살펴봐도 그렇다.

초등학교 2학년 때이던가. 호기심 많던 그 시절 어느 날, 세계 각국의 자연경관을 담은 사진집을 뒤적이다가 이상한 점을 발견했다. 아이슬란드Iceland라는 나라는 온 국토가 푸르른 녹음綠陰으로 뒤덮였는데 그린란드Greenland는 온통 허연 얼음판이었다. 나는 ice, green 따위의 영어 단어쯤은 기저귀를 뗄 무렵부터 알았다.

"엄마, 사진이 뒤바뀐 거 아녜요?"

'걸어 다니는 백과사전'인 어머니는 빙그레 웃으며 대답했다.

"이거… 맞아. 이름과는 달리 아이슬란드는 그리 춥지 않은 곳이고 그린란드는 너무 추워 식물이 거의 자라지 않는 곳이란다."

"그럼 왜 그렇게 이름이 반대로 붙었어요?"

"북극 부근 그린란드를 발견한 사람이 빙판투성이인 그곳에 다른 사람들을 끌어들이려고 지명을 근사하게 붙인 거야. 아이슬란드는 살기 좋은 곳을 발견한 탐험가가 뭇 사람들이 몰려올까 두려워 그런 고약한 이름을 지었고…."

"진짜와 달리 가짜를 멋대로 만들어도 되나요?"

“먼저 깃발을 꽂은 사람이 가짜를 만들면, 나중 사람들은 별 의심 없이 그렇게 믿는단다.”

“거짓말을 하면 나쁜 사람이잖아요?”

“남에게는 거짓말하지 말라고 윽박지르면서 정작 자기는 거짓말을 밥 먹듯이 하는 사람들이 수두룩하단다.”

“그런 거짓말쟁이는 하느님이 벌을 주지 않나요?”

“그렇겠지?”

어머니는 눈웃음을 지으며 내 머리를 쓰다듬은 후 공책에 다음과 같은 문장을 쓰더니 내가 이를 큰 소리로 읽으며 10번 베껴 쓰도록 했다.

Iceland is green while Greenland is icy.

내가 어른이 되어서도 대부분 주위 사람들은 영국 옆 아이슬란드에 대해 여전히 잘못 알고 있었다. 2016년 6월 ‘유로 2016’ 축구대회에서 아이슬란드 팀이 잉글랜드 팀을 1 대 0으로 이겼을 때 여러 한국 언론 매체는 아이슬란드를 ‘동토凍土의 왕국’이라 소개했다. ‘얼음이 내내 덮여 있어 축구 연습을 할 수 있는 계절이 여름 한 철뿐’이라 보도한 신문도 있었다. 12월 평균 기온이 섭씨 영하 1도에 불과한데도….

어릴 때 어머니에게서 아이슬란드 이야기를 들은 이후 내 눈에는 명실상부名實相符하지 않은 것들이 보이기 시작했다.

초등학교 3학년 때의 급우였던 박호순의 사례도 그랬다. 박호순을 거꾸로 읽으면 순호박이 된다. 그래서 '순호박'이라는 별명으로 불리며 놀림을 받았다.

그러나 이름과는 판이하게 전교생 가운데 가장 예쁘게 생긴 여자아이였다. 옷도 하얀 레이스가 달린 블라우스, 캐시미어 스웨터 등 최고급품으로 입었고 운동화 대신에 가죽 구두를 신었다. 그 옷과 구두에 영어 상표가 잔뜩 달려 그것들이 몽땅 외제품이라는 소문이 돌기도 했다. 그 아이는 몸에 걸친 옷뿐만 아니라 가무잡잡한 피부에 오뚝 솟은 콧대, 길고 가느다란 목에서 이국적인 풍모를 비쳤다. 짙은 속눈썹이 도드라진 눈을 깜박거리며 야무진 입으로 말하는 박호순을 사내아이들은 가자미눈으로 흘깃흘깃 훔쳐보며 애간장을 태웠다.

어린 내 눈에는 박호순이 동화책 〈아라비안 나이트〉의 표지에 그려진 아름다운 왕비처럼 보였다. 용기깨나 있는 소년들은 박호순과 눈이라도 한번 마주치려고, 말이라도 한번 섞으려고 일부러 그녀 앞에 다가가 고함을 쳤다.

"순호박!"

여느 여자아이라면 남학생이 이렇게 놀리면 울상을 짓게 마련인데 박호순은 자신이 순호박이 아니라고 확신하기 때문인지 생글생글 웃으며 대답했다.

"왜? 무슨 일이야?"

이러면 말을 붙인 사내아이가 도리어 얼굴이 벌게지며 대답을 제대로 못했다. 숫기가 모자라는 소년들은 그렇게 놀리지도 못하고 냉가슴만 앓았다.

어느 날 운동장에서 체육 수업을 마치고 교실로 돌아오자 박호순의 책상 위에 큼직한 호박꽃 한 송이가 놓여 있었다. 노오란 꽃에 물기가 서려 있어 방금 딴 것인 듯했다. 누군가가 체육 시간에 학교 원예실습장에 가서 호박꽃을 따 온 모양이었다.

"어느 자식이야?"

머리통이 오이처럼 길쭉한 반장 녀석은 호박꽃 범인을 색출한답시고 목소리를 높였다. 아무도 대답하지 않았다. 대답할 필요도 없다고 생각한 아이가 대부분이었으리라. 남의 호주머니를 뒤져 돈을 훔친 것도 아니고 흔하디흔한 호박꽃 하나 꺾은 게 뭐 대단한 규율 위반이라고…. 반장 녀석이 자기가 무슨 정의의 사도라도 되는 양 방방 뛰는 것은 규율 위반자를 처벌하려는 게 아니라 연적戀敵에 대한 적개심 때문임을 사내아이들은 다 알았다. 나도 그렇게 느꼈으니까.

우리 모두는 박호순을 가슴 깊은 곳에 품고 매일 두근거림 속에서 살았다. 누군가가 상사병을 앓다가 말로는 고백하지 못하고 그렇게 헌화獻花한 것 아니겠는가. 순호박-호박-호박꽃…. 매우 어설프고 유치한 연상이지만 그 누군가인 10세 소년은 얼마나 오랜 번민 끝에 바들바들 떨리는 손으로 꽃을 꺾었으며, 얼마나 울렁이는 가슴을 안고 도둑고양이처럼 몰래 교실에 들어와 박호순의 책상으로 다가갔을까.

훗날 고등학교 국어 시간에 《삼국유사三國遺事》에 실린 향가鄕歌 〈헌화가獻花歌〉를 배울 때 '호박꽃 사건'이 떠올라 쓴웃음을 짓기도 했다. 아름다운 수로 부인이 천 길 낭떠러지에 핀 철쭉꽃을 갖고 싶어 하자 암소를 몰고 가던 노옹老翁이 목숨을 걸고 꽃을 꺾어 바쳤다 하지 않은가.

반장 녀석은 다음 시간 수업이 시작되기 직전에 담임선생님에게 '호박꽃 사건'을 보고했다. 선생님의 반응이 의외였다. 대수롭지 않은 일에 신경 쓰지 말고 공부나 하자고 말씀하실 줄 알았는데….

"이상한 짓을 한 녀석이 누구야?"

담임은 '사랑의 매'를 사칭한 길이 1미터가량의 박달나무 몽둥이로 교탁을 쾅쾅 치며 목소리를 높였다. 어린 나이의 내 눈에도 선생님은 과민반응을 보였다. 교실은 끝없는 적요寂寥 속으로 빠져들었다. 옆에 앉은 짝꿍의 쌔근거리는 숨소리까지 들렸다. 아무 대답이 없으니까 선생님은 남학생들의 손을 검사했다. 꽃가루가 묻었는지 알아내려고 손톱 밑까지 살폈고 아이들의 손에 코를 대고 냄새도 킁킁 맡았다. 그래도 범인을 찾아내지 못했다.

"남학생 전원, 일어섯!"

남학생만 기합을 줄 태세였다.

"사내자식들이 왜 여학생 하나를 괴롭혀? 지금까지 박호순이를 순호박이라고 부르며 놀린 놈들, 모두 손들어!"

몽둥이를 쥔 선생님의 손이 부르르 떨렸다. 곧이곧대로 손이라도 들었다간 그 몽둥이에 머리통이 박살날 것이라는 위협을 느꼈다. 결빙結氷 직전의 아슬아슬한 긴장감이 감돌았다.

"선생님! 아이들이 순호박이라고 불러도 괜찮아요. 제 이름이 그런 걸요. 아이들이 저를 놀린다고 생각하지 않아요."

정적을 깨고 박호순이 그렇게 말했다.

"응?"

선생님이 머쓱해졌다. 피해 당사자가 괜찮다는데 제3자가 범인을 잡겠다고 나서는 게 이상하지 않은가.

그 담임은 여 선생님이었다. 여女선생이 아니라 성씨가 여余씨인 남자 교사였다. 호박꽃 사건은 그렇게 유야무야로 끝났다. 훗날 괴상한 소문이 돌았다. 범인은 바로 담임이었다는 둥, 박호순의 인기를 질투한 나꽃님이라는 여학생이었다는 둥….

나꽃님은 이름과는 반대로 쭉 찢어진 눈에 콧구멍이 훤히 보이는 들창코를 가진 못난이였다. 성적은 꼴찌 부근을 맴돌았고 입에서 끊임없이 침을 질질 흘리는 등 행실도 데데했다. 다른 여학생들은 박호순의 눈부신 외모를 인정하고 감히 도전할 꿈을 꾸지 못했다. 선생님과 남학생들의 관심이 온통 박호순에게 쏠린 것을 숙명으로 받아들였다. 여자가 봐도 반할 만큼 이목구비가 빛났기에 박호순에게 질투심이나 라이벌 의식을 느낄 감투 정신을 아예 상실했다. 시샘도 엇비슷하거나 조금 앞선 상대에게 갖는 감정이지 감히 쳐다보지 못할 에베레스트 산꼭대기에 있는 상대방에겐 가질 수 없는 법 아닌가? 호랑이 앞에 오금을 펴지 못하는 고양이라고 할까. 그러나 나꽃님만이 그런 현실을 인정하지 않았다.

"왜 잘난 체하냐? 이 기집애야!"

나꽃님은 때때로 뜬금없이 박호순에게 그렇게 소리쳤다. 그럴 때면 나는 마음속으로 '박호순은 잘났는데도 잘난 체하지 않는데…' 라고 대꾸했다.

우리 담임 '여' 선생님은 울퉁불퉁한 근육의 소유자였다. 별명이 '아놀드 슈바르체네거'였단다. 교육대학을 다닐 때 보디빌딩으로 몸을 다듬었다고 자랑했다. 여름철엔 젖꼭지가 드러날 만큼 몸에 착 달라붙는 쫄쫄이 티셔츠를 입고 돌출된 대흉근을 과시했다. 청년 시절에 보디빌딩 대회에서 입상한 사진을 포스터처럼 큼직하게 뽑아 교실 한구석 벽에 붙여놓기도 했다. 교실을 돌며 수업 광경을 살피던 교감 선생님이 이 사진을 떼라고 지시하지 않았다면 학년 내내 걸려 있을 뻔했다. 그런 선생님을 보면 나는 비록 어린 나이의 사내아이일 뿐이지만 묘한 라이벌 의식이 꿈틀거렸다. 혹시 박호순이 저런 근육질 남자를 좋아하지 않을까 … .

공교롭게도 옆반의 담임 남南 선생님은 몸매가 몹시 가녀린 여女교사였다. 학교에 찾아온 우리 반 학부모는 3학년 담당 여 선생님을 찾다가 옆반 남 선생님에게 다가가기 일쑤였다. 우람한 몸매의 여 선생님, 가냘픈 체구의 남 선생님 … . 헷갈리지 않겠는가.

그 무렵에 나는 우리 집에 두어 달 머무신 할아버지에게서 한자를 배웠는데 색깔을 나타내는 글자에 유난히 관심이 갔다. 청靑, 홍紅, 황黃, 백白, 흑黑… . 친구 가운데 황黃씨 성을 가진 아이의 얼굴이 누런지, 백白씨 친구는 하얀지 살피기도 했다. 기대와는 달리 황씨, 백씨 아이의 얼굴색은 제각각이었다. 황여숙이라는 여학생은 피부가 백옥처럼 하얗게 빛난 반면, 백종철이라는 친구는 부황 걸린 것처럼 얼굴빛이 누렇게 떴다.

자子, 축丑, 인寅, 묘卯, 진辰, 사巳, 오午, 미未, 신申, 유酉, 술戌, 해亥.

쥐, 소, 호랑이, 토끼, 용, 뱀, 말, 양, 원숭이, 닭, 개, 돼지.

태어난 해에 따라 이렇게 동물이 설정되는 '띠'가 의미가 있을지에 대한 의문이 들었다. 내 딴엔 이를 검증하느라 그 즈음에 열린 바르셀로나 올림픽의 육상 100미터 달리기 금메달리스트의 띠를 확인했다. 우승자 린포드 크리스티는 1960년 경자년更子年

생으로 쥐띠였다. 말띠, 호랑이띠 선수도 있을 텐데 쥐띠가 1위라니?

더욱이 용은 전설상의 동물일 뿐인데 버젓이 실재하는 것처럼 사람들의 의식 속에서 행세하고 있다. 허구虛構가 실재를 지배하는 꼴이다. 나는 새해 초마다 무슨 띠의 의미를 부각하는 어른들의 이야기를 믿지 않게 되었다. 국운國運이 대운大運을 맞는다느니, 대선 후보 가운데 누가 당선된다느니 하는 역술인의 점괘도 헛소리라고 단정했다. 21세기 초에 남북한이 통일된다고 큰소리 탕탕 치던 점쟁이는 지금 어디서 무얼 하고 있나? 띠별 일진日辰을 알려주는 '오늘의 운세'가 제대로 맞는 경우를 본 적이 없다.

2

초등학교 미술시간에 있었던 일이다. 내가 황당한 일을 저지르고 말았다. 꽃병에 든 백합꽃 정물화를 그리라는 과제를 부여받고 개구쟁이들은 모두 그림그리기에 몰두했다. 나도 교탁에 놓인 그 꽃을 뚫어지게 쳐다보곤 도화지 위에 정성스레 그리기 시작했다. 백합이라면 하얀 꽃 아닌가. 그래서 하얀색 크레파스로 칠했다. 하얀색은 밋밋해 그림으로서는 보기가 좋지 않았다. 내 눈앞엔 며칠 전 박호순의 책상 위에 놓였던 호박꽃이 자꾸 어른거렸다.

갑자기 그 꽃을 그리고 싶다는 충동이 일었다. 노란색 크레파스를 집어 백합 위에 짙게 칠했다. 꽃모습도 별 모양처럼 바꿨다. 호박꽃이 되었다.

그림을 다 그린 후 학생들은 한 분단씩 교단 앞에 나가 자기가 그린 백합을 보여줘야 했다. 우리 분단 일고여덟 명이 앞으로 나가 그림을 펼쳤다.

"호박꽃 아냐?"

내 그림을 본 학우들의 입에서 이구동성으로 이런 말이 튀어나왔다. 나는 당황했다. 얼른 그림을 뒤집어 무릎 아래로 내렸다. 담임의 불호령이 떨어졌다.

"그림 올려 봐!"

내가 벌벌 떨며 그림을 올리자 개구쟁이들은 키득키득 웃었다. 담임은 얼굴이 붉으락푸르락해지면서 내게 다가왔다.

쫘악!

담임의 솥뚜껑 같은 묵직한 손길이 내 뺨을 스치며 이런 굉음이 들렸다. 순간, 눈앞이 캄캄해지면서 정신이 혼미해졌다.

"그때 호박꽃 딴 놈이 너지?"

담임의 고함을 들으니 정신이 더욱 어질어질해졌다. 담임은 내 멱살을 잡고 흔들며 다시 물었다.

"바른 대로 말해. 호박꽃 딴 놈이 너, 맞지?"

"아녜요!"

나는 그 절박한 순간에 얼핏 박호순과 눈길이 마주쳤다. 그 아이의 호수처럼 맑고 큰 눈은 나를 응시하고 있었다. 그녀도 나를 범인으로 의심할까.

세월이 흘러 〈파리의 노트르담〉이란 뮤지컬을 보면서 뭇 남성들의 애간장을 태우게 한 집시 여인 에스메랄다가 박호순과 비슷한 존재라고 여겼다. 고혹적인 눈매, 뇌쇄적인 춤사위, 몽환적인 노랫소리…. 이런 강력한 자석으로 에스메랄다는 남성들의 영혼을 가차 없이 끌어당긴다. 그 영혼들은 '악마의 맷돌'에 들어가 바스라진다.

흘러간 명화 〈노트르담의 꼽추〉를 검색해 감상했다. 에스메랄다 역役엔 지나 롤로브리지다, 콰지모도 역엔 안소니 퀸이 열연했다. 전 세계 남성 팬을 사로잡았다던 육체파 여배우 지나 롤로브리지다의 화려한 용모는 지금 봐도 요염하다. 언젠가 아버지의 서가 한구석에서 그녀의 브로마이드를 발견하고 의아스러웠으나 영화를 보니 아버지의 심정을 이해할 만하다. 아버지는 그녀 이외에 소피아 로렌, 실바나 망가노 등 다른 이탈리아 육체파 여배우의 팬이기도 했다. 어머니는 이런 아버지를 눈을 흘겨 바라보면서 핀잔을 주었다.

"같은 여성으로서 지나 롤로브리지다, 실바나 망가노는 내가 봐도 범접할 수 없을 만큼 예쁘니까 질투심을 유발하는 차원을 넘었어요. 하지만 소피아 로렌은 젖통 큼직한 것 빼곤 뭐 볼 거 있어요? 쭉 찢어진 입과 두툼한 입술은 징그럽지 않아요? 제발 소피아 로렌 사진은 치워 버려요! 소피아 로렌 사진을 떼지 않으면 이는 저에 대한 모독이에요."

부전자전父傳子傳인지 세월이 흘러 나도 서재 한쪽 벽에 이탈리아 여배우 모니카 벨루치의 사진을 붙여놓았다. 그녀가 주연으로 나온 영화 〈말레나〉는 스무 번쯤 봤을까. 그 영화에서 그녀는 '아름다운 게 죄罪'인 여성 역할을 맡았다.

3

초등학교 급우 가운데 학업성적에서 나와 1, 2등을 다투었던 P는 박호순 때문에 상사병이 걸린 녀석이었다. 어느 날 P와 함께 박호순을 도마 위에 올려놓고 이야기 거리로 삼은 적이 있다. P는 우리 이웃에 살았는데 아버지가 영화관 3개, 제과점 4개를 가진 부자여서 초등학교 때부터 영어는 물론 불어 과외까지 받았다. 영어는 원어민, 불어는 울 엄마가 과외 선생님이었다.

P는 Y대 불어불문학과에 들어갈 때만 해도 불문학 교수가 되려는 포부를 가졌으나 졸업한 선배 가운데 박사 강사만 10여 명 되는 것을 보고 대학 졸업 후 스페인으로 유학을 갔다. 스페인 문

학으로 전공을 바꾼 이유는 곧 Y대에 서어서문학과가 신설된다는 풍문을 들었기 때문이다. 박사 학위를 받고 귀국하면 불문과보다는 서문학과에 임용되기가 쉬울 것이라 예상했다. 그런 세속적인 욕망 이외에도 보르헤스, 마르께스 등 마술적 리얼리즘을 추구하는 스페인어 문학에 심취한 것이 원인이기도 했다. 전공을 바꾸기로 결심한 결정적인 작품은 멕시코의 소설가 후안 룰포의 〈뻬드로 빠라모〉라는 중편이었다.

P는 스페인 마드리드 대에서 멕시코의 시인 옥타비오 빠스Octavio Paz, 1914~1998를 연구해서 박사학위를 받았다. 빠스는 1990년 노벨문학상 수상자로 스페인어 문학권에서는 저명한 시인이다.

학위를 받고 귀국해 보니 Y대의 서어서문학과 신설계획은 물 건너갔고 기존 대학에는 빈 자리가 없었다. 곧 어느 사립대학 스페인어학과에서 교수를 뽑는다는 소식이 들리기에 여기에 가기로 작정하고 우선 시간강사로 이곳저곳을 돌며 발품을 팔았다. 그 대학 교수임용 공고가 학교 홈페이지에 게재되자마자 원서를 내고 면접을 기다릴 때였다. 그 대학의 재단 이사장실에서 연락이 왔다.

"스페인에서 귀빈이 오셔서 저희 이사장님과 오찬간담회를 갖는데 박사님께서 통역을 좀 해주시겠습니까?"

"어느 귀빈이신지요? 매끄러운 통역을 위해서는 상대방을 알아야 미리 준비를 할 수 있습니다."

"보안상 밝히기 곤란한데요. 그래서 현직 교수님 대신에 P박사님을 통역으로 모시는 겁니다. 스포츠 분야의 거물 인사라는 사실만 알려드릴 수 있습니다."

이사장 앞에서 실력을 발휘할 수 있는 물실호기勿失好機였다. 이 인연은 임용된다는 전조 아니겠는가. 그러나 이사장과 그 귀빈 앞에서 큰 망신을 당하고 말았다. 국제올림픽위원회IOC 위원인 그 귀빈은 바르셀로나 출신이었다. 까딸루냐 지방인 바르셀로나에서는 스페인어가 아닌 까딸루냐어가 쓰인다. 비슷하긴 하지만 엄연히 다른 언어여서 절반가량만 알아들었다. P는 '사그라다 파밀리아'(성가족성당), 구엘공원 등 천재건축가 가우디의 건축예술에 심취해 바르셀로나에 3개월가량 머물며 까딸루냐어를 익혔기에 그나마도 가능했다. 결국 이 서툰 통역 사건 때문에 그 대학과는 영영 인연을 맺지 못했다. 다른 대학에도 가기 어려웠다. 고만고만한 경쟁자들이 음해성 소문을 퍼뜨렸기 때문이다.

"P는 스페인어를 제대로 모른다."

"스페인어를 늦게 배운 탓에 불어식으로 발음한다."

더욱 황당한 일은 그 학교 서어서문학과에 임용된 N교수는 마드리드대학에서 P와 비슷한 시기에 공부한 30대 초반의 여성인데 스페인어 회화능력이 서툴다는 점이다. 바르셀로나 출신의 그 귀빈이 다시 방한했을 때 통역을 N이 맡았단다. N이 까딸루냐어를 거의 알아듣지 못하자 귀빈은 스페인어로 말했고 N이 웃음 반

半, 말 반半 섞어 대충 통역했다는 것이다. 이런 사정을 잘 모르는 재단이사장은 N의 스페인어 실력이 탁월한 것으로 오인했단다.

N의 임용소식을 듣고 P가 배 아파하던 즈음 반전의 기회가 왔다. 어느 TV 방송에서 '세계의 문학'이란 교양 프로그램을 제작하면서 옥타비오 빠스 시인을 다루려 P에게 연락을 했다. 이런 풍문을 들은 어느 출판사에서는 P의 박사학위 논문을 한국어로 얼른 번역출판하자고 제의했다. TV에 '빠스 시인 편'이 방영되면 책도 많이 팔릴 것으로 기대한 것이다.

마침 대중교양서용으로 번역 정리해 놓은 게 있어 원고를 바로 넘겼다. '메뚜기도 한철'이라고 출판사에서는 후닥닥 팔아먹을 심산으로 제대로 교정, 교열도 하지 않은 채 총알 속도로 책을 냈다. P는 그 따끈따끈한 신간을 들고 출판 자축연을 벌이자며 캔맥주와 육포를 사들고 내 사무실로 찾아왔다.

P는 의기양양하게 내 방에 들어섰다. 빨건 표지의 책을 내 눈앞에 내밀었다. 제목은 《태양의 돌》로 빠스 시인의 대표작 이름을 차용한 것이었다.

"헉!"

내가 입을 벌리고 눈을 번쩍 뜨며 놀라자 P는 무슨 일이냐는 투로 나를 훑어보았다.

"얌마! 이 셩님의 명저에 대해 그렇게까지 감격해 할 것까지는 없다."

"아이쿠!"

"뭔데? 왜 그래?"

"큰일 났다. 대형사고다!"

"뭐?"

표지에 인쇄된 옥타비오 빠스의 이름이 잘못됐다. '빠스' 대신 '빤스'로 된 것이다. 하필이면 듣기에도 민망한 단어로 둔갑한 것이다. P가 출판사에 연락하니 이미 일부 물량이 서점과 신문사 문학담당 기자에게 배포되었단다. 그날 밤과 이튿날 오전 내내 출판사 임직원들은 비상근무를 하며 가까스로 전량을 회수했다. 몇몇 기자는 잘못 만들어진 책이야말로 '희귀본'이라며 돌려주지 않으려 했단다.

어느 논설위원은 그날따라 칼럼 소재가 궁했는지 "오탈자誤脫字의 역사"라는 제목으로 '빤스' 회수 소동을 다루었다. 그 칼럼에 따르면 '이승만 대통령大統領'을 '이승만 견통령犬統領'이라 표기하여 곤욕을 치른 신문사가 이런 실책을 막으려 '大統領'이라는 3개 활자를 묶어 사용하였단다. 당시는 납으로 만든 활자를 골라 조판하던 시절이었다. 전두환 대통령의 영부인 '이순자 여사'를 '이순자 여시'라고 잘못 인쇄해 소동이 빚어진 신문도 있었다고 한다. '사'자 활자를 뽑아 조판했으나 공교롭게도 점 하나에 해당하는 미세한 부분에 잉크가 덜 묻혀 '시'자로 인쇄되는 일이 벌어졌다.

P가 출판사 사장과 통화하는 내용을 옆에서 들으니 더욱 기막힌 일도 있었다. 그들의 대화를 옮기면 다음과 같다.

"이번 빤스 사건은 약과입니다. 출판쟁이로 20여 년간 기름밥 먹다 보니 별별 일을 다 겪는데… 언젠가 야심차게 《니체 전집》 20권을 냈지요. 기획, 번역 및 집필 의뢰, 편집 등으로 7년이 걸린 방대한 작업이었지요. 양장본으로 멋지게 인쇄해서 튼튼한 케이스에 넣어 시중에 내놓았죠. 그런데 그날 난리가 벌어졌습니다. 표지에 '니체 전집'이 아니라 '나체 전집'으로 인쇄된 것이죠."

"어떻게 그런 일이 … ."

"편집자, 표지 디자이너, 인쇄소 기술자 등 여러 사람이 봤는데도 아무도 이를 미리 발견하지 못한 것이죠. 모두 눈에 뭔가가 씌지 않고서야 … ."

"그 많은 물량을 전부 회수했습니까?"

"일부는 못했지요. 회수한 책은 표지를 뜯어내고 새로 찍은 표지를 붙였지요. 이런 작업에 비용도, 시간도 꽤 소요됐고 … ."

"회수하지 못한 불량품은 어떻게 되었습니까?"

"불량품? 하하하 … 역설적이게도 그게 진귀본이 되어 서너 배 가격으로 거래되었어요. 저희 아들 녀석도 정본보다 오히려 제 사무실에 보관해 놓은 그 불량품을 갖고 가더라고요. 가짜가 진짜를 뺨치는 세상이 온다더니 … ."

"우표도 실수 제작본이 더 비싸다고 하지 않습니까."

P와 사장의 통화를 들으니 언젠가 내가 겪은 일이 떠오른다. 소설가 이인성 선생의 〈문밖의 바람〉이란 소설을 읽다가 이상한 부분을 발견했다. 글자가 거꾸로 인쇄된 것이었다. 다음과 같다.

> 밤이면 어김없이, 어떤 붙잡을 수 없는 의식의 잔광 같은 것이 온몸을 은은하게 휘감는다. 그 잔광은 꼭 몸의 부피만큼만 어둠을 밝혀, 온 살덩이가 눈을 뜨고 밤을 지샌다. 그 희미한 의식의 빛 밖에는 두터운 어둠의 장막이 드리워져 있기 때문에, 몸 덩어리는 마치 좁은 빛의 굴 속에 갇힌 것이나 다름없다.

어느 학술모임에 이인성 선생이 참가한다는 소식을 듣고 혹시 그분과 말을 나눌 기회가 생길 것을 기대하며 그의 저서를 읽고 가기로 했다가 생긴 일이었다. 그 모임에 가서 작가에게 직접 물었다. 인쇄 사고인지, 의도적으로 그렇게 쓴 것인지? 후자後者란다. '때때로 사물을 거꾸로 봐야 제대로 보인다'라는 잠언箴言이 이런 의미일까.

'빤스 소동'은 그것으로 끝나지 않았다. P는 '빤스 교수'로 세인들의 입에 올랐고 본질과는 무관하게도 P는 희화적戱畵的, 엽기적獵奇的인 인물로 인식됐다. 그 다음 학기부터는 각 대학에서 기피인물로 찍혀 시간강사 밥줄마저 끊어졌다. 한때 떵떵거리던 부호였던 P의 아버지 P회장은 부실한 건설회사를 인수했다가 전 재산을 날렸다. P가 유학을 마치고 귀국했을 때 P회장은 연탄을 때는 판잣집에 사는 극빈층으로 전락해 있었다. 다섯 살 딸아이의 유치원비 등 생계비를 벌기 위한 절박한 상황에서 P는 부끄러움을 무릅쓰고 P외국어학원에 스페인어 강사로 나섰다.

첫 달의 수강생은 불과 3명. 인원이 적어 폐강될 뻔했으나 원장의 배려로 개강됐다. 자신의 별명이 '돈키호테'라는 원장은 P의 어깨를 툭툭 치며 격려했단다.

"돈키호테처럼 무대뽀로 밀어붙여 보시오."

다음달, 그다음 달에도 수강생은 서너 명에 불과했다. 학원에서 폐강하지 않더라도 P 스스로 그만두어야 할 판이었다. 막노동판 일꾼의 일당보다 적은 강사료를 받자고 꼬박꼬박 출강할 수는 없는 노릇이었다. P는 원장을 만나 물러나겠다고 말했다. 혼자 원장실에 앉아 짜장면을 먹던 원장은 입가에 묻은 짜장을 검지로 스윽 닦으며 말했다.

"스페인이라면 기타의 본고장이 아니겠소? 기타를 칠 줄 아시오?"

"어설프게 흉내 내는 정도입니다."

"노래 반주를 할 만큼 되시오?"

"간단한 코드만 짚는 수준입니다."

"그럼 됐소!"

그래서 '노래로 배우는 스페인어'라는 강좌가 생겼고, P는 기타 연주에 더 신경을 쓰는 직업인이 되었다. 원장의 예감대로 수강생이 20여 명으로 불어났다. 입소문이 퍼지면서 백화점 문화센터 등에서도 와달라고 했다. 몇 달 후 원장이 불러 원장실에 갔더니 짜장면을 먹던 그는 보자기 하나를 툭 던졌다.

"지난주에 스페인에 여행을 갔다가 사 온 선물이오. 입어보시오."

"옷입니까?"

"그렇소. 그걸 입고 강의하시라고…."

몸에 착 달라붙는 화려한 투우사 복장이었다. 그날 오후에 그 옷을 입고 강의실에 들어가니 수강생들로부터 환호가 터졌다. 다음 달부터 강좌 제목이 〈빤스 박사의 노래 스페인어〉라 바뀌었고 수강생은 50여 명, 그다음 달엔 100명이 넘어 분반을 해야 했다. P는 주부들이 즐겨 보는 아침 TV 프로그램에도 출연해 얼굴을 알렸고, 여러 여성 잡지에 큼지막한 인터뷰가 실렸다. 어디 밤무대에서 챙이 넓은 멕시코의 전통 모자 솜브레로를 쓰고, 헐렁한 조끼 같은 판초를 입고 기타를 치며 〈베사메무초〉를 불렀단다.

"내 본질엔 변함이 없는데 이렇게 서커스에 출연하는 피에로 같은 신세가 되다 보니 본질마저 변하는 것 같구만. 이제 스페인 문학가보다는 방송인으로 분류되더군. 우리 아버지는 내가 TV에 나오는 모습을 보고 돈 들여 공부시켰더니 딴따라 되었다고 장

탄식하신 후 나와 부자 인연을 끊으셨지.”

P는 어느 날 얼굴에 바른 두터운 분장을 지우지 않은 채 내 사무실에 와서 그렇게 하소연했다.

그날 우리는 캔맥주를 안주 없이 마시며 어린 시절의 박호순에 대해 이야기했다.

“그때 선생님에게 빰 맞고 분통이 터져 며칠 동안 잠을 자지 못했다. 억울해서 ….”

“어? 호택이 네가 호박꽃 꺾었다고 알았는데?”

“내가 호박꽃을 그리긴 했지만 꽃을 꺾진 않았어.”

“암튼 박호순이는 정말 대단했어. 우리 사내놈들의 혼을 쏙 빼앗았으니 ….”

“진정 우리의 에스메랄다였지.”

“에스메랄다는 하층 집시여인이지만, 박호순은 상류층 공주였지. 이를테면 마르셀라 같은 ….”

“마르셀라?”

“세르반테스의 〈돈키호테〉에 등장하는 열여섯 살 소녀 이름이야. 부잣집 딸인 데다 너무나 아름다워 뭇 사내들의 애간장을 태우게 했지. 어느 날 그녀는 사내들의 구애를 뿌리치고 목동이 되겠다며 산 속으로 사라져버렸어. 산골짜기엔 사내들의 비가悲歌가 그득하고 …. 어느 순진한 청년이 마르셀라에게 차이자 비관

끝에 자살하지. 이 때문에 마을에서는 그녀를 비난하는 목소리가 높아지지. 그 청년의 시신을 땅에 묻으려 할 때 마르셀라가 바위 꼭대기에 홀연히 나타났지. 그녀를 올려다보는 뭇 사내들을 향해 그녀는 다음과 같이 일갈一喝했지."

P는 벌떡 일어서더니 왼손을 허리에 얹고 오른손으로 손가락질을 하며 스페인어로 마르셀라의 발언을 읊었다. 마르셀라에 빙의된 것처럼 소프라노 목소리를 냈다. 내가 한국어로 번역해 달라고 하자 그는 다시 일어나 다음과 같이 말했다.

"그대들은 나를 진정으로 사랑한다고 고백하였지요? 그리곤 내가 그 고백에 의무감을 느껴 억지로라도 제 마음을 주어야 한다고 강요합니다. 왜 그래야 하나요? 제가 추녀로 태어났을 경우를 상상해 봐요. 그런 제가 그대들을 사랑한다고 다가서고 그대들이 나를 외면할 때 내가 그대들을 나쁜 인간이라 몰아세운다면 옳은 일일까요? 독사가 독으로 사람을 죽여도 뱀의 본성대로 한 것이니 죄라고 할 수 없듯이, 저도 미모라는 이유로 비난받아서는 안 되지요. 여성의 덕성과 정절은 영혼의 꽃다발입니다. 꽃다발 없는 육체는 아름답다 해도 아름답게 보이지는 않는답니다."

P는 박호순과 마르셀라가 비슷한 점이 몇 개 더 있다고 손가락을 꼽더니 취기를 이기지 못하고 코를 골며 잠에 빠졌다. 코를 골 때 분장 때 붙인 콧수염이 가볍게 흔들렸다.

P의 신산辛酸한 삶을 보니 나도 일말의 양심상 가책을 느끼지

않을 수 없다. 초등학생 때 내가 어머니에게서 영어, 불어를 배우는 모습을 보고 P의 어머니가 P에게도 '독獨 선생'을 붙여 영어, 불어 과외를 시키지 않았나.

4

어린 시절에 P의 어머니와 울 엄마가 나눈 대화가 지금도 귀에 맴돈다. 두 엄마는 두 아들과 함께 남산 자락에 있는 S호텔 커피숍에 갔다. 엄마들은 커피를 마시고 아이들은 팥빙수를 먹었다.

"호택 엄마는 불어 발음이 원어민 같은데 어디서 배우셨나요?"

"제 발음이 그런지 어떻게 아세요?"

"사실은 저도 불문과 나왔답니다. 그런데 발음이 엉망이어서 아들에게 직접 가르칠 엄두가 나지 않아요. 남편 사업 뒷바라지 하느라 바쁘기도 허구…. 불문학 학사라지만 접속법도 잘 몰라요. 불문과 출신이라면 뭔가 있어 보이기에 전공한 셈이죠."

"저는 선대先代부터 불어와 인연이 있었답니다. 제가 어릴 때 집에서 할아버지, 아버지에게서 불어를 배웠지요."

"외교관?"

"저희 친정은 수백 년 전부터 역관譯官 집안이었답니다. 그 전통이 이어져…."

"조선 시대 역관은 주로 청나라에 가지 않았나요? 그럼 중국어일 텐데 불어와는 어떤 연관이 있었을까요?"

"조상들이 청나라에 가서 천주교에 입문하셨어요. 천주교 박해 때 붙잡혀 순교하신 분들이 많지요. 살아남은 아이 하나는 프랑스인 신부가 키웠다 해요. 그 아이는 자라면서 불어를 모어母語처럼 구사했고 장성해서는 프랑스 파리에 있는 외방전교회에 문서를 갖다 주는 전령 역할을 했답니다."

그러고 보니 어머니는 외할아버지나 외삼촌과 대화할 때 외계어 비슷한 말을 많이 썼다. 11월 1일을 제성첨례諸聖瞻禮, 11월 2일을 추사이망첨례追思已亡瞻禮라 했다. 내가 어른이 된 후 알아보니 각각 만성절萬聖節, All Saints' Day, 만령절萬靈節, All Souls' Day이었다. 기도할 때는 라틴어를 주로 사용했다.

"도나 노비스 파쳄Dona nobis pacem!"

'우리에게 평화를 주소서!'라는 뜻의 이 말을 기도에서, 성가聖歌에서 나는 어릴 때 숱하게 들었다.

어머니는 책상 앞에 천사의 품계品階를 써 붙여놓고 외우셨다.

	라틴어	그리스어	한국어
1.	Serafim	Seraphim	치품熾品천사
2.	Cherubim	Cherubim	지품智品천사

3.	Troni	Thronoi	좌품座品천사
4.	Dominationes	Kyriotetes	주품主品천사
5.	Protestates	Dynameis	능품能品천사
6.	Virtutes	Exousiai	역품力品천사
7.	Principati	Archai	권품權品천사
8.	Angeli	Angeloi	천사들

내가 대학생이 되었을 때 어머니에게 외가의 역사를 꼬치꼬치 캐물은 적이 있다. 어머니는 대답 대신에 빙긋이 웃으며 A4 용지 100매가량으로 출력한 글을 보여주었다. 〈어느 순교자 집안의 이야기〉라는 저술 계획서였다. 어머니는 가계家系의 역사를 정리하는 책을 집필하는 중이었다. 이 원고는 아직 출간되지 못했다. 어머니가 완벽을 기한다는 목표로 사료를 모으고 전문가에게 물어 고증하는 바람에 초고 작성 후에도 거듭해서 보완하고 있기 때문이다.

이 글 가운데 도입부에 장희빈張禧嬪이 등장하기에 적잖이 놀랐다. 사극 드라마에서 자주 본 표독한 왕비 장희빈…. 조선 20대 임금 경종의 생모…. 요약하면 다음과 같다.

> 인동 장씨 21대 장남 장현張炫은 1639년 과거시험 역과譯科에서 으뜸으로 합격했다. 40여 년간 청나라 수도 연경燕京, 요즘의 베이징

에 30여 차례나 다녀올 정도로 역관 무대에서는 터줏대감 노릇을 했다. 한양에 머물 때는 외국어 교육기관인 사역원에서 후학을 가르쳤다. 장현은 16대 임금 인조仁祖의 3남 인평대군麟坪大君, 1622~1658이 심양瀋陽에 갈 때 수역首譯으로 따라가 왕실의 신임을 얻었다. 인평대군의 형인 봉림대군鳳林大君도 장현을 총애하여 국왕(17대 효종)으로 등극한 후 장현의 딸을 궁녀로 받아들였다. 당시 역관이 청나라에 갈 때는 공식적인 출장비가 없었다. 대신에 인삼 8자루를 갖고 가 팔아 그 돈을 여비로 쓰도록 허용했다. 역관들은 남은 돈으로 청나라의 책, 골동품 등을 사갖고 와 경화사족京華士族에게 팔아 차익을 누렸다.

장현은 8자루보다 훨씬 많은 인삼을 갖고 갔으나 효종 임금의 뒷배가 있어 아무도 시비를 걸지 못했다. 장현은 귀국할 때 화포, 염초焰硝, 유황硫黃 등 무기류를 사갖고 왔다. 북벌을 준비하는 효종의 밀명에 따른 것으로 추정된다.

장현의 동생 장찬張燦도 역관이었는데 인삼 밀무역으로 엄청난 재력을 쌓았다. 장찬은 거창한 누각이 있는 호화주택을 지어 사헌부로부터 탄핵 당했다. 백성들의 원성이 높아 그 호화주택은 허물어졌다.

장현, 장찬의 4촌 형제 장형張炯도 역관이다. 장형의 딸은 19대 임금 숙종의 후궁으로 들어갔다가 아들을 낳았다. 이 아들이 경종 임금이다.

흔히 숙종의 정비 인현왕후는 후덕한 인품의 인물로, 장희빈은 권모술수에 능한 비정한 인물로 묘사된다. 그러나 이는 역사에서 나타나는 전형적인 '승자勝者의 기록'일 뿐이다. 장희빈이 아들의 고환을 움켜잡아 고자로 만들었다는 등의 야사는 조작되었을 가능성이 높다. 장희빈은 1694년 갑술환국甲戌換局 당쟁의 희생자일 뿐이다.

5

正名

내가 대학 2학년생 때, 이 두 글자를 칠판에 부르르 떨리는 손으로 정성스레 적고 공자 철학에 대해 열변을 토하던 '동양철학의 이해'란 교양과목의 강사 목소리가 지금도 귀에 맴돈다. 캠퍼스 곳곳에 목련꽃이 흐드러지게 핀 4월 봄날이었다.

30대 초반으로 보이는 그는 종종 공자를 영어식 이름인 '콘퓨시우스Confucius'라 불렀다. 그래야 더 멋있게 들린다고 생각했을까. 그는 공자의 《논어》를 영어, 불어, 독일어로 읊기도 했다.

어느 날엔 '유붕자원방래有朋自遠方來 불역열호不亦說乎'라는 논어의 구절을 그리스어, 라틴어로도 말했다. 그 내용이 맞는지 수강생들은 알지 못했고…. 녹음기를 갖고 있었더라면 그 그리스어,

라틴어를 녹음했다가 어머니에게 들려주어 진짜인지, 가짜인지 알아볼 텐데 … . '언어의 귀재'인 내 어머니의 언어 실력이라면 이 정도는 금세 판별하겠지 … .

"정명正名은 공자사상의 중요한 개념입니다. 이름에 걸맞은 실제가 있어야 그 이름이 성립한다는 뜻이지요. 이름값을 하지 못하면 허깨비가 되는 것입니다. 공자님은 제자들에게서 '정치를 맡으면 무엇부터 하시겠느냐'는 질문을 받고 '반드시 이름을 바로 잡겠다'고 대답하셨다고 합니다."

강사는 자신의 지식을 과시하려는 듯 두서없이 이런저런 내용을 읊었다. 공자의 정명에 대해 말하다 뜬금없이 〈보바리 부인〉을 지은 프랑스 소설가 플로베르 이야기를 꺼낸 적도 있었다.

"보바리 부인의 불륜행각을 다룬 이 소설의 스토리는 프랑스 시골마을에서 일어난 실제 사건을 바탕으로 만들었다고 합니다. 1856년에 이 작품을 잡지에 연재했을 때 외설 논란이 일어나 화제가 되었지요. 이 작품이 문학사에서 왜 중요하냐? 스타일을 창조했기 때문입니다. 스타일이란 무엇인가? 옷 입는 맵시 따위가 아닙니다. 글쓰기를 통해 사고思考를 표현하는 방식이지요. 플로베르는 이렇게 말했답니다. 스타일이란 그 자체만으로도 사물들을 바라보는 절대적인 방식이다. … 스타일은 어떤 이야기를 더 우아하게, 더 정확하게 표현하는 수단이 아니라 그 자체가 하나의 인식방법이다. …"

깡마른 몸매의 강사는 자기 말에 스스로 감동된 듯 눈을 지그시 감고 잠시 상념에 잠겼다. 그러더니 눈을 번쩍 뜨며 말을 이었다.

"형식이 결여되면 사고思考도 없다. … 형식과 내용 가운데 하나를 탐구한다는 것은 다른 하나만 탐구하는 것과 마찬가지다. … 질료와 색채를 분리할 수 없듯이 형식과 내용도 떼놓을 수 없다. … 참 사고가 존재하면 반드시 이에 걸맞은 표현 형식이 있게 마련이다. … 노력하면 적확的確한 단 하나의 표현을 찾을 수 있다. … 플로베르는 이렇게 갈파했답니다. … 이게 그 유명한 …."

강사는 거기까지 말하고, 칠판에 정성스레 한자로 다음과 같이 썼다.

一物一語說

"일물일어설이라는 것이지요. 사고가 우아하면 우아할수록 문장은 맑은 소리를 낸다. … 적확한 어휘는 음악적이다. …"

강사는 도취된 듯 눈을 반쯤 감고 말했다. 이런 상황을 점입가경漸入佳境이라 해야 하나, 아니면 반대로 거거고산去去高山이라 해야 맞을까. 나의 인내심은 한계에 이르렀다. 나도 모르게 엉뚱할 만큼 큰 소리로 질문했다.

"너무 어렵습니다. 좀 쉽게 설명해 주십시오. 그리고 공자 정명 개념과 플로베르 일물일어설이 무슨 관계가 있습니까?"

내 목소리에 분명히 짜증이 섞였을 터인데도 강사는 오랜만에 질문을 받아서인지 반색하며 대답했다.

"아! 그러고 보니 여기가 학부 강의실이네요. 제가 오늘 오전에 대학원 강의를 하는 바람에 그 기분에 젖어 강의 수준을 낮추지 않아서…. 사물과 언어의 관계를 진리체계로 삼는다는 면에서 공자와 플로베르는 비슷하지요. 이런 관점을 세계 최초로 발견한 사람이 누구냐?"

강사는 자신의 오른손 검지로 자기 얼굴을 가리키며 말을 이었다.

"바로 접니다. 제가 최근에 〈언어의 진리체계: 공자와 플로베르의 비교 연구〉라는 논문을 완성해서 미국의 저명한 언어철학 저널에 보냈습니다. 이게 발표되면 아마도 세계 철학계에 엄청난 센세이션을 불러일으킬 겁니다."

강사의 주장이 옳다면 우리는 이 세계적인 학자를 너무 홀대하는 거다. 그렇지 않다면 그가 나르시시즘에 빠졌거나 아니면 허풍이 심하다 하겠다. 그는 머그잔에 든 물을 한 모금 마시고 말을 이었다.

"서양학자들이 의외로 논어를 정확하게 번역했답니다. 중국, 한국, 일본에서 나온 논어 해설서를 보면 헷갈리는 부분이 수두룩해요. 오히려 서양어 번역본이 명료한 게 많아요."

동양학을 강의하는 분이 서양학문의 우월성을 강조하려는 것인지? 그 강사의 발언 의도를 짐작할 수 없었다.

감색 양복 정장에 파란 물방울무늬의 넥타이를 단정하게 맨 그가 칠판에 또박또박 쓴 다음과 같은 글자는 지금도 내 뇌리에 생생하게 남아 있다.

君君 臣臣 父父 子子

"이게 무슨 뜻인지 아는 학생?"

아무런 반응이 없자 강사는 벌건 잇몸이 드러날 만큼 활짝 웃으며 설명했다.

"군군 신신 부부 자자 … 임금은 임금다워야 하고, 신하는 신하다워야 하며, 아비는 아비다워야, 자식은 자식다워야 한다, … 모름지기 인간은 제 자리에서 제 역할을 해야 한다, … 이런 뜻이에요. 여기서 첫 글자 군은 주어이고 두 번째 글자 군은 임금다워야 한다는 술어述語입니다."

앞자리에 앉은 여학생 하나가 손을 번쩍 들어 질문했다. 그녀는 늘 핑크빛 또는 보라색 야구모자를 쓰고 실내에서도 선글라스를 벗지 않았다. 어느 학과, 누구인지도 모르겠다.

"그럼 도둑은 도둑질을 해야 한다는 뜻인가요? 도둑이 있어야 경찰관도 경찰 짓을 하며 먹고 살 것 아니겠어요? 도도盜盜 경경警

警이라….”

학생들의 폭소가 터졌다. 보따리 강사를 오래 한 그는 이런 도발적인 질문에도 화를 내기는커녕 빙긋이 웃었다. 그는 학생들이 대학을 졸업하기 전에 공자의 《논어》를 반드시 읽어보라고 권유했다.

“논어는 큰 북과 같은 존재입니다. 큰 북채를 들고 힘껏 치면 큰 소리가 날 것이고, 자그마한 북채로 성의 없이 두드리면 작은 소리가 날 뿐입니다. 큰 깨달음을 얻으려면 논어를 독파하고 공자의 가르침을 실천하세요.”

강사는 왼손을 번쩍 들어 북을 잡은 포즈를 취하고 오른손으로는 북채로 북을 두드리는 시늉을 했다. 이번에도 그 여학생이 대꾸했다.

“공자 철학은 충효忠孝를 강조하여 기득권 세력을 옹호하지 않았나요? 이 때문에 아랫것들은 평생 지배층의 밑구녕을 핥으며 살았고요. 오죽 했으면 어느 교수님이 《공자가 죽어야 나라가 산다》라는 책까지 썼겠어요?”

“학생! 어디서 그런 편향된 논리를 배웠나요? 공자님은 ‘타인을 사랑하라’는 인仁, ‘내가 당하기 싫은 일은 남에게도 하지 말라’는 서恕를 권장하셨답니다.”

“몇 천 년 전의 고리타분한 공자 가르침이 오늘날 우리에게 무슨 쓸모가 있나요? 떡이 생깁니까, 밥이 생깁니까?”

강사는 얼굴 전체가 안동 하회탈 모양으로 보일 만큼 더욱 환하게 웃으며 대답했다.

"밥보다, 떡보다 훨씬 비싼 걸 얻을 수 있습니다. 정신적인 만족감뿐만 아니라 현실적인 성공도 손에 쥘 수 있다…, 인간답게 살 수 있다, … 이 말입니다."

"교수님은 현실에서 성공하신 분인가요? 공자의 가르침을 맹목적으로 따른 조선 사대부가 한 일이 무엇입니까? 탐관오리가 되어 백성을 가렴주구하고 나라를 망치지 않았습니까?"

하회탈이 일그러졌다. 애써 여유를 보이며 웃으려던 강사는 인내의 한계점에 도달한 모양이었다. 그 여학생은 작심하고 그 강사에 대한 저격수로 나선 듯했다.

"나는 교수가 아닙니다. 강사예요. 시간강사 … . 그러니 정명正名 방식에 따르자면 '강사'라고 불러주세요. 우리나라 현실에서 시간강사는 성공한 사람이 아니지요. 같은 과목을 가르쳐도 정교수에 비해 10분의 1도 못 되는 급여를 받는답니다. 조선 망국의 원인에 대해서는 제 전공 밖의 일이니 제가 언급할 입장이 아니군요."

"논어를 공부하면 성공한다고 강조하시곤 정작 강사님은 실패했다니 저희가 어느 장단에 춤을 춰야 하나요?"

"대학자이신 공자님도 하급 관리밖에 하지 못했답니다. 현실적으로 따지자면 성공하지 못한 삶이었지요."

"실패자가 쓴 책을 읽으면 성공한다? 이상하지 않나요? 강사님?"

강사의 얼굴빛이 벌겋게 변했다. 목울대가 바르르 떨렸다.

"뭐가 이상해? 세속적으로 성공한 사람은 책 따위를 쓸 시간이 없잖아! 그들이 낸 책은 아마 대부분이 대필 작가가 썼을 거야."

강사의 말투가 반말로 바뀌었다. 여학생은 생글생글 웃으며 질문을 이어갔다.

"공허한 이론서를 읽을 시간이 저희 20대 젊은이에겐 없어요. 《주식투자 대박 성공법》, 이런 책을 쓰고 정작 자신은 깡통계좌로 골치를 썩이는 재테크 저술가의 책 따위는 저희 눈에도 엉터리임이 훤히 보여요."

강사는 콧김을 쉭쉭 뿜으며 고함을 질렀다.

"학생! 신성한 대학 강의실에서 재테크 따위를 입에 담다니 학문의 전당을 너무 모독하는구먼."

여학생의 반격도 만만찮았다.

"현실 성공 운운… 강사님이 학문의 전당을 먼저 모독했잖아요."

"그러는 자네는 강의실에서 모자, 색안경을 쓰고…. 예의가 없잖아. 당장 벗어!"

"지금이 조선시대예요? 실내에서 모자를 벗으라뇨?"

"자네 이름이 뭐야? 무슨 학과야?"

"경영학과 박세라예요."

"박세라? 어디서 많이 듣던 이름인데 … ."

강사가 고개를 좌우로 까딱이며 잠시 뜸을 들일 때 어느 학생이 중얼거렸다.

"박세라 … 골프 선수 아냐?"

박세라라면 나도 들어본 이름이다. 아시안게임에 국가대표로 출전한 선수이다. 대학신문에 언젠가 큼직하게 인터뷰가 보도되기도 했다. 그때도 짙은 선글라스를 쓴 얼굴이었다. 박세리 같은 불멸의 골프선수가 되기 위해 개명改名했다는 사연도 그 인터뷰를 읽고 알았다.

그 박세라가 바로 저 학생이군 … .

부상으로 슬럼프에 빠졌다는 풍문을 들은 적이 있다. 박세리와 비슷한 이름으로 바꾼 후 실제로 이름 덕을 봤을까? 20세기 정상급 철학자 마르틴 하이데거가 "언어는 존재의 집"이라 주장한 바와 같이 언어와 존재의 상관관계가 실제로 작용할까?

공자의 정명正名, 하이데거의 언어와 존재 등 내 사고능력을 넘어서는 어려운 이론들로 골머리를 앓을 때마다 나는 어린 시절의 박호순을 떠올리며 청량감을 누린다. 공자와 하이데거의 이론이 반드시 옳지만 않다는 사실을 박호순 사례에서 알았다고 박수를 치며 나는 무슨 대발견이라도 했다는 듯 스스로 우쭐해했다. 초등학교 동창생 황여숙의 얼굴은 요즘도 백합처럼 흴까, 백종철의 피부에서 부황 기운은 빠졌을까.

그해 겨울방학 때였다. TV 채널을 돌리다 어느 방송에서 노자老子 철학을 강의하는 프로그램이 방영되기에 무심코 지켜봤다. 턱 밑에 염소수염을 길게 기르고 개량 한복을 입은 강사는 외모로 보아 계룡산 기슭에 기거하는 도인道人 같았다. 《뜻으로 본 한국역사》의 저자 함석헌 선생이나 소설가 이외수 선생을 닮았다. 그는 《도덕경》에 나오는 첫 문장을 하얀 보드 위에 큼직하게 썼다.

道可道 非常道 名可名 非常名

강사는 눈을 지그시 감고 이 글을 천천히 읽었다

"도가도 비상도, 명가명 비상명이라 … ."

그는 투명 유리잔에 든 물을 꿀꺽꿀꺽 마시고 나서 뭔가 중대 결심이라도 한 듯 눈을 부릅뜨고 뜻을 풀이했다.

"도를 도라고 부르면 이미 도가 아니요, 이름을 이름으로 부르면 이름이 아니니라 … ."

어쩐지 귀에 익은 목소리였다. 그는 또 뜸을 들였다. 그때 방청석에 앉은 어느 여성이 손을 들어 질문했다.

"도는 신성한 것이어서 인간의 입으로 도를 부르짖으면 곤란하다는 뜻인가요? 이름을 이름으로 부른다 … 무슨 뜻인가요? 도사님?”

화면에 그녀의 얼굴이 클로스업됐다. 아… 교양철학 시간에 질문하던 바로 그 여학생, 박세라였다. 여전히 색안경을 쓴 모습이다. 야외에서 골프를 치며 선글라스를 쓰는 게 버릇이 되어서인지 실내 스튜디오에서도 안경을 벗지 않았다.

“허허허 … 저를 도사님이라 부르시니 과분한 호칭입니다. 저는 동양철학을 공부하는 일개 백면서생일 뿐입니다.”

강사의 얼굴이 화면에 확대되니 안면이 있어 보였다. 자세히 살피니 봄 학기에 동양철학을 강의했던 바로 그 강사였다. 자막으로 강사의 경력이 흘러나왔다. 한국이 낳은 세계적인 동양철학자 장풍張飌 박사, 세계현인회 정회원, 벨기에 뤼벵대 및 스위스 상크트할렌대 초빙교수 역임 … .

그는 그 교양철학 과목 개강 때 자기 한자 이름을 칠판에 쓰고는 풍飌이 ‘바람 풍風’의 고자古字라면서 이런 벽자僻字 이름을 가진 사람은 매우 고귀한 삶을 살거나 아니면 고약한 운명에 시달린다고 말했다.

그의 외모가 몇 달 새 급변했다. 양복에서 개량한복으로, 깔끔한 면도 얼굴에서 탑삭부리 도사형으로 … . 강의 내용만 해도 그렇다. 공맹孔孟을 가르치던 분이 노장老莊으로 돌아선 이유도 석연찮다. 그의 강의는 기대와는 달리 여느 책에서 볼 수 있는 평범한 내용이었다. 그래도 TV에 드물게 나오는 교양 프로그램이어서 내 딴엔 공책에 써가며 정신을 집중해서 들었다. 필기 노력이 아까워 아래와 같이 정리해 보았다.

노자는 초楚나라 사람으로 이름은 이이李耳라고 한다. 공자와 비슷한 시대에 살아 공자가 노자에게 한 수 배웠다는 설도 있다. 노자는 춘추 말기 주周나라 도서관장을 지내다 은퇴하고, 은둔하기 위해 함곡관을 건너갔다. 이곳을 지키던 관리의 요청으로 그 자리에서 《도덕경》을 집필해 주었다.

5천 자 남짓의 글자로 이루어졌지만 인류문명에 많은 영향을 끼친 《도덕경》은 시대와 개인에 따라 다양한 스펙트럼으로 읽히는 책이다. 《도덕경》은 종교, 철학, 예술, 정치 등 문명의 각 부문과 탄력적으로 연계하면서 인간의 심혼을 뒤흔드는 신비한 잠언이 되었다.

노자가 살았던 춘추전국시대(BC 771~BC 221년)는 하늘이 으뜸이라는 천명관天命觀이 무너지고 천하유도天下有道, 즉 지상의 이상세계에 대한 논의가 치열하게 전개된 백가쟁명百家爭鳴의 시대였다. 이 어지러운 때에 공자는 시대의 혼란 이유를 인간성 상실로 규명하였고, 노자는 인위적 문화체계나 통치방식 탓으로 돌렸다.

중국의 춘추전국시대에 인도에서는 싯다르타가 불교를 창시했고, 서양에서는 소크라테스가 철학을 일으켰다. 훗날 독일의 철학자 야스퍼스는 동서양의 이 시대를 '축軸의 시대the Age of Axil'라 명명했다.

공자가 극기복례로 연결되는 친친親親을, 노자가 무위자연으로 이어지는 무친無親을 강조했다는 점을 비교하면 흥미롭다.

'도가도 비상도 명가명 비상명'을 영어로는 어떻게 번역했는지를 확인했다. 필명이 레드 파인Red Pine이란 분이 번역한 영문판 《도덕경》을 찾아보았더니 뜻밖에 이해하기 쉬웠다.

The way that becomes a way
is not the Immortal Way
the name that becomes a name
is not the Immortal Name

공책에 장풍 도사의 강의 요지를 적고 나니 몇 가지 의문이 생겼다.

노자의 본명이 '이이'라기에 5천 원짜리 지폐의 '표지 모델'인 율곡 이이 선생의 이름 한자를 확인해 봤다. '李珥'였다. 율곡의 부모는 왜 아들 이름을 성리학 체제가 굳건한 조선시대에 노자와 비슷하게 지었을까? 율곡의 아버지는 이원수, 어머니는 신 사임당 ….

장풍 도사는 어떤 계기로 저렇게 변신했을까? TV에 출연하면 세속적으로 성공한 셈인가? TV 스타가 되려면 '장풍'이란 이름에 어울리게 손바닥으로 바람을 일으키는 장풍掌風 묘기를 보여줘야 하지 않을까? 박세라는 왜 방청석에 앉아 있었을까?

6

비행기 창문을 통해 내려 본 홍해는 붉은 햇살을 받아 푸르스름한 물빛을 부드럽게 반사하고 있었다. 저 멀리 아프리카 대륙이 어렴풋이 보인다. 이집트 동쪽이겠다. 누렇다는 느낌이 든다. 거대한 흙더미 같다. 홍해의 오른쪽엔 아라비아 반도가 내려다보인다. 그곳도 누렇다. 사막이겠지.

이집트에서 아라비아 반도로 모세가 이스라엘 민족을 이끌고 탈출할 때 저 바다가 갈라지며 뭍을 드러냈단 말인가. 세실 B. 데밀 감독의 영화 〈십계〉를 TV에서 보고 가족끼리 내기를 벌이던 중3 때의 어느 연말 저녁 광경이 기억에 살아난다.

이집트 병사들이 추격해 오자 저 홍해가 갑자기 쩍 갈라진다. 이스라엘 백성은 갈라진 바다 사이의 길로 걸어가고, 뒤쫓던 이집트 병사들은 다시 합쳐진 바다에 빠져 몰사한다. 이런 '모세의 기적'이 사실이다, 아니다,를 둘러싸고 아버지는 명백히 엉터리라고 주장했고, 어머니는 그럴 가능성도 있다고 맞섰다. 나는 슬며시 어머니 편을 들었다. 부모 사이의 내기에서 어머니가 이기는 때가 많았기 때문이다. 아버지는 그때 캔맥주를 벌컥벌컥 마시며 열변을 토했다.

"우리나라 서해안의 제부도니, 대부도니 하는 데 가 봐요. 바닷물이 많이 빠지는 조금 때는 모세의 기적처럼 뭍에서 가까운 섬에는 걸어갈 수 있지. 그러나 홍해에는 그런 섬은 거의 없어요. 다른 바다에서 일어날 수 있는 개연성으로 그렇게 기술했을 뿐이지. 그러니 사실이 아니에요."

어머니의 반론도 만만찮았다.

"팩트냐 아니냐를 따지는 것은 너무 좁은 해석이에요. 신화의 상징성으로 봐야지요. 다른 곳에서 실제로 이런 일이 일어났을 가능성도 있고요."

"당신이 아무리 독실한 천주교 신자라 하더라도 성경을 교조적教條的으로 믿어서도 안 되고 축자적逐字的으로 해석해도 곤란해요."

"성경을 보는 내 관점은 유연한 편이에요."

내가 보기엔 아버지, 어머니의 주장은 다른 듯하면서도 엇비슷했다. 크리스마스트리에 달린 번쩍거리는 전구불빛 아래 아버지, 어머니는 두어 시간이나 티격태격 입씨름을 벌였다.

물론 '모세의 기적'의 사실 여부는 가족 토론에서 가려질 수 있는 사안이 아니었다. 그런데도 어머니는 끝장을 보고 싶어 했다. 아버지의 항복을 받아내지 않으면 밤이라도 새우려는 듯 기세가 등등했다. 어머니는 그 즈음에 이집트, 메소포타미아 신화 연구에 몰두했다. 주변의 일상에서 신화와 관련된 사안이 발견되면 환호하던 때였다. 결국 아버지는 꼬리를 내렸다.

"태곳적 먼 나라에서 일어난 황당한 이야기를 갖고 지금 어찌 사실 여부를 증명할 수 있으랴만, 우리 집에서는 마나님 말씀이 법이요 진리이니 힘없는 내가 백기투항할 수밖에 없지 않겠나?"

아버지는 투덜거리면서 배달시킨 양념 치킨 2박스 값을 치러야 했다. 아버지는 어머니를 따라 주일마다 성당에 부지런히 가고 성가대 활동에도 열중한다. 성가를 부를 때는 표정이 얼마나 진지한지 순교라도 불사할 신실한 신자 같다. 그러나 교리에 대해 토론할 때는 성경의 문제점을 자꾸 들먹인다.

모세Moses란 이름의 뜻은 '내가 그를 물에서 건져냈다' 란다. 모세는 자기 이름 뜻대로 히브리 민족을 이집트 파라오 학정虐政에서 건져냈다. 이름을 그렇게 지었기에 명실상부한 역할을 했나? 아니면 이런 인과因果관계를 후세 사람들이 적당히 지어냈나?

한동안 아버지 서가에 《세 명의 사기꾼》이란 책이 꽂혀 있었다. 17~18세기에 프랑스에서 익명의 저자가 출판한 밀서密書인데 거기에 모세는 사기꾼으로 등장한다. 기적을 일으켰다지만 교묘한 속임수에 불과하고, 하나님의 목소리를 직접 들었다고 하지만 이 또한 신빙성이 없다는 내용이다. 어머니는 이 책을 발견하고는 "악마가 쓴 책!"이라며 불태웠다.

〈십계〉 영화를 보고 치킨을 먹은 후 나는 공부방으로 돌아와 성경과 역사책을 번갈아 펴들고 영화 스토리를 아래와 같이 요약했다.

이집트에 살고 있는 히브리 민족이 날로 번성하자 이집트 왕(파라오)은 위협을 느껴 히브리인 장남 아기들을 모두 죽이라고 명령한다. 히브리 여자 요게벳은 아들을 살리려 바구니에 넣어 나일강에 띄웠다. 마침 강변에서 바람을 쐬던 공주가 아기를 발견하고 데려와 키운다. 모세란 이름을 지어주고 자기 아들로 삼는다.

세월이 흘러 공주의 오빠가 파라오가 된다. 모세는 현명하고 용감한 청년으로 장성해 파라오의 총애를 받는다. 람세스 왕자는 아버지가 모세를 끼고돌자 질투심을 느낀다.

모세는 어느 날 자신이 이집트 왕족이 아니라 히브리 노예라는 사실을 알게 된다. 4백여 년 동안 노예로 살아온 히브리인들은 하느님이 선지자를 보내 자신들을 '젖과 꿀이 흐르는 땅'으로 보내 주리라고 믿었다.

람세스는 모세가 노예의 아들이라는 사실을 알고 광야로 내쫓는다. 모세는 광야를 헤매다 양치기 여인 세포라를 만나 혼인한다. 모세는 어느 날 시나이산에서 하느님을 만나 "이집트에서 신음하는 동포들을 구하라!"는 명령을 받는다. 모세는 파라오가 된 람세스에 대항하다 동족을 이끌고 이집트에서 탈출한다. 이들이 홍해에 이르렀을 때 람세스가 전차부대를 동원하여 그들을 쫓아온다. 하느님은 바다를 갈라지게 해서 그들을 무사히 건너게 해주신다. 동족을 이끌고 시나이산 기슭에 도착한 모세는 산으로 들어가 40주야의 기도 끝에 하느님을 다시 만나 십계명 석판을 받아 가지고 하산한다.

비행기가 서진西進하자 이윽고 물빛이 약간 열어지면서 코발트 블루로 바뀐다. 지중해다. 모니터에는 지중해 상공을 날아가는 에어버스 항공기의 모형이 비친다.

지중해 …, 포세이돈이 호령하던 곳, 율리시즈의 열정이 용해되고 클레오파트라의 정염이 넘치던 바다 ….

그리스 신화가 이미지 형태로 떠올랐다. 신화를 소재로 한 그림을 많이 봐서 그런지 그림 속 인물과 동물이 살아나 움직인다. 내 눈 앞에는 동영상의 화려한 파노라마가 펼쳐진다. 제우스가 소로 둔갑했다. 다른 소 무리 속에 슬며시 들어가 초원 속에서 노닌다. 소의 털은 아무도 밟지 않은 눈〔雪〕처럼 희디희다. 목의 살은 탄탄하고 자그마한 뿔은 노련한 장인匠人이 정성스레 다듬은 듯 은은한 빛을 뿜는다. 눈〔目〕빛은 페르시아 양탄자처럼 부드러웠고 다리는 곧게 쭉 뻗어 고결한 종種임을 증명한다.

이렇게 잘 생긴 소를 봤으니 아리따운 공주 에우로파는 첫눈에 반했다. 그녀는 소 앞에서 불타는 가슴을 안고 맴돌다가 용기를 내어 꽃 한 송이를 바쳤다. 제우스는 얼른 에우로파를 덮치려다 애써 욕망을 감추었다. 풀밭을 천천히 걷기도 하고 노란 모래밭에서 하얀 몸을 뒹굴리며 평화스런 자태를 보였다. 공주는 안심이 되어 소를 쓰다듬었고 뿔에다 꽃다발을 걸어주기도 했다. 마침내 공주는 소 등에 올라탔다.

소는 처음엔 해변을 슬슬 걸었다. 공주는 파란 바다를 바라보며 소를 탄 기분을 만끽했다. 소는 서서히 바다 쪽으로 들어갔다. 공주가 소리 쳐도 소용없었다. 소는 그 바다, 지중해를 건넜다. 제우스는 그렇게 해서 에우로파를 납치한 것이다. 에우로파, 유럽 대륙의 이름 유래다.

"아아!"

비명이 귓전을 때린다. 에우로파의 목소리일까?

소의 얼굴이 클로스업된다. 가만히 보니 소가 아니라 내 얼굴이다. 내가 소로 변신한 것이다. 에우로파의 얼굴도 낯익은 한국인 여성인데 … .

"헉!"

나는 외마디 비명을 지르며 눈을 번쩍 떴다. 겨우 가위눌림에서 벗어난 것이다.

"와인 좀 더 주세요."

내가 목을 컥컥거리며 부탁하자 스튜어디스가 포르투갈산産 포르투를 정성스레 따라준다. 진홍색 포르투를 몇 병이나 홍해에 뿌리면 에메랄드그린, 즉 비취翡翠빛이 빨갛게 변해 진정한 홍해가 될까? 이런 부질없는 상상을 하면서 이런저런 상념에 잠겼다. 눈이 자꾸 감긴다. 오래 비행기를 타서 머리가 멍한 데다 취기마저 감돌아 이번엔 자꾸 영화 장면이 떠오른다.

크레타섬 상공을 지날 때였다. 역사 영화에 등장한 배우들의 환영幻影이 눈앞에 어른거린다. 〈십계〉와 〈벤허〉의 주연배우 찰튼 헤스턴의 헝클어진 머리칼이 춤을 춘다. 〈율리시즈〉에서 타이틀 롤을 맡은 커크 더글러스의 이두박근이 내 눈앞에서 꿈틀거린다. 〈클레오파트라〉에서 여왕으로 출연한 엘리자베스 테일러가 독사에 물려 최후를 맞는 장엄한 라스트신이 생생하게 되살아난다. 이들 영화 여럿이 동시 상영되는 듯 여러 배우들이 한꺼번에 겹쳐 보인다.

〈십계〉의 전투장면에 출연한 수많은 엑스트라 가운데 내 얼굴이 보인다. 내가 영화에 출연한 것이다. 벌거벗은 히브리 백성으로 나온 나는 맨발로 사막 길을 걷다가 이집트 병사들의 추격을 받는다. 아무리 달려도 제자리걸음이다. 바로 내 등 뒤에까지 병사가 쫓아왔다. 이집트 기마병이 찌르는 창이 내 복부를 관통한다. …

“악!”

나는 절규하며 모랫바닥에 나뒹군다.

"손님, 곧 제르바 공항에 착륙합니다."

스튜어디스가 나를 깨우지 않았다면 악몽에 오래 시달릴 뻔했다. 온몸에 땀이 흥건하면서 아랫도리가 축축했다.

제르바 … 지중해의 작은 섬

1

제르바. 지중해에 떠 있는 낯선 작은 섬. 면적이 514㎢으로 제주도(1,847㎢) 보다는 작고 거제도(380㎢) 보다는 크다.

튀니지 동북단의 휴양지. 옛 카르타고의 명장名將 한니발의 화려한 발자취가 희미하게 남은 역사유적지. 지금은 프랑스인들이 주로 몰려와 바캉스를 즐기는 곳. 이 섬에 있는 허름한 공항에 도착할 줄은 얼마 전만 하더라도 상상조차 하지 못했다.

제르바 관광국에서 골프장을 포함한 복합 리조트 타운을 설계해 달라고 요청했기에 타당성 조사를 위해 온 것이다. '재스민 혁명'이라 했던가. 튀니지, 리비아 등 북아프리카 지역에 불어닥친 혁명의 바람을…. 오래된 독재 정권이 무너지자 새로운 개혁의 물결이 흐르는 모양이다. 프랑스 식민지였던 튀니지는 여전히 프랑스 입김이 미치는 나라이다. 프랑스의 유력한 생명보험사와 제르바 관광국이 공동으로 리조트 타운 설립을 추진한단다.

"귀하가 한국에 세운 골프장을 온라인 영상으로 관심 있게 살펴봤습니다. 모래 벙커를 자연친화적으로 여러 개 처리한 모습이 눈길을 끌더군요. 이곳 제르바의 지형 특성을 고려해서 세계적으로 이름을 날릴 명문 골프장을 설계해 주시기 앙망합니다. 귀하가 네덜란드 미술관 설계 공모전에서 그랑프리를 수상한 경력도 감안했습니다."

이런 요지의 의뢰서를 받았다. 우선 가급적 이른 시일 안으로 제르바를 방문해 달라는 재촉과 함께 … .

"제르바? 어디에 있나?"

내가 의뢰서를 받고 이렇게 중얼거릴 때였다. 우리 건축설계사무소의 고문인 건축계 원로가 내 말을 듣고 대답해 주었다.

"내가 잘 알고 있소. 몇 번 가봤으니까. 튀니지 본토에서 지중해 쪽으로 조금 떨어져 있는 섬이오. 내가 현역으로 활동할 때 리비아 대수로 공사에 잠시 참여한 적이 있소. 그때는 리비아에 비행기로 가지 못했다오. 카다피 정권에 대한 여러 엠바고 때문에 리비아 직항이 금지되었소. 그래서 대한항공 특별기로 한국인 근로자 수백 명이 제르바로 갔다오. 거기서 바다를 건너 튀니지로 간 다음 버스를 타고 육로로 리비아로 입국했소. 귀국할 때는 역순이어서 오며가며 제르바에 여러 번 들렀소. 그곳 대추야자 맛이 기막히게 좋다오. 해안에는 특급 호텔이 많은데 프랑스와 이탈리아 손님들이 주요 고객이오."

나이 일흔 가까운 그 원로는 걸음을 걸을 때 발소리를 거의 내지 않는다. 깡마르고 왜소한 체격이어서 몸무게가 가볍긴 한데 그래도 그렇지 어떻게 구름 위를 걷는 듯할까.

임호택 건축사무소 고비제高贔謕 고문.

그 원로의 직함이다. 이름도 참 묘하다. 조개 패貝자를 3개 겹쳐 쓰는 비贔라는 글자는 난생 처음 보는데 '큰 거북'이란 뜻이란다. 제謕라는 글자도 벽자인데 '짐승이 울다'라는 의미라고 한다. 그의 어머니가 큰 거북이 우는 모습을 태몽으로 꾸었기에 지은 이름이라니 …. 그를 고문顧問이란 타이틀을 붙여 명함을 만들어준 것은 내 석사과정 지도교수인 M교수의 권유 때문이었다.

"가까이 모시면 그 기운만으로도 자네에게 도움이 될 것이야. 어려울 때마다 그분이 자네에게 해법을 제시해 줄 걸세. 보수는 자네 형편대로 드리게. 안 줘도 뭐라 불평하지 않을 분이야. 그 분도 자네를 키운다는 심경으로 고문직을 수락할 것이니 백수 노인에게 일자리를 제공하는 경우가 아님을 명심하시게."

고 고문은 M교수와 대학 동기생이니 나에게는 학과 선배가 되기도 한다. M교수는 기골이 장대하고 별명도 '인디아나 존스'여서 어디서나 존재감이 뚜렷하다. 그러나 고 고문은 소리 없이 나타났다가 바람처럼 사라지곤 했다.

고 고문은 이름 한자漢字도 희귀한 글자인 데다 평소 구사하는 어휘도 희소한 말투성이다. 웬만한 국어사전에는 실리지 않은 단어를 즐겨 쓰시는데 한적漢籍에 엄연히 있는 말이란다. '회오리바람'을 표홀猋忽, '벌레 울음소리'를 주즉啁唧, '시끄러운 속세'를 효애囂埃라 했다. '독서가'는 참인槧人, '가수'는 영인郢人이라 불렀다.

몸에서 풍기는 기품은 도인道人인데 때로는 개구쟁이 노인으로 변신하기도 한다. 성대모사의 달인이어서 이승만, 박정희, 전두환, 노태우, 김영삼, 노무현 등 역대 대통령의 목소리를 자유자재로 흉내 낸다. 팔도 사투리도 능숙하게 구사한다.

고 고문은 고급 원두커피가 입맛에 맞지 않는다며 우리 사무실에 들를 때마다 커피믹스를 서너 개 갖고 온다. 커피믹스 봉지를 입으로 물어뜯어 내용물을 뜨거운 물에 붓고는 티스푼 대신에 봉지 비닐을 꼬아 휘휘 젓는 일련의 동작은 고품격을 지향하는 우리 도곡동 건축디자인사무소 분위기와 어울리지 않는다.

언젠가 사무실 인근에 있는 은행 PB(프라이빗 뱅킹) 센터에서 새로 부임한 여성 지점장과 내가 인사를 나눌 때 고비제 고문의 황당한 '액션'을 목격했다.

40대 후반으로 보이는 지점장은 나비 무늬가 새겨진 분홍색 에르메스 스카프를 목에 두르고 부유층 고객과 눈높이를 맞추고 있었다. 독신이라 했다. 일에 미쳐, 품위 있는 고객과 대화하는 일에 큰 보람을 느껴 결혼하지 않았다고 한다. 자주 영어 단어를 썼다. 지점 내부 분위기를 우아하게 꾸미겠다는 뜻을 밝힐 때 한국어 단어는 토씨에만 사용했다.

“엘리건트한 인바이런먼트로 메이킹할 거예요.”

얼핏 들으니 콩글리시 같은데 하도 혀를 굴려서 말하기에 미국에서 적어도 경영학 석사MBA 공부 정도는 한 것 같았다. 큰 키에 이목구비도 큼직큼직한 미인이어서 가수 옥주현과 비슷한 인상을 풍겼다. 지점장실 한구석에 놓인 매킨토시 오디오에서 바흐의 무반주 첼로 조곡이 잔잔히 흘러나왔다. 그 우아한 음률을 깨는 소음이 들려왔다.

“커피믹스 몇 개 가져가는 게 뭐 그리 경천동지驚天動地할 일이오? 고객이 필요해서 가져가면 그러려니 하고 가만히 계셔야지, 굳이 면박까지 주며 제지할 것까지야 없잖소?”

지점장실 바깥에서 누군가가 목소리를 높였다. 귀에 익은 목소리였다. 유리문 밖을 얼핏 보니 바로 고 고문이었다. 여성 경비원과 입씨름을 벌이고 있었다.

“한두 개면 몰라도 이렇게 몽땅 가져가시면 어떡해요? 지금까지 한두 번이 아니잖아요?”

냉온수 물통 옆에 놓인 커피믹스를 한 움큼 집어가자, 여직원이 제지한 모양이었다.

“손님은 왕이라는데 당신은 왕한테 이렇게 응대하는 거요?”

“왕이 왕답게 행동해야 대접을 받지요.”

"내가 왕답지 않게 행동한 게 뭐요? 왕은 마음대로 하잖소. 내 맘대로 커피믹스 몇 개 집어간 게 그리 아니꼽게 보여요?"

"할아버지는 저희 은행 고객도 아니잖아요. 계좌가 있나요?"

"잠재 고객도 고객은 고객이오."

"해도 해도 너무 하세요. 커피믹스며, 사탕이며, 메모지며, 볼펜이며 …. 지금까지 여기서 들고 간 물건만으로도 가게를 차리시겠어요. 소문을 듣자하니 이 부근 다른 은행 점포에서도 이러신다면서요?"

"허허허! 그러긴 하오만 가게를 차릴 정도는 아니오."

고 고문은 목소리를 높였지만 노기 어린 말투는 아니었다. 얼굴을 살펴보니 실실 웃고 있었다.

지점장은 노련했다. 심호흡을 하더니 고 고문에게 다가갔다. 그녀는 상냥하게 웃으며 말했다.

"고객님, 정말 죄송합니다. 저희 직원이 뭘 잘 모르고 큰 결례를 범했습니다."

지점장은 고 고문에게 머리를 조아린 뒤 곧 고개를 세워 직원을 꾸짖었다.

"고객님께 정식으로 사과하세요. 그리고 커피믹스 새것으로 박스째 드리세요."

그 선배가 회사에 올 때마다 갖고 온 커피믹스는 이런 은행 순례의 결과물이었다. 선배는 부근에 있는 유명한 빵집에도 자주 출현하는 모양이었다. 거기서 제공하는 시식 빵을 즐기며 마감 직전에 가서 그날 팔지 못한 빵을 얻어온단다.

"어차피 푸드 뱅크에 기증할 빵 아니오? 독거노인인 나에게 주시오."

이런 수법으로 고급 빵을 얻었다. 물론 그는 독거獨居하지 않았다. 선배는 아침에 집에서 나올 때 빈 가방을 갖고 나와 귀가할 때는 이것저것 잔뜩 챙겨 가져갔다.

그 후 M교수를 만났을 때 내가 고 고문의 이런 행각을 전하며 좀 못마땅하다는 표정을 지었다. 그랬더니 M교수는 정색을 하고 고 고문을 두둔했다.

"자네, 고비제란 인물을 잘 몰라서 그러네. 유구한 역사를 자랑하는 우리 건축학과가 배출한 천재 중의 한 사람이야. 우리 과의 대선배인 이상李箱 시인 알지? 그런 분과 비슷한 과科야. 학부 시절에 이미 귄터 베니쉬, 노먼 포스터 같은 대가大家들과 교유했어. 나 같은 사람은 그 친구와 비교하면 족탈불급足脫不及이었지."

"귄터 베니쉬라면 뮌헨올림픽 스타디움을 설계한 독일인 건축가, 그분 말입니까?"

"그래 맞아. 당시에 인터넷이 없을 때인데 독일로 편지를 보내 궁금한 것을 질문하곤 했지. 귄터 베니쉬가 답장을 여러 차례 보내왔고. 나도 그 답장을 봤는데 도무지 읽을 수가 없었어. 지렁

이 기어가는 듯한 필기체 독일어 글씨를 그 친구처럼 독일어, 영어에 능통한 사람이 아니라면 누가 쉽게 읽겠어?"

"런던시청을 설계한 노먼 포스터 경卿과도 교유했다고요?"

"펜팔이라고, 당시엔 편지로 친구를 사귀는 게 국제적으로 유행했어. 한국의 청년 건축학도가 세계적인 건축가 노먼 포스터와 편지를 주고받으며 건축 철학에 대해 토론을 벌였지. 그 사연은 당시 국내 신문에도 화젯거리로 보도되었고…. 건물은 인간의 삶을 변화시킨다, 예를 들면 어두컴컴한 학교에서 공부하던 학생들이 새로 지어진 환한 교실로 옮기면 행동도 변하고 학습능력도 향상된다… 노먼 포스터의 이런 건축 철학을 그때 알게 되었지. 어때, 놀랍지 않아?"

"고 고문님이 젊은 시절에 그렇게 활약하셨군요."

"엉뚱한 질문이지만, 그 친구와 내가 옥타곤 케이지 안에서 격투를 벌인다면 누가 이기겠나?"

평생 신체를 단련해서 근육질을 유지하는 거구의 M교수와 플라이급 선수 정도의 몸매인 고 고문이 맞붙는다? 답은 뻔하다.

"당연히 교수님이 이기시죠."

"겉모습으로 그렇게 판단하지 말게. 그 친구는 무술 고수야."

"그럴 리가…."

"택견의 대가여서 펄펄 날아다닌다네. 체구는 작아도 치타 같은 맹수의 근육을 갖고 있어 도약력이 엄청나지. 실제로 높이뛰기 선수로도 활약했다네. 청년 시절에 둘이서 여름방학 때 지리산 뱀사골에서 체력단련을 한 적이 있는데 나는 그 친구 꽁무니만 졸졸 따라다녔지."

"운동선수도 아닌 분들이 웬 체력단련을?"

"일생에 한 번은 히말라야에 올라야 할 것 아니겠는가? 등반 준비한다고 그랬지."

"히말라야에는 실제로 가셨는지요?"

"가긴 갔는데 사고가 나서 죽을 뻔했지. 그 이야기는 고 고문에게 물어보시게."

"고 고문님은 왜 대학에 남지 않으셨는지요?"

"실무에 능한 인재이니 현장에서 활약해야지. 그 친구는 건설회사에 들어가서 발군의 실력을 발휘했어. 건축뿐 아니라 토목에까지 영역을 넓혔지. 자네도 소문을 들었겠지만 대규모 토목 구조물에도 심미적 설계를 도입했다는 면에서 그는 새로운 역사를 개척했어. 그의 관심분야는 문화재 보존, 복원에까지 넓어졌지. 프랑스 동굴벽화연구회, 이집트 피라미드 보존학회에서 그는 석학대우를 받고 있어. 그의 존재는 그야말로 살아있는 신화야. 다만 무슨 사연이 있어 본명 대신에 가명으로 활동하는 분야가 많지."

"미스터리 그 자체네요. 가명은 뭔가요?"

"분야에 따라 다르다는 것 정도만 나도 알 뿐이야. 세계 건축미학계에서는 얼굴이 알려지지 않은 천재 건축가 '고라니'가 고비제라는 풍문이 있고 ….”

“고라니? 노루 비슷한 동물 아닌가요?”

“그렇긴 하지. 그런 이름을 가진 실존 인물이 있는지 나도 잘 모르겠네. 역시 공식 석상에 얼굴을 내비치지 않는 비제Bizet라는 고고미술사학자가 있는데 그가 고비제라는 설說도 떠돌았지. 비제는 프랑스 작곡가 비제의 후손이라는 풍설도 있고 ….”

“그런 대단한 분이 오늘날 커피믹스나 빵조각에 집착할 만큼 전락한 이유는 무엇일까요?”

“어허! 그런 외양적인 행동으로 함부로 전락이니 타락이니 하는 말을 쓰지 마시게. 무슨 연유가 있겠지. 점잖지 못한 행동이긴 하나 뭐 딱히 남에게 피해 주는 일도 아니고 ….”

M교수는 A4 용지에 검은 사인펜으로 큼직하게 글씨를 썼다.

正名?

M교수는 그 글씨를 내게 보여주고 눈주름을 지으며 싱긋 웃었다. 내가 그 뜻을 아느냐고 묻는 눈치였다. ‘정명’이 언제나 옳은 명제는 아니라는 뜻일까? 대충 그렇게 짐작하고 나도 슬며시 웃었다.

2

'正名'이란 글자를 보니 대학생 시절의 그 강사 장풍 박사의 얼굴과 강의실이 떠올랐다. 얼마 전 한밤중에 잠이 오지 않아 거실에 혼자 우두커니 앉아 탄산수 페리에를 마시며 케이블 TV 채널을 이리저리 돌리던 때였다. 문화 콘텐츠를 전문적으로 다루는 채널을 틀었는데, 낯익은 인물이 나타났다. 바로 그 강사였다.

세월이 그리 오래 흐르지도 않았는데 그는 그 사이에 중늙은이처럼 노쇠해 보였다. 과거에 TV에 출연할 때는 개량한복에 꽁지머리였는데, 이젠 도포 자락 휘날리는 옷차림에 박박 깎은 머리였다. 도올 김용옥 선생의 외모를 흉내 내는 듯했다. 목소리도 도올처럼 쉿소리를 낸다. 가히 '짝퉁 도올'이라 할 만하다. 자막을 보니 '재야 철학자'라 소개되었다. 번듯한 대학에 적籍을 두지 못하였나 보다. 그날 강의 주제는 '몸으로 실천하는 도道'였는데 쿵푸 동작을 하는가 하면, 날이 시퍼런 장검을 휘두르기도 했다.

프로그램을 진행하는 여성이 '장풍掌風을 뿜는 장풍張飌 박사'라고 소개하자 장 도사는 양 손바닥을 편 자세를 취했다. 탁자 위에는 촛불이 10여 개 이글거리고 있었다. 그는 무슨 주문을 외더니 기합소리와 함께 촛불을 순식간에 껐다. 진짜로 손바닥에서 바람이 나와 촛불을 껐을까. 눈속임인 마술의 일종일까.

마침 어머니도 TV를 함께 시청했다.

"아니 재가 누구야? 풍이 아냐?"

어머니의 6촌 동생이란다.

"학교에서 저분에게 동양철학을 배웠는데요. 좀 괴짜였어요."

"재가 어릴 때는 지극히 평범한 아이였지. 수줍음이 많아 친척 어른에게도 얼굴을 들지 못했어. 전형적인 '범생'이었지."

"여러 언어를 구사하시던데 진짜인지 모르겠어요."

"역관 DNA를 가진 우리 인동 장씨 후손인데 그 정도야 당연하지. 풍이는 나에게 그리스어를 배우기도 했어."

이 프로그램을 보니 박세라의 얼굴도 눈앞에 어른거린다. 박세라는 이번에도 장풍 박사의 TV 출연 녹화장에서 방청했다.

장풍 박사가 이번에 도포 자락 차림으로 출연하기 전에 개량한복 차림으로 나왔을 무렵의 이야기다. 대학생인 나는 겨울방학을 맞아 정신과 의사인 외삼촌에게 용돈을 뜯으러 갔다. 외삼촌이 운영하는 병원엔 '신경정신과' 대신에 '긍정심리 클리닉'이라는 간판이 달렸다. 외삼촌은 메이저 신문에도 자주 칼럼을 내는 제법 유명한 의사였다. 올림픽이나 아시안게임이 끝나면 적잖은 선수들이 금메달 획득의 영광을 외삼촌과 함께 나누고 싶다고 인터뷰에서 말하곤 했다.

"할 수 있다는 자신감을 갖도록 마인드컨트롤 기법을 가르쳐주신 장용 박사님께 이 자리를 빌려 감사드립니다."

외삼촌 병원에 가는 것은 용돈 타기 목적 이외에 내가 다니던 초등학교 부근이어서 잠시 옛 추억을 되새기는 여유를 누릴 수 있기 때문이다. 또 내가 좋아하는 운동선수를 만나는 행운을 누리기도 한다. 대기실에 앉아 있으면 매스미디어에서나 보던 유명 선수가 운동복 차림으로 줄줄이 나타나는 날이 있다. 간호사는 남자 선수에게 슬쩍 다가가 사인을 요구한다. 병원의 공식 방침으로는 사인 받기를 금지했다. 나는 내가 좋아하는 몇몇 여자 선수가 나타났을 때도 그냥 멀찌감치서 바라보기만 했다. 그들에게 다가가 사인을 요구할 만큼 넉살이 좋지 못했다.

운동선수의 체격을 보면 대체로 명실상부하다. 체격만으로도 무슨 종목의 선수인지 금방 알 수 있다. 두루미처럼 목과 팔다리가 긴 선수는 농구나 배구, 귓바퀴가 으깨져 돌돌 말린 청년은 레슬링이나 유도, 덩치가 남산만큼 큰 거한은 씨름이나 역도…. 왜소하지만 생고무 같은 탄력성을 지닌 듯 보이는 선수는 체조, 뭉툭한 코에 눈두덩이가 시퍼렇게 부은 젊은이는 복싱, 떡 벌어진 어깨가 돋보이면 수영….

육상 선수는 종목마다 체형이 현저히 다르다. 육상은 영어로는 '트랙 & 필드'이다. 운동장의 400미터 트랙에서 벌어지는 달리기 종목의 경우 100미터, 200미터 단거리 선수는 온몸이 속근速筋으로 똘똘 뭉쳐 있어 탄탄하게 보이고, 400미터 전문선수만 되어도 몸매가 조금 호리호리하다. 1,500미터나 3,000미터 등 중거리 선수는 군살 없는 체격이며, 1만 미터 이상의 장거리 선수는 깡말랐다. 42.195킬로미터를 달리는 마라톤 선수나 50킬로미터를 내내 걸어야 하는 경보선수는 가느다란 지근遲筋이 발달돼 겉보기로는 피골상접皮骨相接한 모습이다. 창, 해머, 포환 등을 던지는 필드 선수들은 헤라클레스 후예처럼 우람한 몸매를 지녔다.

"이들은 정명正名한 사람 아닌가?"

운동선수를 바라보며 나는 중얼거리곤 했다.

물론 체격만으로는 무슨 종목인지 판별하기 어려운 선수도 적잖다. 사격, 배드민턴, 탁구, 축구, 양궁, 펜싱 등이 그렇다. 특히 골프는 선수마다 체격이 천차만별이다. 로라 데이비스, 박인비, 김초롱 같은 듬직한 체구의 여자 선수가 정상급 골프선수로 활약했다는 게 믿어지지 않는다.

그날도 서울 혜화동에 있는 외삼촌 병원 대기실에서 여러 운동선수를 봤다. 내 머리 속에는 '저 선수는 무슨 종목일까?'하는 의문이 일어 나름대로 그들을 훔쳐보며 종목을 추정했다. 서너 명의 간호사 가운데 왕언니격인 40대 노처녀 미스 월月에게 넌지시 물었다. 내가 젖먹이 때 병원에 들어온 그녀는 꽃다운 청춘을 다 보내고 두툼한 몸피의 중년으로 변했다.

"방금 그 파란 추리닝 입은 여자 선수 … 탁구?"

"아니야. 사이클 … ."

"그럼, 초록색 추리닝 남자 선수 … 스키?"

"아닌데… 양손에 뭘 잡고 움직이는 것은 스키와 비슷하긴 한데 …."

"그럼 조정?"

"맞아."

"남자처럼 짧게 머리칼을 자른 저 여자 선수 … 암벽등반?"

"맞았어! 어떻게 알았니?"

"군살 하나 없는 작고 탄탄한 몸매에서 어쩐지 알프스 산바람이 부는 것 같더라고요."

미스 월과 이렇게 한담을 나누고 있는데 원장실 문이 열리며 방금 진료받은 선수가 나왔다. 야구선수 모자에 선글라스 …. 박세라였다. 갑자기 가슴이 쿵쾅거렸다. 박세라가 선글라스를 끼었기에 그녀의 눈망울을 확인할 수는 없었으나 그녀와 눈이 마주친 것이 틀림없었다. 그녀는 걸음을 멈칫하고 나를 빤히 쳐다보았다. 나도 그녀를 응시했다. 그녀는 내가 앉은 의자 쪽으로 성큼성큼 걸어왔다.

"야! 임호택!"

그녀가 내 이름을 어떻게 기억할까. 대형 강의실에서 출석을 부를 때 들은 여러 이름들 가운데 하나일 뿐인 내 이름을 …. 내가 두 눈을 멀뚱거리며 대답을 제대로 못하니 그녀는 바짝 다가와 한마디 툭 던졌다.

"나가서 얘기 좀 해!"

반말이다. 같은 학번이라도 서로 모르는 사이인데 대뜸 이렇게 말을 붙이다니 … .

"예? 응 … ."

나는 엉거주춤 일어나서 그녀 뒤를 따라 병원 문을 나섰다. 병원 부근에 망고, 키위, 딸기 등을 갈아서 파는 생과일주스 전문점이 있었다. 그녀는 그 가게 문을 활짝 열고 들어갔다. 나는 그 뒤를 졸졸 따라 갔다. 통유리로 벽을 만들어 밖에서 안이 훤히 들여다보이는 가게였다. 손님들은 대부분이 햇볕이 드는 유리쪽 의자에 앉아 있었다.

그녀는 그늘진 쪽으로 갔다. 마주 앉아 그녀의 얼굴을 보니 눈썹까지 덮은 큼직한 선글라스 표면에 내 얼굴이 언뜻 비친다.

"내가 누군지 알겠어?"

그녀는 장난기 어린 말투로 웃으며 묻는다.

"박세라 … ?"

"박세라가 맞긴 한데 … 너는 박세라 이전의 나를 알 텐데 … ."

"우리, 만난 적이 있던가요?"

그녀는 목젖이 보일 만큼 입을 크게 벌리고 까르르 웃음을 터뜨린다.

"물론 만났지. 세월이 흐른 데다 선글라스 때문에 얼굴을 못 알아보겠지?"

그러더니 그녀는 주머니에서 수첩을 꺼내 뭔가 그림을 그렸다. 볼펜을 재빠르게 놀리는 솜씨를 보아 하니 그림 그리기에 재능이 있는 듯하다. 꽃 그림?

그녀는 그림을 완성한 후 내 눈 앞에 내밀었다.

"이 꽃 … 네가 초등학교 미술시간에 그린 것, 맞지?"

"응?"

호박꽃이었다. 채색은 하지 않았지만 별 모양이 뚜렷해 금세 알아보았다.

그녀는 내가 여전히 어리둥절해하자 선글라스를 홱 벗었다. 깊은 속눈썹에 사슴 눈망울을 닮은 그녀의 눈이 내 시야에 클로스업 되었다.

"이제 알겠지?"

"아 … 호순이 … 박호순!"

나는 엉겁결에 그녀의 손을 덥석 잡았다.

"수업시간에 출석 부를 때 임호택, 네 이름을 듣고 깜짝 놀랐어. 말을 건넬까 망설이다 … 오늘 우연히 만났네."

그녀는 그렇게 말하고 후, 하고 한숨을 내뱉었다.

"한숨은 왜?"

그녀는 즉답을 피하고 뜸을 들이더니 밖으로 나가서 산책하면서 말하자고 했다. 우리는 키위 주스를 테이크아웃해서 낙산공원을 향해 걸어 올라갔다.

대학로를 지나는데 어느 소극장 앞에서 피에로 복장을 한 연극 호객꾼이 우리에게 다가왔다. 주먹크기만 한 둥글고 빨간 피에로 코를 단 젊은 여성이었다.

"연인 커플, 티켓 하나 사시면 두 분이 관람할 수 있습니다."

내가 장난삼아 질문했다.

"우리는 연인 사이가 아닌데 … 그래도 두 사람이 볼 수 있나요?"

"물론이죠. 실제로 연인이냐 아니냐가 중요한 게 아니라 그렇게 보이는 게 중요하지요."

"우리가 연인으로 보이나요?"

"아주 다정한 연인으로 보이는데요. 만난 지 100일쯤 되는 …."

그녀의 말이 채 끝나기도 전에 박호순이 말을 이었다.

"연인 사이가 맞아요. 만난 지는 12년이 되었고!"

박호순은 깔깔 웃으며 느닷없이 내 팔짱을 꼈다. 나는 적이 당황했다. 내가 움찔하자 박호순은 더욱 강하게 내 몸에 밀착했다. 내가 보인 반응은 고작 "그럼 연극 볼까?"라는 말이었다.

이래서 〈대머리 여가수〉란 연극을 봤다. 언젠가 부모님이 이 연극에 대해 이야기한 적이 있어 귀에 익은 제목이었다. 나는 무대에 대머리 여자 가수가 당연히 나타날 것으로 기대했다. 시원한 대머리를 흔들며 신나게 노래를 부르겠지 …. 그러나 끝내 대머리 여가수는 등장하지 않았다. 사자갈기처럼 출렁거리는 머리칼을 가진 남자배우가 자주 등장해 고래고래 고함을 쳤다. 연극이 끝나고 막이 내려가자 사기 당한 기분이 들었다.

"제목으로 손님을 현혹한 엉터리 아니야?"

내가 큰 목소리로 떠들자 박호순이 픽 웃으며 대꾸한다.

"여기 팸플릿을 봐. 부조리극이라고 했잖아. 으젠 이오네스코 원작… 논리로 설명될 수 없는 삶의 부조리… ."

"삶이란 그렇게 뒤틀리고 부조리한가?"

"조리정연한 삶보다는 부조리가 더 많지 않나? 그래서 우리는 자주 절망적인 실존상황에 빠지게 되지."

"예를 든다면?"

"사랑하므로 이별하노라… 이런 3류 소설 모티브가 싸구려로 여겨지지? 진정 사랑하는 사람이라면 붙잡지 않고 보내준다,… 이혼하는 커플을 봐. 그들도 한때는 사랑하는 사이였겠지? 그런데 왜 원수처럼 싸우며 헤어지나? 사랑하는 사람과 그런 비극적인 파국을 맞지 않으려면 헤어져야 한다,… 덜 사랑하는 사람과 결혼해야 오히려 행복한 일상을 누릴 수 있다,… 이게 부조리 아니고 뭐야?"

"햇볕에 눈이 부셔서 아랍인을 총으로 쏴 죽였다고 고백한 뫼르소의 해괴한 논리와 비슷하구만. 카뮈의 〈이방인〉에 나오는 그 정신 나간 녀석 말이야."

박호순은 극장 안에서도 선글라스를 쓰고 있었다. 그러고 보니 연극 관람 내내 그랬다. 그녀는 웃음기를 뺀 표정으로 대꾸했다.

"뫼르소를 단순히 정신 나간 사람으로 보면 곤란하지 않을까. 우리의 삶 자체가 부조리하므로 … . 바깥으로 드러난 외면세계와 실체적 진실을 담은 내면세계가 다른 경우가 너무도 많기에 …."

연극이 끝났는데도 극장 한구석에 앉아 우리끼리 한동안 그렇게 이야기했다.

"청소를 해야겠는데요. 저녁 공연을 준비해야 한답니다."

극장 단원이 그렇게 말하지 않았다면 우리는 더 오래 앉아있을 뻔했다. 자리에서 벌떡 일어설 때 그 단원과 눈이 마주쳤다. 머리숱이 하나도 없는 40대 남자였다. 그야말로 대머리였다. 어디에선가 본 듯한 얼굴이었다.

"안녕 … 하세요? 어디 … 에선가 뵈었죠?"

내가 고개를 갸우뚱거리며 묻자 그는 코를 킁킁거리며 대답한다.

"오늘 처음 뵈었죠. 하하하 …."

"예?"

"방금 전에 제가 무대에 섰답니다. 그래서 안면이 있겠지요."

내가 여전히 고개를 갸우뚱거리자 그는 싱긋이 웃으며 허리춤을 더듬거렸다. 가발을 꺼내들어 썼다. 누런 털이 휘날리는 사자 갈기 가발이었다.

박호순이 내 팔을 당기며 나직이 말했다. 선글라스 때문에 보이지는 않았지만 아마 그녀는 눈을 흘겼으리라.

"저 배우의 삶도 무척 부조리하지?"

3

낙산공원에 오르니 사위四圍가 어둑어둑해진다. 인간 군상이 복작거리는 도시가 저 멀리 내려다보인다. 이곳에만 올라도 천상에 가까이 온 기분이 든다. 지상에서 높이 솟은 이 언덕 능선에 서니 머리 바로 위에 가을 하늘이 다가온다. 거기엔 별의 군무群舞가 펼쳐진다. 하늘을 자주 우러러 살피는 이의 눈에는 별의 움직임이 보인다.

"각, 항, 저, 방, 심, 미, 기…."

나도 모르게 이런 별 이름이 내 입에서 나왔다. 어머니가 노래 부르듯 자주 읊어 내 귀와 입에 착 달라붙은 말이었다. 박호순도 선글라스를 벗더니 리듬을 살리며 별자리 이름을 중얼거린다.

"두, 우, 여, 허, 위, 실, 벽…."

그 다음은 내 차례.

"규, 루, 위, 묘, 필, 자, 삼…."

마무리는 박호순 몫이었다.

"정, 귀, 유, 성, 장, 익, 진…."

우리는 서로의 얼굴과 하늘을 번갈아 보며 말을 이었다.

"저기 … 동쪽 하늘에 청룡靑龍이 날아오르네."

"북쪽 하늘엔 뱀과 거북이 어우러져 생명의 씨앗이 꿈틀거리고…."

"서녘 창공엔 백호白虎가 활개를 치는구만!"

"남녘 공중에선 붉은 새가 날갯짓을 하네."

박호순은 자기 아버지가 별자리 및 고인돌 연구가라고 밝혔다. 고인돌에 새겨진 별자리를 보고 고대인들이 살핀 천체天體현상을 탐구한다는 것이다. 등산복 차림으로 전국을 돌며 넓적한 돌덩이를 찾으러 다니는 아버지의 기행奇行을 가족은 처음엔 이해하지 못했단다. 아버지는 조상이 천문을 살피는 천관天官이었다며 어린 딸의 손을 잡고 하늘에 뜬 별 이름을 가르쳐 주었다고 한다.

"만물박사 호택 씨! 짚신할아버지, 짚신할미, 말굽칠성, 좀생이 … 이게 무슨 별인지 아세요?"

"……."

박호순의 질문에 나는 당황했다. 처음 듣는 별 이름이었다.

"견우성, 직녀성, 왕관자리, 묘성 등을 순우리말로 부르는 이름이야. 우리 아버지가 가르쳐주셨어."

박호순과 나는 벤치에 나란히 앉았다. 우리는 둘 다 청바지 차림이었다. 그녀에 관해 궁금한 게 너무도 많았다. 나는 심호흡을 하고 하나하나 물었다.

"초등 6학년 때 네가 어디론가 이민 간다면서 학교를 그만두었잖아. 어느 나라로 갔어?"

"뉴질랜드로 … . 아버지가 남반구의 별자리를 관찰해야 한다며 이민을 결심한 거야. 북반구에서 바라보는 하늘은 반쪽밖에 되지 않는다며 … ."

"네 어머니가 반대하시지 않았어?"

"의외로 순순히 찬성하셨어. 골프를 갓 배운 내가 재능을 보이자 어머니는 뉴질랜드에서 나를 프로선수로 키울 작정이었지. 프로 데뷔 때 내 영문 이름은 'Hosni Park'이었어. '호순이'가 'Hosni'로 표기된 것이지. 'Hosni'는 아랍어권에서는 '특출함'이라는 뜻으로 사내 이름으로 자주 쓰이지. 이집트 대통령이었던 호스니 무바라크처럼 말이야. 그런데 이 이름으로는 스폰서를 못 구했어. 아랍계로 오해받아서야. 그래서 영문 표기뿐 아니라 한국이름도 바꾸었지. 한글로는 박세리 비슷하게 박세라라고. 영어로는 '새라 박Sarah Park'이라고 표기하기로 했고…. 부모님 기대대로 나는 여러 뉴질랜드 오픈 골프대회에서 상위권에 입상했지. 고등학교를 졸업하자 어머니는 내가 대학은 한국에서 나와야 한다면서 귀국을 종용했어. 내 국적이 뉴질랜드여서 외국인 정원으로 어렵지 않게 입학했어."

"수업 시간에 나를 대번에 알아봤어?"

"네 짙은 눈썹을 보니 금방 알겠더라. 어릴 때와 얼굴이 거의 같아."

"그럼 왜 말을 걸지 않았어?"

"……."

그녀는 말문을 닫고 다시 선글라스를 꼈다. 잠시 망설이더니 대답했다.

"내가 선글라스를 끼는 이유를 먼저 설명하지. 우리 아버지는 뉴질랜드에서 우리의 먼 조상이 달에서 왔다는 사실을 알아내셨지. 그런 내용이 새겨진 거대한 암각화를 오클랜드 어느 들판에서 발견하셨단다. 아버지는 그 암각화 고인돌 앞에서 달에 지금 살고 있는 우리 친지와 텔레파시로 교신을 하셨대. 나는 달과 친화적인 DNA를 가진 사람이야. 그래서 밤에 골프를 하면 훨씬 잘하지. 골프 경기는 낮에 열리니까 색안경이라도 쓰고 밤 분위기를 느끼는 것이야. 황당무계한 이야기 같지?"

"그렇고말고 … ."

주변은 더욱 어두워졌다. 빈터에서 배드민턴을 치던 가족도 모두 사라졌다.

"프랑스 소설가 쥘 베른Jules Verne, 알지?"

"공상과학 이야기를 많이 쓴 분이지. 울 엄마가 그분의 《해저 2만 리》, 《지구에서 달까지》라는 소설을 번역하셨어."

"아! 그래? 바로 그 《지구에서 달까지》를 보면 1865년 미국 남북전쟁 직후에 대포 제조업 종사자들이 일자리를 잃자, 달나라로 가는 거대한 포탄을 만드는 이야기가 나와."

"맞아. 나도 읽었으니 잘 알지. 그 포탄 안에 탐험가 셋, 사냥개 한 마리, 1년 치 식량을 실었지."

"울 아빠는 그 소설이 픽션이 아니라 실제 일어난 사건으로 착각하셔. 그 탐험가 후손이 지금 달에 살고 있다는 거야. 그 탐험가의 조상도 원래 달에서 살다가 지구로 내려온 사람이라고 믿어."

"그것 참… 그건 그렇고 네가 나를 기피한 이유는?"

"네 몸에서 태양 기운이 너무 강하게 느껴져서… 그런 사람 곁에 가면 내 힘이 사그라들어. 혹시 너, 태양의 아들 아니야?"

나를 똑바로 쳐다보며 묻는 박호순의 화등잔처럼 커진 눈망울을 보자 갑자기 등골이 서늘해졌다. 작년 겨울방학 때 외삼촌 병원에서 '태양의 아들'이 부린 난동이 떠올랐기 때문이다.

그날도 용돈을 얻으러 병원에 갔다가 얼굴과 손에 빨간 칠을 하고 빨간 상하의에 빨간 망토를 등에 걸친 20대 청년을 보았다. 그는 자신이 태양의 아들이라며 제대로 대접하라고 고함을 쳤다. 남자 간호사가 그를 제지하려 하자 커터 칼을 꺼내 자신의 손바닥을 그었다. 붉은 피가 병원 바닥을 흥건히 적시자 그는 "태양의 불덩이가 흘러나온다"면서 온몸을 비비 꼬며 광란의 춤을 추었다.

외삼촌은 그 젊은이가 자신이 외계인이라고 착각하는 체계적 망상을 한다고 진단했다. 정신과 전문의답게 외삼촌은 '외계인 손 증후군'이라는 증상에 대해서도 막힘없이 설명했다. 이 증상을 가진 환자는 왼손과 오른손이 완전히 따로 논다는 것이다. 오른손이 단추를 끼우려 하는데 왼손은 그 오른손을 방해한단다. 왼손이 외계인 손처럼 자신의 의지와는 관계없이 멋대로 움직인단다.

박호순도 스스로를 '달의 딸'이라 하니 외계인 착각 증후군 환자가 아닐까.

“그럼 오늘은 왜 태양의 아들인 나를 가까이 하는 거야? 이제는 괜찮아?”

“장용 박사님에게서 기운을 받고 나온 직후여서 그렇지. 며칠 동안 끄떡없어.”

그러더니 박호순은 내 팔짱을 낀다. 체계적 망상임이 틀림없다.

그 상황에서 그녀에게 물어볼 질문으로는 생뚱맞지만 나는 궁금증을 견디지 못해 입을 열었다. 발아래 서울 시내엔 숱한 불빛이 명멸明滅한다.

“네가 얼마 전에 장풍 도사 TV 강의에 방청객으로 나오는 걸 봤다. 그 양반과 너, 무슨 관계야?”

“무슨 관계라니? 어머! 너, 질투하니?”

“야! 질투는 무슨…. 수업 시간에 그렇게 입씨름을 벌인 사람들이 TV 화면에 함께 나타나니 의문스러워서 그렇지.”

“사람 일이란 참 묘해. 그날 수업이 끝나고 장용 원장님 병원에 치료를 받으러 갔지. 아, 그런데 장풍 강사도 병원에 왔더라. 내 앞 손님으로…. 내가 장 원장님께 학교에서 일어난 일을 대충 말씀드렸지. 그랬더니 원장님은 싱긋 웃으시며, ‘아! 그 녀석은 내 친척 동생인데 특이한 심리구조를 가졌지’ 하며 ‘불쌍한 사람이니 잘 봐주라’ 하시더라.”

“그래? 우리 외삼촌의 친척이라면 나에게도 아저씨뻘이네.”

"장용 원장님이 네 외삼촌이야?"

"그래. 울 엄마의 막내 남동생 … ."

"장용 원장님 주선으로 장풍 박사님을 만나 화해했고, TV에 출연하니 방청객으로 꼭 와달라고 부탁하기에 그랬지."

4

나는 박호순에게서 '달의 딸'이라는 황당무계한 말을 들은 그날 밤, 제대로 잠을 이루지 못했다. 외계인 증후군에 대해 더 자세히 알고 싶어서 아침에 눈을 뜨자마자 외삼촌에게 전화를 걸었다.

"오늘 저녁에 맥주 한잔 사 주세요."

"꼰대하고는 술 안 마시겠다고 선언한 네가 웬일이냐?"

"외삼촌은 연세만 드셨지 심신상태가 꼰대는 아니잖아요."

"짜아식 … 아부도 할 줄 아니 이제 어른이 다 됐군."

"외계인 증후군에 대해서 물을 게 있답니다."

"갑자기 그건 왜?"

"골프선수 박세라 있잖아요. 걔가 제 초등학교 때 친구였어요. 어제 외삼촌 병원에 들렀다 만났어요. 걔가 좀 이상해서 … ."

"환자에 대해서는 비밀을 지키는 게 의사윤리라는 걸 몰라?"

"박세라의 상태에 대해서가 아니라 그 증후군에 대해 설명해 주시면 돼요."

"그래 알았다. 진료 마칠 때쯤에 병원에 와."

나는 외삼촌의 저서 《무속巫俗과 정신의학》을 다시 읽었다.

저자 장용張龒, 칼 구스타브 융(1875~1961)에 관한 전문가. 〈융 이론과 한국무속 진료의 상관관계〉라는 논문으로 스위스 취리히 대학에서 박사학위를 받음. 이 책은 저자의 박사학위 논문을 대중용 교양서로 다시 정리한 것임.

프로이트나 융의 이론에 바탕을 둔 치료법은 현대 정신의학에서는 한물간 것으로 평가된다. 뇌과학이 발전하면서 정신의학은 심리학 영역에서 거의 벗어났다. 한국에서는 이런 현상이 더욱 두드러졌다. 정신의학자가 융 이론을 들먹이면 구닥다리 취급을 받는다.

외삼촌은 아무리 뇌과학이 발달해도 뇌만으로 인간심리 기제機制를 모두 설명할 수 없다고 믿었다. 외삼촌은 프로이트와 융의 무의식 이론에 대해 의과대학 학부생 때부터 열을 올리며 연구했다고 한다. 무당의 굿이 정신질환 치료에 얼마나 효과가 있는지를 알아본다며 전국의 용한 무당들을 찾아다니곤 했다. 외삼촌은 서울대병원에서 인턴과정을 마친 후 레지던트과정은 스위스 취리히 병원에서 밟았다. 융이 임상의사로서 활동한 그 병원이었다.

내가 병원에 들어서자 왕언니 간호사 미스 월이 반갑게 맞아

준다.

"또 용돈 받으러 왔어? 내가 저녁 사 줄까?"

그녀는 내가 초등학생일 때까지 자신의 양팔을 벌려 온몸으로 나를 포옹하곤 했다. 포근함 때문에 나도 그리 싫지는 않았다. 그러나 중학생이 되어 내 덩치가 그녀보다 커졌을 때는 이런 포옹이 어색해졌다. 고등학생 때는 손만 잡는 사이로 변했고, 대학생 이후엔 악수로 바뀌었다. 그래도 그녀는 가끔 옛 버릇이 살아나 내 뺨을 자기 손으로 꼬집기도 했고 포옹하려 달려들기도 했다.

"외삼촌과 저녁 약속을 했어요."

"그래?"

그녀는 눈을 동그랗게 뜨며 몹시 아쉬운 듯한 표정을 지었다.

"함께 식사하러 가시지요. 제가 외삼촌께 말씀드릴게요."

이렇게 해서 외삼촌, 미스 월과 함께 병원 인근의 카페에 갔다. 카페 간판에는 프랑스어 '라 피유 드 라 륀느la Fille de la Lune'가 쓰여 있었다. 한국말로 '달의 딸'이라는 뜻이다. 실내로 들어가니 바닥이 달의 표면처럼 올록볼록하다. 벽에는 암스트롱의 달 착륙 사진이 붙어 있었고, 그 옆엔 플라스틱으로 만든 아폴로 우주선 모형이 놓여 있었다. 테이블은 4개밖에 없었다.

외삼촌은 나에게 자랑스레 말했다.

"일부러 이곳으로 왔다. 천상天上 기분을 느껴 보려고…."

여사장은 판타지 영화에서나 보는 선녀 옷을 입었다. 천의무봉

天衣無縫이라 했던가. 긴 옷감을 몸에 칭칭 감은 것 같은데 바느질이 없는 듯한 옷이었다. 그녀의 얼굴을 똑바로 보니 미스 월과 흡사했다. 외삼촌은 나에게 윙크하며 웃었다.

미스 월月이라면 이름에서부터 이 카페와 무슨 인연이 있는 듯했다. 자신을 빤히 쳐다보는 나와 눈이 마주치자 여사장도 그 시선을 피하지 않았다.

"왜? 저 사장님과 내가 닮아서 이상하게 보여?"

미스 월은 내 뺨을 가볍게 꼬집은 뒤 말을 이었다.

"우린 쌍둥이야. 일란성으로 내가 언니지."

쌍둥이 자매는 카페 한구석에 마련된 작은 무대에 올라가 기타를 치며 노래를 불렀다. 2중창 화음이 잘 어울린다. 〈Fly to the moon〉이란 노래였다.

Fly to the moon
And let me play among the stars
Let me see what spring is like
On Jupiter and Mars
In other words, hold my hand
In other words, darling kiss me

나를 달로 보내줘요
별들 사이에서 놀게 해줘요

목성, 화성의 봄은 어떤지 보여줘요
달리 말하자면, 내 손을 잡아줘요
달리 말하자면, 내게 키스해줘요

"앙코르!"

나는 박수를 크게 치며 환호했다. 미스 윌이 빙긋이 웃으며 화답한다.

"한 곡을 더 부르긴 하겠는데 가사가 체코어야. 나도, 동생도 체코어 발음이 시원찮아 흉내만 낼 따름이야."

"무슨 노래인데요?"

"드보르작이 작곡한 오페라 〈루살카〉에 나오는 아리아 〈달에게 바치는 노래〉야."

Mesiku na nebi hlubokem
Svetlo tve daleko vidi
Po svete bloudis sirokem
Divas se v pribytky lidi

깊고 높은 하늘에서 빛나는 달이여
당신의 빛은 온 세상을 비추네요
당신은 이 넓은 세상을 비추면서
사람들의 삶을 내려다보지요

이들 자매가 노래를 부를 때 나도 허밍으로 따라 불렀다.

'월月'씨인 미스 월은 왜 '달의 딸'이라는 박세라가 치료받는 병원의 간호사로 근무할까? 우연의 일치인가?

그러고 보니 울 엄마 이름이 삭朔이라는 점도 의문스럽다. 음력 초하루를 뜻하는 '朔'에는 '月'이 들어 있는데 이런 이름이 어떻게 지어졌을까?

동굴 속의 현자賢者

1

내가 튀니지 제르바에 간다는 소식이 알려지자 리비아에서도 나를 초청했다. 리비아의 벵가지에 먼저 잠시 들러 리조트 타운 건립 프로젝트를 살펴달라는 것이다. 바야흐로 중동에서도 골프장, 리조트 타운 건립 붐이 부는 모양이다.

우리 건축설계사무소의 박 이사와 현 부장을 대동하고 제르바에 도착했다. 그들은 제르바에서 며칠 쉬도록 했다. 대형 리조트에 투숙한 그들은 수영, 스킨스쿠버, 낚시를 즐기겠다며 희희낙락했다. 낡은 공항과는 달리 객실이 수백 개인 리조트는 잘 단장되어 있고 룸 설비도 신품이었다. 넓은 뷔페식당에 엄청난 종류의 음식이 돋보였다. 프랑스풍이 강해서인지 아랍 국가인데도 식당에서 와인은 얼마든지 마실 수 있었다. 투숙객 대부분은 프랑스인이었다.

"봉 주르!"

"봉 쇼르!"

여기저기서 불어가 들린다.

제르바에서 리비아까지는 지척咫尺 거리이다. 요트를 타고 지중해를 누비겠다는 오랜 열망을 실현할 기회가 아닐 수 없다. 나는 한국을 떠나기 전에 제르바 리조트 측에 요트 예약을 부탁했다. 제르바에서 리비아 트리폴리까지 요트로 갈 작정이었다. 트리폴리에서 벵가지까지는 비행기로 가기로 했다.

제르바에서 하룻밤을 자고 항구에 나가 요트 안내인을 만났다. 그러나 이상하게도 그 부두엔 요트가 보이지 않았다.

"요트가 어디에 있소?"

얼굴에 작은 주름이 빽빽한 초로初老의 안내인은 눈을 끔벅거리며 조잡한 목선들이 정박한 선착장을 턱으로 가리켰다.

"저어기 … ."

나는 알랭 들롱 주연의 영화 〈태양은 가득히〉에 나온 멋진 요트를 예상했는데 이런 낡아빠진 목선이라니! 배신감, 실망감이 들었다.

페인트칠이 벗겨져 흉물스럽게 보이는 낡은 목선에서 두 사내가 나를 보고 허연 이를 드러내고 웃으며 손짓한다. 표정이 워낙 순박하기에 배신감이 조금 누그러졌다. 회색 갈라비아를 입은 통통한 선장과 티셔츠 차림의 말라깽이 청년 선원이었다. 선장의 말투는 따발총처럼 따따따 … 빨랐다.

“트리폴리까지 8백 달러요.”

“5백 달러로 합시다.”

“5백? 좋소. 현찰 선불로 주시오.”

같은 아랍어라도 사우디아라비아에서 쓰이는 말과는 달리 튀니지에서는 경음硬音이 두드러져 알아듣기가 오히려 수월했다. 튀니지가 프랑스 식민통치를 받아서인지 경음이 발달한 불어의 영향이 미친 듯했다. 바가지요금인 줄 알지만 할 수 없이 지갑을 열었다.

배 한 척을 빌려 제왕 기분을 내며 지중해 쪽빛 바다를 항해하는 기분을 누리려 했는데 썩은 목선이어서 스타일을 완전히 구겼다.

생선 비린내가 찌든 목선은 제르바 항구를 떠나 지중해를 부지런히 달렸다. 석양 무렵이다. 물살을 가르며 달리는 배 뒤편으로 하얀 포말이 끝없이 이어진다. 배는 낡았지만 드르르르 … 힘찬 소리를 내는 엔진은 신제품인 듯했다.

나는 리조트 설계에 대한 고민은 잠시 잊고 이 바다에 포세이돈이 산다고 믿었을 옛 그리스인들을 떠올렸다. 양팔을 활짝 펼치고 고개를 들어 하늘을 우러르며 제우스와 헤라를 연상했다. 호메로스의 역작 《오디세이아》의 한 구절이라도 기억한다면 멋지게 낭송하련만 ….

"어이, 형씨, 폼 그만 잡으쇼."

선장이 내 어깨를 툭 쳤다. 내가 놀라며 선장을 응시하자 이번엔 선원이 눈을 찡긋하며 내 허리를 쿡 찌른다.

"아저씨, 이것 좀 봐요."

선원은 시퍼런 칼을 들이댄다. 그는 곧 쑤실 동작을 취하며 목청을 높인다.

"좋은 말 할 때 지갑에 든 돈을 다 내시지 그래?"

나는 짧은 순간이지만 온몸에 소름이 돋음을 느꼈다. 칼끝에 살의殺意가 번뜩였다. 도리 없었다.

"알았소. 잠깐…."

이 작자들이 지갑을 뺏고도 살려주지 않을 게 뻔하지 않나? 이건 개죽음이다! 지갑을 꺼내는 척하며 틈을 노렸다. 이놈들을 처치하거나, 내가 바다로 뛰어내리거나 하는 수밖에 없었다. 선원의 깡마른 팔목이 시야에 들어왔다. 까만 피부에 솟은 굵은 핏줄이 도드라져 보인다.

"얍!"

기합소리와 함께 나는 태권도 손칼 동작으로 선원의 팔목을 내리쳤다. 길이 30센티미터가량의 칼은 퉁, 소리를 내며 갑판에 떨어졌다.

"서두르지 마시오. 형씨, 허허허 … 자, 두 손을 머리 위로 들고…."

선장이 느물느물한 웃음을 지으며 기다란 작살을 들고 내 목을 겨냥했다. 선원은 바닥에 떨어진 칼을 주워 들고 나의 주머니를 뒤지려 했다.

"잠깐, 내가 꺼내겠소."

나는 몸을 움츠려 주머니에 손을 넣는 시늉을 했다. 선장과 선원은 각각 작살과 칼로 나를 위협하며 섰다. 나는 주머니에서 빈 손을 빼면서 순간적으로 몸을 푹 숙였다. 그들은 반사적으로 작살질과 칼질을 했다. 작살은 피했으나 칼끝이 내 옆구리를 스쳐 지나갔다. 나는 몸을 잽싸게 날려 바다로 뛰어들었다.

푸악, 하는 마찰음을 내며 내 몸뚱이는 지중해에 빠졌다. 어디까지가 바닥인가.

나는 한참이나 물속으로 들어가는 듯한 느낌이 들었다. 눈앞에 흐물흐물한 해파리 떼가 어른거렸다. 숨이 차 허우적거리며 바다 위로 떠오르자 그 사이에 배는 제법 먼 거리에 떨어졌다. 사방은 어둑어둑해졌다. 지중해라면 바다가 늘 잔잔하리라 알았다. 그러나 막상 지중해에 빠지고 보니 파도가 엄청나게 거세다.

육지가 어디인가. 동서남북은 어느 쪽인가. 나는 구두를 벗어 버리고 배영을 하며 하늘 별자리를 살폈다.

하늘이 암청색으로 어두워지면서 별들이 나타났다. 그 와중에 바지 호주머니를 더듬어 스마트폰이 들어있나 확인했더니 없었다. 내 몸의 장기臟器와 같은 스마트폰이 지중해 심연으로 수장당한 모양이다. 나는 문명세계와 단절됐음을 실감했다.

남쪽으로 가면 리비아 해안에 도달할 것이다. 다행히 바다가 잔잔해졌다. 얼굴을 하늘을 향해 들고 누워 헤엄을 치는 데 큰 힘은 들지 않았다. 그것도 두세 시간뿐, 시간이 흐르자 팔다리가 서서히 뻣뻣해졌다. 칼부림을 당한 오른쪽 옆구리가 욱신거렸다. 곧 육지에 다다르지 못하면 수장水葬될 것이 뻔하다. 하나, 두울, 세엣…. 마음속으로 구령을 붙이며 팔과 다리를 움직였다.

하늘이 무채색 계열의 짙은 흑색으로 변했다. 팔다리가 더욱 뻣뻣해진다. 초저녁 때만 해도 시원하던 바닷물이 얼음물처럼 차가워진다. 정신이 혼미하다. 눈앞에 람세스 대왕이 거대한 신전에서 제의祭儀를 올리는 장면이 떠오른다.

람세스… 신의 권능을 가진 파라오여! 먼 이방 코리아에서 온 소생을 긍휼히 여기사 당신의 하해河海같이 넓은 자비심으로 구해주소서! 눈이 스르르 감겼다.

2

"아저씨, 일어나보세요."

귀를 간질이는 목소리가 들렸다. 눈을 떠 보니 일고여덟 살 돼 보이는 소년이 내 어깨를 흔든다. 바닷가 모래밭에 엎드린 나를 소년이 발견한 모양이다.

"여기가 어디야?"

"우리 마을 앞 바닷가이지요."

"나라가 어디냔 말이다."

"나라가 뭐예요?"

후들거리는 다리를 추스르며 일어난 나는 새카만 목덜미에 밤알 크기의 혹이 난 소년을 따라 마을로 왔다. 기이한 지형에 자리 잡은 주거지였다. 자갈 사막 한가운데 불뚝 솟은 자그마한 돌산이 멀리서 보였다. 가까이 다가가니 하얀 돌산 주위 곳곳에 구멍이 뚫렸고 울긋불긋한 빨래가 널려 있다. 돌산에 동굴을 뚫어 집으로 활용하는 곳이었다. 말로만 듣던 혈거穴居 생활지였다.

컴컴한 동굴 속에 들어가니 제법 널찍한 공간이 나타났다. 바닥엔 굵은 양모로 짠 카펫이 깔렸고, 한쪽 구석엔 부엌이 설치돼 있었다. 카펫에 깡마른 노인이 앉았는데 소년은 그에게 '아빠'라고 불렀다.

"압 살람 알라이쿰!"

나는 소년의 아버지와 거의 동시에 인사말을 던졌다. 소년이 아버지에게 모래밭에 쓰러진 아저씨를 발견해 데려왔다고 말했다.

"큰일 날 뻔했소이다."

"다행입니다. 그런데 여기는 어느 나라인가요?"

"리비아…."

"트리폴리가 가까운지요?"

"그런 것, 모르오."

시간이 흐르자 동굴 속의 사물이 또렷이 보인다. 카펫 주변에는 생선뼈, 바나나 껍질 등이 어지럽게 널렸다. 소년의 아버지는 앞을 못 보는 늙은이였는데, 눈알에는 백태가 두껍게 껴 있었다. 그는 허리를 꼿꼿이 세우고 시샤(물담배)를 피우고 있었다.

소년의 어머니가 들어왔다. 30대 초반으로 보였다. 마을 입구에 단 하나 있는 우물에서 물을 길어오는 참이라 했다. 낡은 히잡을 쓴 그녀는 소년이 주워온 조개로 국을 끓여 밥상을 차렸다. 낯선 나그네를 위해 나름대로 신경을 써서 마련한 듯하다. 화덕에서 갓 구운 빵, 양젖, 방금 끓인 조갯국, 짭조름한 양배추 절임 등이 메뉴다.

"쇼콜란!"

나는 감사 인사를 드리고 손가락으로 음식을 집어 먹었다. 허기가 져서인지 어느 진수성찬보다도 맛있었다. 소년은 게걸스럽게 먹는 나를 바라보며 싱긋 웃었다.

밥을 먹고 나서 소년의 어머니에게 물었다.

"가까운 도시로 가려면 어떻게 해야 하오?"

조바심이 난 내가 물으니 그 여인은 손가락을 동굴 바깥으로 향해 가리키면서 대답했다.

"저어기 저쪽으로 사나흘 걸어가면 되어요."

"도중에 오아시스가 있나요?"

"글쎄요. 가 본 적이 없어서…."

"얼른 도시로 가야 하오."

"며칠 머물며 기력을 회복한 다음에 가세요. 멀리서 온 귀한 손님을 잘 모셔야 우리도 마음이 편하답니다."

나는 이들의 질박한 언행에 가슴이 찡했다. 몸을 추스르려면 열흘 넘게 머물러야 할지 모르겠다. 온몸은 독毒해파리에 쏘여 퉁퉁 붓고 손등은 상처투성이였다.

"뭔가가 썩는 고약한 냄새가 나오."

노인은 코를 킁킁거리며 실명한 눈을 끔벅거렸다.

"옆구리가 쑤셔서…."

나는 옷을 벗어 옆구리를 살폈다. 선명한 칼자국 아래 갈라진 살갗 사이로 진물이 흘러나왔다.

"이런, 이런…."

늙은이는 나의 상처 부위를 손바닥으로 더듬더니 카펫 옆 나무 상자에서 자그마한 단지를 꺼냈다. 뚜껑을 열어 누런 물약을 손가락으로 떠 상처 위에 발랐다.

"억 … ."

뜨거운 열기가 닿는 느낌이 들어 비명을 질렀지만 조금 지나고 나니 통증이 가라앉으며 개운해졌다. 소년도 아버지와 합세해 나의 전신에 걸쭉한 물약을 발랐다. 나는 팬티 차림으로 카펫 위에 반듯이 누웠다. 해파리에 쏘인 상처는 금세 아물었다. 나는 깊은 잠에 빠졌다. 눈을 뜨면 잠시 이것저것 음식을 주워 먹고 또 잠에 들었다. 물약에서 풍기는 알싸한 냄새에 수면제 성분이 들어 있는 듯했다.

어느 날 내가 여전히 비몽사몽 사이를 헤매고 있는데, 누군가가 내 아랫도리에 정성스레 물약을 바르고 있었다. 여느 때와 달리 촉감이 무척 부드러웠다. 눈을 가느스름하게 뜬 나는 소스라치게 놀랐다. 소년의 어머니였다.

"이게, 무슨 짓이오?"

나는 상반신을 벌떡 일으키며 고함쳤다. 여인은 이마를 바닥에 조아리며 말했다.

"저희 남편이 오늘 밤에 손님을 잘 모시라고 하기에 … ."

"남편이?"

"이곳 풍습입니다. 귀한 남자 손님이 오시면 여인이 늦은 밤에 모신답니다."

"허허 … ."

"아기가 생기면 하늘이 주신 소중한 선물이라고 여기지요."

"그렇게까지 해야 하오?"

"이곳 남정네들이 생식력이 약해서 그렇답니다."

여인은 고개를 들어 자신의 옷을 천천히 벗었다. 나는 까무룩 정신을 잃었다.

시간이 얼마나 흘렀을까. 눈을 뜨자 동굴 속에 희부윰한 빛이 드는 것으로 보아 벌써 대낮인 듯했다. 간밤 꿈속에서 8선녀를 만난 황홀경이 어렴풋이 떠오른다.

3

"아저씨! 얼른 일어나 양고기 잡수세요!"

소년이 내 몸통을 흔들기에 나는 상반신을 일으켰다. 소년의 어머니가 눈을 내리깔며 나에게 다가와 말문을 열었다.

"귀한 손님을 위해 특별한 양고기 요리를 준비했답니다."

동굴을 나와 돌산 앞 자갈사막으로 내려왔다. 마을 주민 20여 명이 몰려나와 나를 반겼다. 양을 잡아 요리하나 예상했는데 양도 조리기구도 보이지 않고 허름한 나무 탁자가 덩그러니 놓여 있었다. 탁자 위엔 빵, 소스, 그릇 등이 올려졌다.

중년 남자 둘이 곡괭이와 삽으로 땅을 판다. 리드미컬한 동작을 보니 익숙한 솜씨다.

깡!

곡괭이가 금속에 부딪히며 난 소리다. 땅 속에 파묻힌 철제 드럼통이 드러났다. 드럼통 위의 모래흙을 빗자루로 털어낸다. 드럼통 뚜껑을 열자 허연 김과 함께 구수한 냄새가 치솟는다. 통 안에 자그마한 양 한 마리가 통째로 구워져 있었다. 삽을 든 남자가 내게 설명했다.

"양고기 구이 '니파'라고 합니다. 출생 후 40일쯤 되는 어린 양을 쓰지요. 사막의 맛이 담겨 있어요."

드럼통 바닥에 이글거리는 숯불을 깔고 그 위 석쇠에 양고기를 얹어 뚜껑을 닫고 모래를 덮는다. 이렇게 만 하루를 기다린단다.

과연 기가 막힌 별미였다. 니파를 먹으며 주민들은 나를 위해 작은 축제를 베풀었다. 별빛이 깔린 사막 위에서 벌이는 이 소박한 마을 잔치 덕분에 나는 시름을 잊었다.

곡괭이를 들었던 남자는 재주꾼이었다. 울긋불긋 화려한 색상의 옷으로 갈아입고 춤을 추었다. 춤사위는 매우 단순해 팔을 벌리고 그저 빙빙 돌 뿐이다. 언젠가 TV에서 송창식 가수가 이런 춤을 추는 모습을 본 적이 있다. 주민 대여섯 명이 전통악기를 연주하는 가운데 눈을 지그시 감은 그의 표정을 보니 무아지경에 빠져 있다. '탄누라' 춤이라는데 종교적 수련 행위의 하나라고 한다. 그는 근 30분간이나 돌고 돌고 또 돌았다.

이튿날 아침에 잠자리에서 일어나니 어렴풋이 불가타Vulgata 성경 독송讀誦 소리가 들렸다. 라틴어 성경을 읊는 소리는 내가 어릴 때부터 어머니에게서 익히 들었다.

"글로리아 인 엑첼시스 데오Gloria in excelsis Deo!"

귀를 쫑긋 세우니 노인의 목소리였다. 내가 그에게 다가가 물었다.

"어르신! 어찌 된 연유로 불가타 경전을 암송하십니까?"

"이게 불가타인지는 어떻게 아시오?"

"제 외가가 오랜 천주교 집안이고 성직자를 많이 배출했답니다. 저도 어릴 때부터 자주 들어 익숙한 소리입니다. 뜻은 잘 모릅니다만…."

노인은 나에게 차 한잔을 따라주며 말을 이었다.

"참 묘한 순간이오. 내 나이 일흔인데 평생 이 경전을 알아들은 손님은 귀하가 처음이오. 우리 동네 주민, 아무도 모르오."

"그럼 평생 혼자서 암송하셨습니까?"

"젊을 때는 이웃에 스승님이 계셔서 함께 수련했다오. 내가 전수받았고 앞으로 내 아들 녀석에게 전승할 작정이오."

"이런 전통이 언제부터 이어져 왔습니까?"

노인은 대답 대신에 두 팔을 번쩍 들고 뭐라고 외친다.

"존경하는 폰티쿠스 큰 스승님이시여!"

노인은 그 자세로 한동안 침묵하더니 말을 이었다.

"1,600여 년 전인 4세기 중엽에 이 부근 사막지역에 기독교 구도자 여럿이 모여들었다오. 영성을 수련하려 고립된 삶을 영위하기 위해서였소. 지도자는 에바그리우스 폰티쿠스 스승님이었소. 스승님은 '기도할 때는 마음속에 어떠한 신상神像도 만들지 말라'고 누누이 강조하셨다오."

"계시를 받으려면 신을 머릿속에 그려야 하지 않습니까?"

"하나님의 목소리를 듣는 것은 환청幻聽이고, 예수 형상이 눈앞에 나타나는 것은 환영幻影이라고 스승님은 규정하셨소. 과도한 편집증의 결과일 뿐이라는 거요. 이런 걸 '깨달았다'거나 '신의 계시를 받았다'고 믿으면 이는 오히려 진정한 해탈解脫을 방해할 뿐이오."

"그럼 당시에 정통 기독교로부터는 이단異端으로 몰렸겠군요?"

"정통이니 이단이니 하는 시비 논쟁은 권력다툼 용어일 뿐, 우리는 진정한 깨달음을 구하러 까마득한 사막으로 들어와 스스로를 유폐시켰다오."

"그분들을 일컬어 무슨 교파라 하는지요?"

"교파라 부를 것까지는 없고…. 내적 평정平靜인 '헤시키아hesychia'를 추구한다 해서 '헤시카스트hesychast'로 불린다 하오만…."

"고대 중국의 노장老莊 사상가들은 좌망坐忘으로 평정을 추구했습니다. 헤시카스트 수련의 요체는 무엇입니까?"

"우리에게 기도란 신과 대화하거나 신성에 대해 복잡한 명상에 잠기는 게 아니라 '생각을 떨쳐버리는 것'이라오. 신은 어떤 언어나 개념도 초월하기에 머리를 텅 비워야 깨달을 수 있는 존재라오."

"동양의 선현 가운데 순자荀子라는 분이 '텅 비고 통일되고 고요한 정신을 가져야만 도道를 깨달을 수 있다'고 설파하셨는데, 이와 비슷한 뜻인지요?"

"그런 것 같소. 사고능력에 한계가 있는 인간이 어찌 광대무변廣大無邊한 우주의 진리를 파악할 수 있겠소? 더욱이 인간이 만든 언어로 진리를 규정한다는 것은 난센스 아니겠소?"

"어르신을 현자賢者라 부르겠습니다."

"여전히 어리석은 늙은이일 뿐이오. 머리를 비우려 수십 년을 수련했어도 아직도 어리석음과 탐욕이 그득하다오."

그날부터 나는 아침이면 현자 옆에 좌정坐定하고 불가타 성경을 따라 낭송했다. 그가 선창하면 나는 복창했다. 뜻은 모르지만 그렇게 서너 시간을 낭송하고 나면 마음이 정화淨化되는 기분이 들었다. 몸도 가뿐해졌다.

며칠 후 현자 어르신은 나에게 호흡법을 가르쳤다. 숨을 들이마시면서, 내쉬면서 마음속에 새겨야 할 기도는 달랐다.

"예수 그리스도, 신의 아들이시여!"

"저희에게 자비를 베푸소서!"

고개를 숙인 자세에서 천천히 호흡하며 내면세계를 관조觀照해야 한단다. 제대로 익히려면 몇 년이 걸린다 한다. 참선參禪이나 요가와 비슷한 듯하다.

오전에 이렇게 수련하고 나서 점심밥을 먹었다. 오후엔 공밥을 얻어먹기가 미안해서 소년과 함께 우물에 가서 물을 길어오고 땔감을 주워오는 등 집안일을 거들었다. 바닷가에 가서 조개를 주워오기도 했다.

사나흘마다 여인은 밤에 내 잠자리를 찾아왔다. '신선놀음에 도끼자루 썩는 줄 모른다'는 속담이 실감났다.

어느 날 호흡 수련을 마치고 차를 마실 때다. 현자 어르신은 상의를 젖히더니 품속에서 납작한 돌 하나를 꺼내 나에게 건네주었다.

"무슨 돌입니까?"

"수련하면서 잡념이 생길 때 만지작거리는 돌이라오. 스승, 제자 대대로 전해 내려오는 돌인데 그대에게 드리겠소."

"이렇게 소중한 물건을 어찌 제게 주십니까? 아드님에게 물려주셔야지요."

"저 아이는 이 돌을 가질 만한 깜냥이 못 되오."

현자의 목소리는 단호했다. 내가 그 돌을 받지 않으면 무례가 될 분위기였다. 폴리네시아 원주민 어느 부족에서는 선물을 거절하면 모욕당했다 여겨 결투로 이어진다 하지 않은가. 나는 그 돌을 '현자의 돌'이라 여기며 간직하기로 했다. 둥그스름한 모양에 넓적한 호떡 크기이다. 돌을 만지니 온기가 느껴지며 마음이 편해진다.

현자 어르신이 4세기 이후 지금까지 헤시카스트 명맥을 이어온다 하니 경이驚異롭다. 노벨문학상 수상작가 아나톨 프랑스의 소설 〈타이스〉의 스토리가 머리에 떠오른다. 4세기 무렵 이집트를 무대로 수도원장 파프누체와 아름다운 무희舞姬 타이스가 주인공으로 등장한다. 경건하고 금욕적인 파프누체는 타락한 타이스를 회개시키려 알렉산드리아로 온다. 그의 설교에 타이스는 감화를 받아 회개하고 수도원에 들어간다. 그러나 파프누체는 타이스의 여성적 매력에 빠져 유혹을 이기지 못한다. 그 성직자도 헤시카스트였던가?

사람의 기억이라는 게 참 묘해서 어느 사안이 떠오르면 비슷한 일이 꼬리를 물고 나타난다. 소설 〈타이스〉를 모티브로 해서 마스네가 작곡한 〈타이스의 명상곡〉 음률이 환청처럼 들린다. 안네 소피 무터, 정경화, 막심 벤게로프 등 불세출의 바이올리니스트의 연주가 귓전에 맴돈다.

이러구러 이 동굴 마을에서 달포가 지났다. 상처도 거의 아물었다. 리비아, 제르바 프로젝트가 떠오를 때면 불안감이 엄습했다. 무릉도원에 하염없이 머물 수는 없었다.

나는 출발 채비를 차렸다. 병아리콩으로 끓인 라블라비, 양젖, 빵, 말린 치즈 따위로 아침밥을 든든히 먹고 현자 어르신이 신던 낙타 가죽 신발을 얻어 신었다. 와이셔츠와 바지 대신 아랍인 특유의 남자용 원피스 옷인 갈라비아를 입었다.

"가시다가 드세요."

여인은 말린 무화과 열매를 배낭 그득히 넣어주었다. 나는 이 가족에게 줄 것이 없어 난감했다. 달러 현금을 건네자 이곳에서는 쓸모가 없다며 한사코 사양했다. 지갑 구석에 비상용으로 넣어둔 볼펜심이라도 소년에게 줄까. 소년에게 볼펜심을 주니 손바닥에 그어보고 좋아한다.

나는 현자에게 한국식으로 큰절을 하며 작별인사를 올렸다.

"현자 어르신! 만수무강하옵소서!"

"젊은 형제여! 그대가 걸어야 할 길을 찾으소서!"

여인의 얼굴을 자세히 살펴보니 이목구비가 수려하다. 햇살에 피부가 그을려 쪼글쪼글하지만 원래 모습은 프랑스 배우 이자벨 아자니와 흡사하다. 긴 속눈썹에 우아한 눈매가 돋보인다. '동굴 여인'과의 야릇한 인연은 이것이 마지막인가.

이 여인이 파리나 런던에서 태어났다면 세계적인 화장품 모델이 되지 않았을까. 생텍쥐페리 작作 《인간의 대지》에 나온 한 대목이 떠오른다. 주인공이 어느 야간열차에서 폴란드인 가족이 남루한 옷차림으로 졸고 있는 모습을 보았다. 꼬맹이 아들은 모차르트 같은 음악 재능을 지닌 천재일지 모른다. 그러나 이 부모 아래에서 자라며 또 노무자 신세로 살아가겠지.

4

마을을 떠나자 사막이다. 사막이라지만 모래보다는 흙과 자갈이 많다. 우려한 만큼 덥지 않아 다행이다. 군데군데 말라 죽은 나무들이 널브러진 것으로 보아 비가 가끔 오기는 오는 모양이다. 터벅터벅 걸으니 흙먼지가 풀썩거린다. 태양을 보고 동서남북을 가늠했다. 트리폴리로 가려면 동쪽으로 가야 한다. 아득한 지평선 끝이 누렇다.

한나절을 걸었다. 허기가 엄습했다. 말린 무화과를 꺼내 오물오물 씹었다. 백합향을 풍기던 여인의 체취가 무화과에 남아 있는 듯하다. 작열하던 태양이 서쪽으로 넘어갔다. 드넓은 대지에 땅거미가 깔린다.

크앙, 크아앙 … .

지평선 너머에서 괴상한 소리가 들려온다. 짐승의 울부짖는 소리가 아닐까. 사위는 컴컴한데 시퍼런 불꽃 같은 게 번득인다.

들개들의 눈빛이었다. 들개 수십 마리가 눈에 불을 켜고 달려온다. 내 몸은 공포에 휩싸여 부르르 떨린다. '모골毛骨이 송연竦然하다'라는 말대로 온몸의 털이 뻣뻣하게 서는 느낌이다. 급한 대로 땅바닥에서 나뭇가지를 들어 몽둥이로 쓰기로 했다. 휘휘 휘두르는 연습을 했다. 들개들은 더욱 가까이 다가왔다.

크크크르 크크크앙….

마침내 놈들은 나를 둘러쌌다. 얼추 스무 마리였다. 일단 기싸움에서 밀리면 바로 무더기 공격을 당할 것이다! 심호흡을 한 다음 몽둥이를 휘둘렀다. 다가들면 박살을 내겠다는 시늉을 했다. 시늉뿐 아니라 고함도 쳤다.

"이 개자식들, 대갈통을 요절내겠으니 죽고 싶은 놈은 덤벼!"

카앙!

포효咆哮를 내지르며 덩치 작은 놈 하나가 내 목덜미를 노리고 껑충 뛰어올랐다.

퍽!

필사적으로 몽둥이를 휘둘렀다. 그 몽둥이가 놈의 머리를 정통으로 맞히자 둔탁한 소리가 났다. 놈은 깨앵, 신음을 내며 풀썩 쓰러진다.

"또 덤빌 테냐?"

계속 몽둥이를 휘두르며 들개들을 둘러보았다. 이마에 흰털이 깔린 놈이 두목인 듯싶다. 놈은 크르르르, 목젖을 떨며 나를 노려본다.

휘익, 바람소리가 났다. 놈이 공중으로 뛰어오르는 소리다. 놈의 머리를 향해 몽둥이를 날렸다. 놈은 빨랐다. 몽둥이를 피해 반대편으로 날았다. 당한 쪽은 나였다. 놈의 발톱에 긁혀 얼굴 절반이 피투성이가 됐다.

놈은 다시 공격했다. 신기한 것은 들개들이 한꺼번에 공격하지 않는다는 점이었다. 왕초 들개와 치열한 공방전이 벌어졌다. 내가 입은 갈라비아가 찢어져 맨살이 드러났다. 몽둥이를 휘두르는 팔에 힘이 빠져갔다. 목덜미만은 공격당하지 말자, 이렇게 다짐하며 놈에게 맞섰다. 어둠은 더욱 깊어졌고 놈의 눈에서 뿜어 나오는 광기 어린 불빛은 한층 밝아졌다.

탕, 타앙!

총성이 울렸다. 횃불이 환하게 비친다. 사람들이 달려오는 소리가 들린다.

"거기, 괜찮소?"

사막을 오가는 대상隊商들이 낙타를 타고 오다 나를 발견하고 총을 쏘아 구출했다. 들개 대여섯 마리가 피를 뿜으며 뒹군다.

"쇼콜란…."

"밤중에 혼자서 사막을 건너다니…."

"트리폴리로 급히 가야 하오. 최종 목표지는 벵가지요."

가까이 다가온 대상들은 내가 외국인임을 알아차렸다.

"육로로 가면 위험하오. 함께 바다 쪽으로 갑시다. 우리는 사브라타 항구 쪽으로 가는데 거기서 배를 타고 트리폴리로 가시오."

대상 가운데 나이가 가장 아래인 젊은이가 내 상처에 약을 발라주었다. 책임자로 보이는 노인이 내 사정을 듣고 이집트 알렉산드리아로 갈 것을 추천했다.

"우리가 가는 항구에서 내일 아침에 알렉산드리아로 떠나는 배가 있소. 그 배를 타고 알렉산드리아에 가서 벵가지로 가는 방법을 찾아보시오."

이들을 따라 해안으로 향했다. 요요한 달빛이 사막 위를 비춘다.

밤새도록 낙타 등에 매달려 새벽녘에 도착한 곳은 사브라타 항구가 아니라 조그만 어촌 마을이었다. 나무로 얼기설기 엮어 만든 선착장에는 낡은 선박 스무여 척이 있었다. 알렉산드리아행 선박도 노후된 목선이었다. 대상들은 낙타 등에서 짐을 내려 부지런히 배에 실었다. 나도 일을 거들었다.

대상 노인이 선장에게 나를 소개했다.

"사정이 딱한 사람이니 알렉산드리아에 데려다 주시게."

털북숭이 선장은 호탕하게 웃으며 대답했다.

"염려 마십쇼, 형님."

선장은 눈곱 낀 눈으로 나를 바라보며 인사를 건넸다.

"한국인이라니 반갑소. 한국 드라마를 보는 게 취미요."

"리비아에서도 한국 드라마가 방영되나요?"

"주로 이웃나라 이집트에서 방영되는 한국 드라마를 본다오. 내가 좋아하는 한국 배우도 많소. 〈별에서 온 그대〉에 나온 전지현, 유인나, 김수현, 〈질투의 화신〉에 출연한 공효진, 조정석 …."

선장의 호의로 승선한 나는 이상한 낌새를 느꼈다. 선원들끼리 암호를 사용하는 듯했다. 이들이 운반하는 품목이 뭔지도 수상했다. 바다 한가운데서 나를 죽이지는 않을까 하는 데까지 상상력이 미치자 공포감이 들었다.

선박은 해안선을 따라 항해했다. 이틀 밤낮을 달렸을까. 이집트 해안으로 들어왔다. 선장과 선원들의 얼굴은 긴장됐다. 어선으로 가장하려 갑판에 그물을 올려놓고 고기 잡는 시늉을 했다.

알렉산드리아에 가까워 올 무렵에 감시선이 다가왔다. 감시선에서는 마이크로 경고 방송을 보냈다.

"즉각 정지하라!"

배가 최고속도로 털털거리며 도망가자 다시 방송이 흘러나온다.

"정지하지 않으면 발포한다!"

그래도 도망갔다. 배를 지그재그로 모는 것으로 봐서 포격을 피하려는 심산인 듯했다.

쿠쿵!

포화 소리와 함께 배가 크게 흔들렸다. 선미船尾가 박살나며 불길에 휩싸였다. 감시선에서 쏜 포가 명중한 것이었다. 배는 뒤로 기우뚱하며 침몰하기 시작했다. 선원들은 하나 둘씩 바다로 점프했다. 나도 바다로 몸을 던졌다. 선장은 배를 지키려 안간힘을 쓰며 선실에 남았다. 선원들은 해안 쪽으로 도망치는 반면 나는 오히려 감시선 쪽으로 헤엄쳐 갔다.

5

"이름이 정말 임호택이오?"

"그렇소."

해양경찰청 조사관은 내 여권을 보고 고개를 갸우뚱거린다.

IM HOTAEK

그는 내가 여권 뒤편에 끼워둔 상형문자 음가표를 꺼내 들고도 고개를 흔들었다.

"이건 뭐요?"

"보면 모르오? 이집트 상형문자잖소."

"이걸 읽을 수 있소?"

"그렇소."

"아무래도 수상해 … ."

조사관은 이렇게 중얼거리며 국가보안기관에 긴급 보고서를 올리는 모양이었다.

"한국 국적의 거동 수상자가 마약 밀수선을 타고 아국我國에 밀입국함. 사막을 방황하다 리비아 해안을 거쳐 아국에 왔다는데 그 행적이 매우 의심스러움. 정신병자가 아니라면 모종의 특수 임무를 띤 국제범죄조직원인 것으로 사료됨. 고대 상형문자를 해독할 수 있다는 점이 특이함. 이집트 주재 한국대사관에 연락하기 전에 아국 보안기관에서 먼저 조사할 필요가 있다고 봄."

아마 이런 내용이었으리라. 보고서를 받은 이집트 보안기관 국장으로 보이는 사내가 나를 자신의 집무실로 불러 직접 심문했다.

"이집트에 밀입국한 목적이 뭐요?"

"밀입국이라니 당치도 않소. 급박한 사정 때문에 배를 얻어 타고 왔을 뿐이오."

"이 상형문자 해독표는 왜 갖고 있소?"

"상형문자를 해독하는 게 취미요."

"취미라? 허허 … ."

국장은 쓴웃음을 짓더니 벌떡 일어나서 책상을 주먹으로 쾅, 친다. 눈알이 퉁방울만큼 커진다.

"이 자식아! 바른대로 말해! 나를 속이면 살아서 나가지 못해!"

뭔가 오해를 받고 있는 모양이다. 오해를 풀지 못하면 곤욕을 치를 것 아닌가?

"왜 그리 흥분하시오? 속일 마음은 추호도 없소."

국장은 안면 근육을 실룩이며 나를 노려본다. 커피를 한 모금 마시더니 서랍을 열고 백지 뭉치를 꺼낸다.

"자, 여기 이 종이에 당신에 대한 모든 것을 쓰시오."

"모든 것이라뇨?"

"출생부터 살아온 이력을 미주알고주알 밝히란 말이오. 부모 이야기도… 아무렇게나 쓰면 안 되오. 공문서이지만 흥미진진하게 써야 하오. 아라비안나이트 이야기처럼! 간간이 대화체를 넣어 실감 나게! 재미가 없어 읽는 공무원을 지루하게 한다면 공무집행 방해죄가 성립되니 유념하시오."

"장문의 자술서를 쓸 만큼 아랍어 실력이 없어 곤란하오."

"어떤 언어를 구사할 줄 아시오?"

"모어인 한국어 이외에 영어, 불어를 조금 아는 편이오. 스페인어, 이탈리아어는 아주 쬐금…."

"그럼 영어나 불어로 써도 좋소."

"한국어로 쓰겠소."

"한국어는 곤란하오. 우리가 읽을 수 없지 않소?"

"그럼 영어로 쓰겠소. 영불사전을 갖다 주시오."

"불영사전도 주겠소."

"일을 시작하기 전에 우선 대한민국 외교관과 연결시켜 주시오."

"그건 차후에 알아보기로 하고…."

"불법 억류에 대해 항의하겠소."

국장은 다시 책상을 치며 핏대를 올렸다.

"뭐, 항의라고? 당신이 나를 협박하는 거야? 까불면 죽어!"

국장은 허리춤에서 권총을 빼내 내 관자놀이에 갖다 댔다. 나는 차가운 금속에서 전해 오는 비정非情에 몸을 떨었다.

나는 독방으로 옮겨졌다. 철제 책상과 걸상, 삐걱거리는 침대, 악취를 풍기는 때 묻은 변기만 달랑 놓인 좁은 방이었다. 하루 세 끼 넣어주는 음식을 먹으며 자술서를 써야 했다. 커피는 마음껏 마실 수 있었는데 도기陶器 찻잔 이가 빠지고 물때가 시커멓게 끼어 있어 입을 대기가 꺼려졌다.

6

나, 임호택은 한국에서 태어났다. 아버지 임종수林鍾守는 무명無名 조각가, 어머니 장삭張朔은 고등학교 불어 교사였다.

30대 나이 때 임종수는 세계적인 조각가로 활약하기를 꿈꾸며 작품 창작에 몰두했다. 그러나 재능에 대한 한계를 느껴 거창한 야심을 접어야 했다. 그는 콘스탄틴 블랑쿠시나 알렉산더 칼더의 창의성 넘치는 작품을 보고 주눅이 들었다고 한다. 탄광 광원의 아들인 그는 석탄 덩어리를 재료로 사용해서 만든 조형물로 민중 미술계에서 주목을 끈 적이 있다. 그러나 주류 평단에서는 외면당했다.

대학생 시절의 임종수는 '현대미술이란 무엇인가'란 수업을 함께 들었던 불어교육과 여학생 장삭을 사모했다. 그러나 말도 제대로 붙여보지 못했다. 허름한 작업복 차림의 대학생 임종수는 고급스런 트렌치코트를 즐겨 입는 장삭을 보면 어깨가 움츠러들었다.

장삭은 대학 졸업 후 사범대학 교수의 추천에 힘입어 명문 사립고등학교 불어 교사로 부임했다. 공교롭게도 그 학교 설립자의 동상을 제작하는 일에 임종수가 보조요원으로 참여했다. 제작 책임자는 유명한 조각가인 미대 교수였다. 그러나 사실상 임종수가 거의 모든 일을 맡았다. 완성한 동상을 설치할 때 임종수는 학교 운동장에서 장삭과 조우했다. 임종수는 시퍼런 점퍼 차림이었고, 장삭은 상아색 투피스 정장을 입었다.

"장삭 선생님?"

"누구 … 세요?"

"같은 과목 수업 들었던 임종수라고 합니다."

"아, 조소과 학생 … 기억이 나네요."

두 사람은 학교 구내식당으로 자리를 옮겨 자판기 커피를 마셨다. 임종수는 이날 만남이 범상치 않은 인연이라 여기며 장삭의 속마음을 탐색했다.

"혹시 요즘 공연중인 〈대머리 여가수〉 보셨어요?"

"이오네스코 원작 희곡은 읽었어도 연극은 아직 … ."

"제가 그 공연에서 무대 미술을 맡았답니다."

"그러세요? 그럼 연출가 선생님이나 배우들도 잘 아시겠네요?"

"물론이죠. 오늘 저녁에라도 구경 가시겠어요?"

"입장권이 매진되지 않았나요?"

"공짜로 보여드리겠습니다. 하하하 … ."

"연극인들이 어렵다는데 어찌 무료관람을 … ."

임종수는 호주머니에서 초대권 여러 장을 꺼냈다.

"무대 설치해 주고 수고비 대신에 이걸로 받았어요."

장삭은 호기심에서 임종수를 따라 그날 극장에 갔다. 공연을 관람한 후 무대 뒤로 가서 연출가, 출연배우들과 인사도 나누었다. 당대를 대표하는 연극인들과 스스럼없이 어울리는 임종수가 장삭의 눈에는 권력가처럼 보였다.

사뮈엘 베케트의 〈고도를 기다리며〉, 장 폴 사르트르의 〈출구 없는 방〉 등 불어권 희곡의 공연에 임종수는 주로 무대미술을 맡았다. 그때마다 장삭은 특별손님 대우를 받으며 초대됐다. 장삭은 원작 희곡을 구해 불어로 낭송하는 게 취미가 됐다. 연극판에서는 임종수 옆자리에 앉은 장삭이 애인으로 공인됐다. 드디어 둘은 결혼했다. 임종수가 일정한 직장이 없는 데다 천주교 신자가 아니어서 장삭의 친정에서 극구 반대했지만 … . 임종수는 처가의 환심을 얻으려 성당의 주일학교를 속성으로 다니며 영세를 받았다.

임종수, 장삭 부부는 허니문 베이비로 나, 임호택을 낳았다. 내가 출생한 직후 할아버지와 아버지는 아기 이름 때문에 다투었다. 할아버지는 손자의 이름을 넓을 호浩, 못 택澤자를 넣어 '임호택'이라고 지어 보냈다. 아버지와 어머니는 이 이름이 너무 촌스럽다며 반대했다. 강원도 태백 탄광에서 '막장의 사투'를 벌이며 처자식을 먹여 살린 할아버지는 황소고집을 가진 분이었다.

"대장부가 제 밥벌이를 하며 큰일을 하려면 이 이름이 좋아!"

제 밥벌이를 못하는 아버지로서는 할아버지의 이런 최후 통첩성 발언에 속수무책이었다. 내가 초등학생 때 아버지는 내 이름에 대해 가끔 언급했다.

"자주 불러보니 듣기에도 괜찮고 뜻도 무난한 이름이네."

어머니는 내 이름에 대해 내내 불만이었다. 어머니는 중년에 접어들어서도 랭보, 베를렌, 보들레르 등 프랑스 시인의 작품을 거실에서 낭송했다. 덕분에 나는 옹알이 말을 할 때부터 불어를 자연스레 배웠다. 어머니는 불어와 같은 라틴 어군에 속하는 스페인어, 이탈리아어, 포르투갈어도 조금씩 익혔다. 심지어 루마니아어와 까딸루냐어까지 초보 과정을 독학했다. 안과 의사 자멘호프가 만든 인공언어 에스페란토를 배우기도 했으니 어머니의 서양언어 학습열은 편집증에 가까웠다.

어머니의 외국어 습득 비결은 '성경 읽기'였다. 외국어 성경을 큰 소리로 낭독하며 문법 구조를 파악하고 단어를 익히는 방식이다. 성경 내용이야 훤히 알고 있으니 어느 외국어 판본이든 해석하는 데엔 어려움이 없었다. 과거엔 시각장애인이나 문맹자를 위해 카세트테이프에 녹음한 외국어 성경이 많았다. 어머니는 이를 들으며 정확한 발음을 터득했다. 세월이 흐르며 카세트테이프가 퇴조하자 어머니는 CD나 유튜브로 오디오 성경을 들으며 외국어 성경을 공부한다.

어머니 서가에는 스웨덴어, 덴마크어, 체코어, 슬로바키아어, 헝가리어, 폴란드어 성경이 있다. 줄잡아 60~70종이다. 외가 친척 가운데 천주교 성직자가 많아 그분들이 어머니에게 외국어 성경을 선물로 주곤 한다.

내가 초등학생 때 어머니는 아동용 서적 《샹폴리옹의 생애》를 번역했다. 로제타 비석을 읽는 데 성공한 프랑스의 천재 언어학자의 삶을 다룬 동화이다. 어머니는 근 1년간 끙끙거리며 작업을 마쳤는데 애석하게도 출판사가 망하는 바람에 책은 나오지 못했다. 내가 최초의 독자이자 거의 유일한 독자인 셈이다.

샹폴리옹은 소년 시절에 이미 여러 언어를 자유자재로 구사했다. 로제타 비석에 새겨진 상형문자를 읽어내기 위해 그가 기울인 열정과 그의 재능은 놀라웠다. 어린 내 마음에 샹폴리옹은 경외심의 대상이었다. 나폴레옹보다 더 위대한 영웅이었다.

어머니는 번역 작업을 하면서 나에게 상형문자 그림을 자주 보여주었다. 프랑스 책 원판의 화려한 컬러 사진은 나를 매료시켰다. 나도 아득한 고대 이집트 세계의 신비에 몰입했다. 피라미드나 파라오라는 말만 들어도 귀를 쫑긋 세웠다. 크레파스나 색연필로 상형문자를 그리는 데 든 스케치북만도 스무 권이 넘었을 것이다.

그러나 그것도 잠시였다. 중학교 입학 이후엔 그런 데에 신경을 쓸 여유가 없었다. 부모는 내가 스스로 밥벌이를 할 수 있는 공부를 하라고 수시로 말했다. 문과보다는 이과를 권유했다. 나는 대학에 진학할 때 별 고민 없이 건축학과를 선택했다. 이공계 가운데서는 가장 예술 분야와 가깝고 취업에도 유리한 전공이어서 그랬다.

대학 2학년 선택과목인 '건축미술사'를 수강할 때다. 개강일에 출석자 명단을 살피던 M교수가 내 이름을 부른 후 잠시 멈칫했다.

교수는 강의를 시작하면서 내 이름 석 자를 칠판에 큼직하게 썼다. 의아했다.

"임호택이라 … 건축과에 들어올 운명을 타고 났구먼 … ."

나도, 다른 학생들도 어리둥절했다.

교수는 나를 일으켜 세워 질문했다.

"임호택 군, 자네 이름과 비슷한 대건축가를 아시는가?"

"글쎄요."

르 코르뷔지에, 가우디, I. M. 페이, 제임스 스털링, 루이스 바라간, 김수근, 김중업, 엄덕문 등이 내가 아는 대건축가 전부였다. 내가 얼굴을 붉히자 교수는 싱긋 웃으며 말을 이었다.

"고대 이집트의 전설적인 건축가로 '임호텝'이라는 인물이 있었어요. 의사로도 활약한 그는 기원 전 2600년경에 사카라라는 곳에 거대한 계단형 피라미드 군群을 만들었지요. 조세르 왕 아래에서 총리 자리에까지 오른 그는 지혜의 상징 인물로 존경받았고, 사후에는 멤피스의 창조신인 프타의 아들로 추서되었답니다. '임호텝'은 '평화롭게 다가오는 사람'이란 뜻입니다."

피라미드의 신비에 매료됐던 어린 시절이 떠올랐다. M교수의 말을 듣고 보니 건축학 전공이 나의 숙명宿命이라는 느낌이 얼핏 들었다. 호기심 어린 눈으로 교수를 바라보자 그는 더욱 열을 올려 임호텝에 대해 설명했다.

"임호텝이 신으로 격상되자 그를 추모하는 신전이 곳곳에 세워졌지요. 많은 여성이 신전에 가서 출산을 기원했답니다. 그의 이름은 수천 년 동안 이집트인의 입에 회자되었지요."

집에 돌아와 어머니에게 임호텝에 대해 이야기했더니 그제야 내 이름이 멋있다고 평가했다. 하기야 어머니의 콧대도 크게 낮아졌다. 나이가 40대 후반으로 접어든 데다 불어 과목을 가르치지 못하는 수모를 겪었기 때문이다. 불어를 제2 외국어로 선택하는 학생이 사라지면서 대부분 고등학교에서는 일본어를 채택했다. 어머니는 여름방학, 겨울방학 때 속성 연수과정을 밟고 일본어 교사 자격증을 땄다. 불어 대신에 일본어를 가르치는 것을 계기로 어머니는 자신의 젊음이 산화散化했다고 한탄하면서 가벼운 우울증에 시달렸다. 어머니는 일본어 수업 첫날을 자신의 '사치일私恥日'이라고 불렀다. 조선이 일본에 병합 당한 국치일國恥日을 빗댄 말이다.

조각가 아버지는 미술계에서 아웃사이더가 되었다. 대형 건축물을 지을 때는 건축비 일부를 조형예술품 설치비로 쓰도록 의무화하는 법이 시행되면서 발이 넓은 조각가들은 호황을 누렸다. 아버지에게도 국물이 떨어졌다. 대학교수를 겸한 유명 조각가가 프로젝트를 맡으면 아버지에게 하청 일감이 생겼기 때문이다. 사실상 대리代理 제작이었다. 그런데도 아버지 몫은 채 10%도 되지 않았다.

아버지가 직접 계약을 따내는 경우도 생겼는데 브로커, 건축주가 끊임없이 '장난'을 쳤다. 그들은 계약 금액을 다 주지 않고 절반 이상을 '커미션'으로 잘라 먹었다. 어느 기업의 사옥 앞에 설치한 대형 조형물을 만드느라 아버지는 근 3년 동안 몸무게가 10kg이나 빠질 만큼 죽을 고생을 했으나 제작비 대부분은 그 기업 산하의 문화재단에 기부하는 형식으로 처리되었다. 아버지는 그래도 자기 작품이 번듯한 대로에 영구 설치된 데 만족했다. 그러나 얼마 지나지 않아 "철제 추상 조형물이 기괴하다!"는 시민 민원이 접수되면서 논란 끝에 철거되었다. 아버지는 마음에 큰 상처를 입고 강원도 태백 탄광촌의 폐교에 작업장을 차리고 거기에서 은거하기 시작했다.

내 이름을 칠판에 썼던 M교수는 자기 연구실에 한번 들르라고 했다. 기말고사를 치른 후 찾아갔다. 방 안에 들어서니 입구에 간이 철봉이 설치되어 있었다. 턱걸이를 10개 하고 들어오란다. 바닥에는 아령, 덤벨, 캐틀 벨 등 운동기구들이 널려 있었다. 한 구석에는 피라미드 모형의 작은 텐트가 보였다.

"이 텐트 안에서 잠시 누워 있으면 머리가 개운해진다네. 피라미드 모형의 용기에 꽃을 넣어두면 쉬 시들지 않고 달걀도 상하지 않지. 피라미드는 여러 모로 신비로운 존재야."

피라미드 건축에 관한 외국서적 수십 권이 꽂힌 서가도 눈에 띄었다. M교수는 언젠가 자신의 손으로 오늘날의 미적 감각이 반영된 피라미드를 다시 짓고 싶다고 말했다.

"두바이 같은 곳에 고대 이집트 피라미드를 재현하면 되지 않을까? 내가 설계도를 그리고 있는데, 완성되는 대로 두바이 개발청에 제안서를 낼 참이네."

내가 듣기에도 무모한 계획인 듯했다. 피라미드에 대해 광적인 숭배심을 가진 교수를 보니 슬며시 두려움이 느껴졌다. 나는 대학 학부를 졸업하고 M교수를 지도교수로 모시며 석사과정에 다녔다. M교수는 가끔 고건축 복원 프로젝트를 맡았는데 그러면 나도 궁궐, 사찰 보수 작업에 동원되었다.

대학원을 졸업하고 건설회사에 취직했다. 취업난 시대라지만 중동지역에서 건설 붐이 다시 부는 덕분에 어렵지 않게 입사했다. 첫 근무지는 사우디아라비아. 바닷물을 담수淡水로 만드는 프로젝트였는데 우리 회사는 토목공정을 맡았다. 나의 건축공학 지식은 별 쓸모가 없어서 토목 공사기술을 현장에서 새로 배웠다. 성품이 자상한 차장을 만난 게 행운이었다. 지방 국립대 토목공학과를 나온 그는 교과서에 나오지 않는 여러 공법을 친절하게 설명해 주어 내가 기술자로 '홀로 서기'하는 데 큰 도움을 주었다. 그는 또 이스트를 넣어 만든 밀주를 맛보게 해주었다. 엄격한 이슬람국가인 사우디아라비아에서는 술을 마시다 들키는 외국인은 즉각 추방된다.

다음 근무지는 아랍에미리트연합국UAE의 두바이. 초고속 빌딩이 잇달아 지어졌다. 우리 회사는 호텔 신축공사를 수주했는데 나는 객실 인테리어를 꾸미는 팀에서 일했다.

다른 동료와는 달리 나는 아랍어를 꾸준히 익혔다. 퇴근 이후엔 쇼핑센터에 가서 상인들과 아랍어로 물건 값을 흥정했다. 아랍어 통역 직원이 풍토병에 걸려 병상에 누워 있을 때 나는 현장 소장이 두바이 건설청 감독관과 만날 때 통역원으로 임시 동원되기도 했다.

두바이에 있을 때 가끔 피라미드 광인狂人인 M교수의 얼굴이 떠올랐다. 아직 설계도가 완성되지 않았나? 여기에 수백 층짜리 빌딩보다는 현대판 피라미드를 짓는 게 낫지 않을까 하는 생각도 들었다. 물론 용도를 무덤으로 하지 않아야 할 것이고….

두바이 공사가 끝나 한국으로 돌아와 부모님을 모시고 제주도에서 휴가를 즐겼다. 1주일간 서귀포 해안에서 놀다가 상경하여 부모님과 함께 건강검진을 받았다. 아버지의 폐암이 발견되었다. 병마에 시달리는 아버지를 두고 다시 해외공사판에 갈 수 없어 그 참에 회사에 사표를 내고 개인 건축사무소를 차렸다. 대규모 건축물보다는 미술관, 골프장, 음악당, 리조트 타운 등 예술성 높은 시설을 설계하는 일에 주력했다. 골프장 설계분야의 대가인 잭 니클라우스도 격찬할 만한 몇몇 골프장을 내가 설계하여 국제적으로 명성을 쌓았다. 음악당이 완공되면 정식 개관하기 직전에 무대에 서서 내가 노래를 부르며 음향 상황을 점검하는 호사를 누렸다.

임호택과 임호텝에 대한 해명은 이만하면 충분하지 않는가? 우연히 비슷한 이름이 됐을 뿐이다. 건축학을 전공한 점을 놓고 어떤 이는 나와 임호텝의 관계가 필연이라고 주장하지만 나는 동의하지 않는다. 아이 이름을 배도빈裵道彬이라 짓는다 해서 베토벤 같은 악성이 될 수 없고, 오범하吳範夏라 부른다고 오바마 미국 대통령 같은 정치지도자가 되지는 않는 것과 같은 이치 아닌가.

상형문자 해독표를 가진 데 대해서도 의심하지 말라. 개인적인 호기심에서 갖고 다니며 익힐 뿐이다. 스파이가 지닌 난수표로 여긴다면 오해다. 《상형문자 읽기》 따위의 책은 한국에서도 여러 권 나와 있다. 상형문자가 이제는 대단한 비밀이 아니다.

리비아에 업무 협의차 가려다 튀니지 해상에서 강도를 당했다. 우여곡절 끝에 이집트에 왔는데 이를 밀입국이라 하지 말라.

이제 자술서를 다 썼으니 얼른 풀어주기를 강력히 촉구한다. 나를 계속 억류한다면 문명국 이집트의 국격國格에 맞지 않는 처사이고, 이는 앞으로 한국과의 외교 분쟁으로 비화될 수도 있음을 경고한다.

7

“수고 많으셨소. 읽어보니 이해가 되오. 글깨나 쓰시는군. 곧 석방시켜 주겠소.”

사각 턱에 어깨가 떡 벌어진 국장은 말린 대추야자를 우물우물 씹으며 큰 선심이나 쓰듯 생색을 냈다.

그러더니 누군가에게 전화를 걸었다. 입에 든 대추야자 때문에 발음이 불분명한 데다 상대방과 약속된 은어를 쓰는 듯해서 나는 거의 알아듣지 못했다. 국장은 목젖을 떨며 꿀꺽, 하고 대추야자 삼키는 소리를 내더니 나에게 눈길을 돌렸다.

“이곳에서 나가되 협조해 주실 일이 생겼소. 그 작업을 마무리해야 자유의 몸이 될 수 있소.”

나는 발끈하며 일어섰다.

“뭐라고? 내가 범죄자도 아닌데 당신이 무슨 자격으로 자유의 몸 어쩌고저쩌고 씨부렁거려?”

“어허, 가만 가만….”

국장은 능글능글 웃으며 앉으라고 손짓했다.

“민간 차원에서 진행되는 문화사업이 있는데, 귀하 같은 상형문자 전문가의 도움이 필요하오.”

“나는 아마추어일 뿐이오.”

“귀하는 귀동냥으로 배웠다는 아랍어도 지금 이렇게 유창하게 구사하고 있지 않소? 이집트에는 요즘에 고대 상형문자를 읽을 줄 아는 사람은 극소수요. 이 문자가 오죽 소중하고 신비로웠으면 '신성神聖 문자'라고 했겠소? 이집트를 도우는 민간 외교사절이라는 자부심을 갖고 협조해 주시오."

"지금 한국의 내 사무실에서는 내가 실종됐다고 난리가 났을 텐데 제발 연락이라도 해 주시오."

"염려 마시오."

나는 국장의 말을 반신반의하면서 국장실에서 나왔다. 그때 덩치가 산더미만 한 요원 서너 명이 달려들어 내 손목에 수갑을 채우고 얼굴을 보자기로 덮어 묶었다.

"이놈들, 뭐하는 짓거리야?"

발버둥을 쳐도 소용이 없었다. 나는 지프인 듯한 차에 실려 끌려갔다. 요란한 자동차 경적이 들리는 것으로 보아 도심지를 가로지르는 듯했다. 이내 흙냄새가 났다. 두어 시간이 지났을까.

네페르티티 왕비

1

"어서 오시오, 임호텝 총리대신!"

걸쭉한 허스키 음성이 들리더니 내 얼굴을 덮은 보자기가 풀렸다. 널찍한 방이었다. 휙 둘러보니 이집트 신상 조각들이 즐비하고 벽에는 화려한 채색의 〈사자死者의 서書〉 그림이 걸려 있다.

호루스 왕관을 쓴 노인이 번쩍거리는 금박 장식의 안락의자에 앉아 나를 맞는다. 옥빛 아마亞麻 섬유로 만든 드레스를 입고 흰색 가죽 샌들을 신은 파라오 복장이다. 노인은 이목구비耳目口鼻가 또렷해 청년 시절엔 '미남'으로 불렸으리라 짐작된다. 큼직한 눈에서 기괴한 빛을 뿜는 노인 주변에는 남자 시종 2명과 시녀 4명이 시립侍立했다.

"귀빈을 모셔 오는 데 결례가 많았소."

"여기가 어디요?"

"파라오 왕궁에 초대받아 왔다고 생각하시오."

"농담이 심하시네요."

"아, 너무 흥분하지 마시고 … ."

노인은 손을 휘저으며 진정하라고 달랜 후 시녀에게 고개를 돌려 낮게 깔리는 목소리로 말했다.

"여봐라, 총리님께 의관을 입혀 드려라."

명령이 떨어지자 시녀 둘이 각각 나의 오른팔, 왼팔을 잡고 갱의실更衣室로 안내했다. 그녀들은 내가 걸친 남루한 갈라비아를 벗기고 목제 침상에 올렸다. 나는 순식간에 발가벗긴 몸으로 침상에 엎드린 자세가 됐다. 그녀들은 내 전신에 재스민 향유를 발라 마사지했다. 요추, 어깨, 경부頸部 등의 경혈經穴 자리를 부드러우면서도 견고하게 어루만지는 능숙한 손놀림은 오랜 세월 절차탁마切磋琢磨한 솜씨다. 나이가 든 시녀는 손바닥에 기름을 듬뿍 부은 다음 그 손으로 내 회음부를 천천히 문질렀다.

"불가리아산 특제 장미유입니다. 심신의 긴장을 푸시옵소서."

나는 그녀들의 손재간에 취해 정신이 아득해지면서 깜빡 잠이 들었다. 곧 꿈에 빠졌다. 피라미드 공사가 한창이다.

불어난 나일강 덕분에 큼직한 돌덩이를 배에 실어 공사장까지 나르기가 수월해졌다. 공사장 바로 앞이 선착장이다. 이곳은 물이 빠지는 계절엔 허허벌판이다. 파피루스 줄기 뭉치로 만든 배에는 나일강 상류지역 돌산에서 캐 온 네모반듯한 돌들이 실려 있다. 인부들은 돌을 배에서 내려 돌 가공장으로 끌고 간다. 이번에는 석공 차례다. 석공들은 돌 크기를 재고 정확한 규격에 맞추기 위해 더욱 정교하게 표면을 다듬는다.

칭, 칭, 칭….

돌 깨는 소리가 요란하다. 인부와 석공의 표정에 온화한 미소가 감돈다. 사후에 좋은 세계에 갈 수 있다는 신앙심을 갖고 작업에 몰두한다. 감독관이 노예들에게 채찍을 휘두르며 일을 시키는 장면은 보이지 않는다. 돌 가공장 옆에는 터 파기 공사가 진행된다. 평평한 지면을 조성하기 위해 땅에 기다란 홈을 파서 물을 붓는다. 물의 표면 높이가 피라미드 밑바닥의 높이 기준이 된다. 공사를 진두지휘하는 총감독이 나타나 설계도를 들고 태양 방향을 살핀다. 총감독 주변에는 감독관 예닐곱 명이 서성거린다. 총감독의 전신이 클로스업된다. 코브라 모형을 붙인 모자를 쓰고 황금색 옷을 입었다. 얼굴이 보인다. 임호텝….

"이제 일어나시옵소서."

시녀의 속삭임을 듣고 나는 백일몽에서 깨어났다. 몸을 일으키니 아랫도리가 허전했다. 침상 바닥을 얼핏 보니 희뿌연 액체가 흘러 있었다. 시녀는 능란한 솜씨로 내 아랫도리를 부드러운 아마 천으로 닦은 다음 나에게 고대 이집트 고관의 옷을 입히고 얼굴을 단장했다. 눈가에 검은 칠을 하니 눈에서 위엄한 기운이 풍겼다.

"이제야 진짜 임호텝 총리 같소. 하하하…."

호루스 왕관을 쓴 노인은 성장盛裝하고 돌아온 나를 보고 홍소哄笑했다. 나는 여전히 꿈속을 헤매는 기분이다.

"환영 만찬장으로 가십시다."

오리가 헤엄치는 광경을 그린 프레스코 벽화로 장식된 연회실 한가운데에는 커다란 탁자가 있고 그 위에는 수십 가지 요리가 놓였다.

시녀가 요리에 대해 설명한다.

"오늘의 주요 요리는 양고기를 갈아 구운 케프타, 잘게 썬 양고기에 달걀과 토마토를 넣고 졸인 샤쿠슈카, 넓적한 누에콩을 뭉근하게 끓인 풀다메다스입니다. 맛있게 드십시오."

마주 앉은 노인이 나에게 손짓을 하며 말한다.

"천천히 드시오."

나는 요리 하나하나를 음미하며 먹었다. 그동안 제대로 먹지 못해 식욕이 용솟음쳤으나 체통을 지키려 먹는 속도를 자제했다. 깨를 빻아 걸쭉하게 만든 소스인 타하나를 양배추에 뿌린 샐러드는 별미였다. 속이 텅 비어 중국집 '공갈빵'처럼 생긴 밀가루 빵 샤미를 3개나 손으로 뜯어 먹었다.

허기를 면한 나는 노인의 정체가 궁금해 질문공세에 나섰다.

"본론으로 들어갑시다. 어르신은 누구십니까? 왜 나를 데려왔습니까? 여기는 어딥니까?"

"허허 ⋯ . 너무 서두르지 마시오. 디저트로 나온 이 무할라비야를 좀 드시고 나서 ⋯ ."

"무엇으로 만든 겁니까?"

"쌀을 곱게 갈아서 찐 다음에 꿀을 넣고 버무린 것이라오."

나는 푸딩처럼 보이는 무할라비야를 찻숟가락으로 조심스레 떠서 맛보았다. 달콤한 맛과 은은한 향기가 일품이다.

"나를 '아멘호텝 3세'라 불러 주시오."

"예?"

"잘 아시다시피 아멘호텝 3세는 이집트 신왕국 제18왕조의 9대 파라오이잖소. 이집트가 가장 융성했던 시대의 왕이오. 북쪽으로 진출하여 시리아와 팔레스타인 지역까지 지배했다오. 수도 테베는 여러 지역에서 흘러들어온 갖가지 진귀한 산물이 넘쳐 호화롭기 그지없었다오. 이때부터 고대 이집트 역사상 가장 번성한 '아마르나 시대'를 맞는다오."

"세월이 몇 천 년 흐른 지금, 그게 무슨 의미가 있습니까?"

"이집트를 부흥시키고 싶어서 그렇소. 파라오의 영광을 재현하고 싶단 말이오."

"꿈은 원대하신데 ⋯ 지금은 민주공화국 시대입니다. 역사의 물길을 거꾸로 돌리지는 못합니다."

"왕조시대로 회귀하자는 게 아니라 이집트의 번영을 꾀하자는 것이오. 국가 재정이 허약하기에 민간이라도 나서서 해결책을 내야 하오. 내가 그 역할을 맡고 싶소. 이집트 안팎의 정세가 심상찮다오. 이웃나라 에티오피아와 수자원 분쟁 때문에 전운이 감돌고 있소. 애국시민인 나는 좌시할 수 없소."

노인은 내 앞에 놓인 접시에 바나나, 포도 등 과일을 손수 올려주며 말을 이었다.

"귀하의 도움이 필요하오. 보안기관 국장으로 근무하는 조카에게서 얼마 전에 특이한 한국인을 만났다는 보고를 받았소. 이름이 임호텝이라는 것이오. 고대 상형문자를 해독할 줄 안다는 점도 이색적이라면서 … 그 이야기를 듣고 내 귀가 번쩍 열렸소. 이 사람은 분명 아멘호텝 3세 파라오가 시대를 초월하여 나에게 보내주신 귀빈이라는 생각이 들었소."

"당혹스럽군요. 저는 한국인 임호택이지 임호텝이 아닙니다. 발음도 다르잖습니까?"

"고대 이집트 일부 지방에서는 방언으로 '텝'을 '택'으로 발음하기도 했다오."

"우연의 일치일 뿐입니다."

"아니오. 필연이오."

"한국에는 호택이라는 이름이 흔해요. 임호택만 해도 백 명이 넘을 겁니다."

"귀하가 쓴 자술서를 보니 어릴 때 피라미드에 심취하셨다며? 어머니가 샹폴리옹 전기를 번역했다며? 상형문자를 그리고 읽는 게 취미라며? 건축학을 전공했다며? 이 모든 것이 필연의 증거 아니겠소?"

"억지로 갖다 붙이면 곤란합니다."

"일부러라도 필연이라 믿으시오. 큰 성취를 이룬 인물은 으레 자신이 대업을 이룰 사명감을 갖고 태어났다고 믿는다오."

"자기 최면을 걸라는 말씀입니까?"

"맞았소. 이제야 이해하시는구먼. 그래서 나도 아멘호텝 3세 행세를 하는 거요."

노인의 말을 듣고 나는 피그말리온 효과, 로젠탈 효과, 플라시보 효과 등을 연상했다. 고대 그리스의 조각가 피그말리온은 주변에서 마음에 드는 배필을 찾지 못해 자신의 이상형 여성을 조각으로 만들었다. 돌덩이 여자를 바라보며 애틋한 연정을 품었다. 그 정성에 감동한 아프로디테 여신은 조각품에다 생명을 넣어주었다. 믿으면 이루어진다는 뜻이다.

로젠탈 효과도 마찬가지다. 미국 하버드대 심리학과 로젠탈 교수는 어느 초등학교에서 지능검사를 한 후 점수와 관계없이 무작위로 20% 명단을 골랐다. 그 명단을 교사에게 주면서 "머리가 좋은 어린이들이니 잘 가르치면 성적이 좋아질 것"이라 말했다. 8

개월 후에 점검했더니 그 명단에 든 학생들은 지능검사 점수, 성적이 크게 향상됐다.

플라시보 효과는 가짜 약을 먹어도 효험이 있다는 이론이다. 권위 있는 의사가 처방해 주면 더욱 효과가 있고… .

나는 이런 신비주의를 믿지 않는다. '간절히 원하면 이루어진다'느니, '우주의 기운이 너를 돕는다' 따위의 사이비 담론을 '헛소리'로 규정한다.

숱한 예언도 엉터리이기는 마찬가지다. 세계 곳곳에 점성술사, 역술가 등 자칭 예언가들이 얼마나 많은데 지구촌의 재앙인 '코로나 사태'를 예견한 이가 한 사람이라도 있었나?

초능력을 과시하는 인간도 내 눈에는 사기꾼으로 비칠 뿐이다. '초능력자 사냥꾼'이라는 제임스 랜디 박사는 초능력을 실현하는 사람에게 100만 달러 상금을 주겠다고 공언하지 않았나? 지금까지 아무도 초능력을 보이지 못했다. 쇠숟가락을 마음대로 구부리는 재주를 부리던 마술사 유리 겔라도 랜디 박사 앞에서 눈속임을 하다가 들켰다. 사이비 과학, 유사類似 과학은 〈스켑틱Skeptic〉이란 잡지에 의해 엉터리임이 들통나고 있다.

영험한 도사, '기도빨'이 잘 받는 암자? 이런 것 모두가 허상일 뿐이다. 공중부양이 가능한 도사라면 올림픽 높이뛰기에 나가 금메달을 따시지? 축지법을 구사하는 도사가 있다고? 마라톤대회에 참가하면 되겠네? 아들딸 대학합격을 기원하며 어머니들이 벌이는 백일기도, 헛고생일 뿐이다.

대예언가 노스트라다무스의 예언서를 꼼꼼히 살피면 온통 비유투성이여서 '코에 걸면 코걸이, 귀에 걸면 귀걸이'인 식이다. 〈요한계시록〉의 예언에 대해서도 교회 안팎에서 얼마나 다양한 해석이 나오는가.

생년일시, 즉 사주四柱로 남의 운명을 예언하는 일은 내 눈에는 전형적인 혹세무민惑世誣民이다. 《주역周易》에 뭔가 엄청난 예지력이 담겨 있는 것으로 과장하며 미래가 훤히 보이는 것처럼 떠드는 인간 대부분이 밥벌이 차원에서 도인 행세를 할 뿐이라고 나는 확신한다. 부산에서 주역 점술로 유명한 어느 역술인의 고백이 기억에 살아난다.

"역술인 선친이 급서하는 바람에 장남인 제가 손님을 받게 되었소. 군대에서 갓 제대한 청년인 저는 역술에 대해서는 아무것도 모를 때였지요. 할머니 한 분이 오셨는데 그냥 넘겨짚기로 '며느님 때문에 속이 많이 상하시지요?'라고 말했더니 그 할머니가 저에게 대뜸 '도사님! 족집게처럼 맞추셨어예!'라면서 자기 속마음을 좔좔 털어놓았소. 그러더니 시장통 상인들을 줄줄이 손님으로 끌고 오셨다오. 용한 청년 도사님을 봤다면서 … ."

나의 관견管見으로는 《주역》은 자연현상을 64괘, 즉 64가지 경우의 수數로 분류 설명한 책일 뿐이다. 수천 년 전 당대 최고의 석학, 현자들이 정리했으니 통찰력이 그득하긴 하지만 이것으로 오늘날 복잡한 세상을 해명하기엔 미흡하다. 《주역》의 가치를 높이려 자꾸 신비주의 덧칠을 하면 《정감록鄭鑑錄》 같은 도참圖讖으로 전락할 뿐이다.

이름 석 자를 들먹이면 알 만한 유명한 역술인이 남의 미래를 점쳐주고 떼돈을 벌었는데 사기꾼에게 그 돈을 홀랑 바쳤다 하지 않은가. 사기꾼도 못 알아보고, 자기 운명도 모르는 인간이 한국의 고관대작과 그 부인들에게 큰소리를 탕탕 쳤다.

"이 이름 갖고는 국장 승진 못 하오! 당장 개명하시오!"

공무원 인사 철에는 그 철학관 앞에 손님들이 붐벼 번호표를 받고 한참이나 기다려야 했다. 그 도사 역술인은 돈을 떼여 분사憤死했다는 소문이 돌았다.

"뭘 그리 골똘히 생각하시오?"

노인이 목청을 높이며 묻자 나는 정신을 차렸다.

"아… 피그말리온을 잠시 상상하다가… 죄송합니다. 제가 도울 일이 무엇입니까?"

"서재로 자리를 옮겨 차를 마시며 말씀드리겠소."

2

파피루스 자료들이 서가에 그득한 서재다. 수천 년 묵은 파피루스에서 풍기는 매캐한 냄새가 후각을 자극한다. 서재 벽에는 피라미드 내부에 흔히 그려진 여러 동물 그림이 조각되어 있다. 곳곳에는 석상이 세워져 서재 전체가 미술관을 방불케 한다.

서재 중앙에는 스타인웨이 그랜드 피아노와 커다란 장방형 테이블이 있다. 테이블 표면에는 상아로 상감된 큼직한 고양이 그림이 그려져 있었다. 테이블 위에는 나무 상자 몇 개와 역대 최고 미인으로 꼽히는 네페르티티 왕비의 두상 모형이 놓였다. 그녀의 사슴처럼 가늘고 긴 목에서는 우수憂愁의 그림자가 어른거린다. '태양의 여인'으로 화려한 삶을 살았지만 정쟁의 틈바구니에서 고독과 고뇌의 밤을 보낸 날이 얼마나 많았으랴.

"네페르티티, 네페르티티 … ."

나는 나지막하게 읊조렸다. 그때 서가 뒤쪽에서 바스락거리는 소리가 들리더니 젊은 여성이 불쑥 나타난다.

"저를 부르셨나요?"

네페르티티 조각상과 닮았다. 조각상처럼 기다란 모자도 썼다. 얼굴이 깡말라 광대뼈가 드러났으나 그런 모습이 오히려 그녀의 기품을 높여 주는 듯하다. 눈에서는 초록빛 광채가 흐른다.

"내 딸이오. 이름이 네페르티티요."

"본명입니까?"

"본명이고 가명이고가 어디 있소. 이름이야 당사자의 인격과 가장 어울리게 부르면 되지요."

"그럼 이 자리엔 아멘호텝 3세, 네페르티티, 임호텝, 이렇게 세 사람이 앉은 셈이군요."

"그래 맞소. 우리 셋이서 이집트의 영광을 재현하십시다."

"역사상으로는 임호텝이 가장 오래 전의 인물이지요? 기원 전 2600년경에 살았으니 … . 아멘호텝 3세는 기원 전 1300년대에 재위했지요? 네페르티티는 아멘호텝 3세보다 조금 늦게 태어나 동시대에 살았고 … 역사와 현실이 뒤엉켜 혼란스럽군요."

"혼란스러울 게 뭐가 있소? 제 역할에 충실하면 되지요."

나는 네페르티티라는 여성을 찬찬히 살펴보며 말을 걸었다.

"외출할 때도 이런 복장인가요?"

"아닙니다. 오늘 귀빈이 오신다 해서 오랜만에 입었습니다. 아버지께서도 마찬가지이고요."

"무슨 일을 하십니까?"

"작년까지만 해도 알렉산드리아 도서관에서 연구원으로 근무했습니다. 요즘은 여기 서재에서 고대 자료 연구에 몰두하고 있습니다."

네페르티티와 내가 대화하는 모습을 살피던 노인이 손뼉을 탁 탁 치더니 큰 소리로 말한다.

“이제 슬슬 본론으로 들어갑시다. 임호텝 총리가 도와줄 일은 바로 이 자료를 번역하는 것이오.”

노인은 테이블 위에 놓인 큼직한 상자를 열었다. 검붉은 삼나무 목재 상자 안에는 파피루스 문서들이 차곡차곡 정리돼 있었다. 바스라지지 않도록 하나하나 유리로 덮은 상형문자 자료였다.

“이게 뭡니까?”

“조상 대대로 물려 내려온 희귀 문서요. 5천 년 전에 기록되었다 하니 대단한 내용이 담겼을 거요.”

“5천 년 전이라면 고왕국 시대? 상형문자가 태동하던 무렵 아닙니까?”

“잘 아시는구먼. 우리 집안에서 구전돼 오는 전언에 따르면 고왕국이 본격적으로 틀을 잡기 직전 무렵이라고 하오.”

“방사성 동위원소 기법으로 연대를 측정해 봤습니까?”

“이 극비문서를 어떻게 외부에 갖고 가서 그렇게 측정하겠소? 분실 또는 탈취당하면 큰일 나게?”

노인의 표정이 진지할수록 나는 웃음이 슬슬 나왔다. 돈키호테처럼 과대망상에 걸린 영감탱이로 보였기 때문이다. 그런 내 표정을 살폈는지 네페르티티라는 여성이 입을 열었다.

“아버지 말씀이 맞습니다. 초기 상형문자로 작성됐고 저희 가문이 소중히 간직하고 있는 자료입니다. 이를 해독하기 위해 저는 이집톨로지(이집트학)로 정평이 난 미국 브라운대학에서 공부했습니다."

"그렇다면 전문가인 네페르티티 님이 해독解讀하셔야지 왜 저를 끌어들입니까?"

"너무도 충격적인 내용이 그득해서 제가 제대로 이해했는지 검증받기 위해섭니다."

"검증이라면 이집톨로지 학자에게서 받아야지요."

내가 짜증을 내며 따졌더니 노인이 대꾸한다.

"단도직입적으로 말하겠소. 부끄럽게도 요즘 이집트인 가운데는 이집톨로지 전문가가 거의 없소. 미국, 프랑스, 영국 등에서 수준 높은 연구가 이루어지고 있소. 내가 그 나라 학자들에게 일을 맡기기를 꺼리는 이유는 우리 문화재가 탈취당할 우려가 있기 때문이오. 또 내가 아는 건축문화재 전문가가 한국에 계시는데 그분이 실력파이거든. 마침 귀하가 한국에서 왔다하니 믿음이 더욱 간다오."

"그 한국인 전문가가 누구입니까?"

"차차 알게 될 것이오."

"지금 밝히지 못할 이유라도 있습니까?"

"허허! 서두르지 마시오. 암튼 이 문서 어디엔가는 쿠푸 왕 피라미드보다 더 큰 피라미드의 소재지가 기재돼 있다고 하오."

"설령 그 소재지를 밝혀낸다 해도 요즘 같은 대명천지에 서양 학자들이 어떻게 피라미드 부장품을 슬쩍한단 말입니까?"

"어허, 순진하기는 … ."

이번엔 네페르티티가 나섰다.

"저희 증조부와 조부께서 아버지가 어린 시절에 서양인을 믿지 말라고 신신당부했다고 합니다. 증조부는 그들에게 속아 가보 수백 점을 헐값으로 넘겼다고 하더군요. 그 문화재 상당수는 그들 나라의 간판급 박물관에 버젓이 전시돼 있어요."

"브라운대학에 유학할 때 이 문서내용을 교수에게 검증받았으면 좋았을 텐데요?"

"서양인 교수에게 이 문서의 존재 자체를 알리는 게 꺼림칙해서 … 마침 상형문자 해독법을 강의하는 젊고 열정적인 한국인 교수가 계셨답니다. 제가 이 문서 일부를 필사본으로 써서 보여드렸지요. 교수님은 눈이 휘둥그레지며 원본을 봐야 제대로 판단할 수 있다고 말씀하시더군요."

"한국인이 이집톨로지 교수라?"

"제가 가장 존경하는 교수입니다. 아버지께서 한국인 임호텝님이 저희 집에 오신다고 말씀하셨을 때 저도 그 교수님이 생각나서 기대가 컸지요."

"그런 전문가와 나 같은 아마추어를 비교하면 민망합니다. 이 문서에 충격적인 내용이 많다고 아까 말씀하셨는데 도대체 뭡니까?"

그녀는 노인에게 잠시 서재에서 나가 달라고 부탁하고 나이 어린 시녀에게 커피를 갖고 오도록 했다. 나는 네페르티티와 함께 큰 테이블 양쪽에 각각 앉아 얼굴을 마주 보며 대화를 이어갔다. 아랍어 대신에 영어를 쓰니 나로서는 한결 편했다.

"커피 맛이 독특하군요. 몹시 쓰면서도 혀 표면에 부드럽게 달라붙네요."

"에티오피아산입니다. 고대 이집트 신전에서 제사를 올릴 때 신관이 마시던 방식으로 끓인 것입니다. 제사장은 이런 커피를 열 잔 이상 마시며 잠을 쫓고 밤새 기도를 올렸다고 합니다."

그녀는 기다란 원통형 모자를 벗었다. 머리에는 히잡을 쓰고 있었다.

"이 문서를 모두 해독했습니까?"

"아닙니다. 일부분만 하는 데도 5년이 걸렸답니다. 명상록 형식인데 주로 우주와 철리哲理, 통치론에 관한 내용입니다."

"피라미드 소재지는 짐작이 가나요?"

"아직 모르겠습니다."

"작성자는 어느 분입니까?"

"아툼…."

"아툼 신神?"

"예. 맞습니다."

"어느 선지자가 아툼 신의 계시를 듣고 적었단 말입니까?"

"그게 아닙니다. 아툼이라는 이름의 왕이 작성한 것입니다."

"그러면 아톰 신이 아니잖습니까?"

"아톰 신의 권위를 이용하려는 왕이 자기 이름을 그렇게 붙인 것이지요. 아톰 왕은 자신이 인간이며 단지 효율적인 통치를 위해 신을 참칭했다는 겁니다. 일종의 고백록인 셈이지요. 고대 이집트의 신정神政체제와 관련해 매우 중요한 자료이지요."

"이집트 신화의 시원始原과도 관련이 있겠군요."

그녀는 가슴이 두근거리는지 심호흡을 하고 커피를 들이켠다. 눈을 지긋하게 감았다가 다시 숨을 크게 내쉰 후 말을 잇는다.

"이집트 신화가 만들어진 과정, 상형문자 창제 경위, 후세 세계에 대한 전망 등 광범위한 내용이 담겼어요."

"신화가 어떻게 만들어졌다는 겁니까?"

"읽어보시면 알아요. 처음에 해독하고 제 눈을 의심했답니다."

그녀는 서랍을 열고 두툼한 서류를 꺼낸다.

"제가 정리한 아랍어 번역본, 영어 번역본이에요. 아직 아버지에게는 번역본을 보여주지 않았답니다."

"왜요?"

"피라미드 소재지를 밝히라고 닦달하시기 때문이죠."

"그럼 제가 할 일은 이 해독본을 읽고 원문과 대조해 가며 검증하는 겁니까?"

"그렇습니다."

"고대 이집트어 단어를 거의 모르는데요."

"여기 고대 이집트어 사전이 있어요. 이걸 들춰보시고 … 번역본과 원문을 읽고 당시 상황을 떠올리며 전후前後 맥락을 살펴봐 달라는 겁니다."

"이것을 다 읽으려면 시일이 꽤 걸릴 텐데요. 저는 직장 일 때문에 일분일초가 급합니다."

"임호텝 님! 충분히 이해합니다. 그러나 이 문서는 인류 문명사 관점에서도 큰 의미를 지녔습니다. 참여하시면 엄청난 보람을 느낄 것입니다."

"인류 문명사라니 … 너무 거창하네요."

네페르티티는 애절한 눈빛으로 나에게 부탁했다. 부담을 느낀 나는 그녀가 정리한 영문 번역본을 찬찬히 읽기 시작했다. 아래 한국어 번역본은 내가 고사성어故事成語도 넣어가며 한국인이 쉽게 이해하도록 정리한 것이다. 직역直譯하면 도무지 이해하기 어려운 대목은 의역意譯했다. 의역이더라도 오역誤譯이 되지 않도록 애썼다.

3

나, 아툼, 위대한 지도자는 새벽 오아시스에서 솟는 맑은 물과 같은 담담한 마음으로 한 글자, 두 글자 정성스럽게 기록하노라. 억조창생億兆蒼生의 안녕과 내 후손의 번영을 위해 한 톨 거짓 없이 진실을 밝히는도다!

이 글을 읽는 후손은 명심하라. 내 직계 핏줄이 아닌 타인에게 이 문서를 보여서는 아니 된다. 그럴 경우엔 인간 사회의 질서가 무너져 대혼란에 빠질 수 있다. 진실, 진리의 무게는 너무도 무겁기 때문이다. 그 무게를 감당하지 못하는 범인凡人은 진실에 짓눌려 죽는다. 그들은 진실을 모르고 살아가는 게 오히려 행복하다.

세월이 흘러 먼 훗날, 사람들은 인지가 발달해서 진실을 깨달을 것이다. 그러나 무지한 사람들이 대부분인 지금과 앞으로 상당 기간에는 진실을 알려서는 곤란하다. 진실을 말해도 우중愚衆은 이해하지 못한다.

너희들은 '아툼'이 모든 것의 원천이라고 들었으리라. 지혜로운 나의 아버지가 내 이름을 이렇게 부르셨다. 하늘, 땅, 바다, 숲 … 이 모든 삼라만상森羅萬象이 아툼에서 비롯됐다고 나의 아버지가 설파하셨다. 그러나 나도 그저 자그마한 몸뚱어리를 가진 인간일 뿐이다.

나의 할아버지도 지혜로운 분이셨다. 증조부, 고조부, 그 위의 할아버지도 … . 그들은 세상 이치를 알려고 별을 관측하고, 비바람을 살폈으며, 동식물을 관찰했다.

그들이 알아낸 이치는 후손에게 면면히 이어졌다. 이런 이치들을 다른 사람들에게도 알렸으나 그들은 이해하지 못했다. 조상 가운데 참된 이치를 알리다가 상찬賞讚은커녕 가혹한 핍박을 받은 분도 적지 않다.

우리 가문에서는 지혜로운 후손을 이어가기 위해 혼인 때 배우자는 가능한 한 먼 부족에서 찾았다. 그래야 두뇌가 명석하고 신체가 튼튼한 아이가 나온다. 다른 부족의 족장 가문에서는 순수 혈통을 지킨답시고 근친혼을 하는 경우가 많은데 이러면 후손이 시들게 마련이다. 사내 후손들아! 배우자를 선택할 때 외모를 가장 후後순위에 두어라. 아름다운 여인도 나이 들면 시든 꽃처럼 보일 뿐이다. 지혜롭고 성품이 좋은 여성을 골라야 일상이 편하고 총명한 후손을 얻는다.

나의 50대조祖는 우리가 밟고 있는 이 땅이 거대한 구球라는 사실을 알아내고 주위 사람들에 밝혔으나 미친 사람으로 취급됐다. 50대조는 바다 위를 계속 항해하면 지구를 한 바퀴 빙 돌아 제자리에 돌아온다고 설명하셨다. 사람들은 평평한 땅 위로 계속 걸어가면 끝에는 낭떠러지가 있어 그 아래로 떨어진다고 지금도 믿지 않느냐. 우리가 사는 이 땅덩어리도 해, 달, 별과 같이 하늘에 떠다니는 별의 일종이라고 주장한 어느 조상은 요망한 유언비어를 퍼뜨린다는 죄목으로 참수斬首당하셨다.

병에 걸리는 이유는 무엇인가. 악마가 몸에 침투해서 그렇다고 알고 있겠지? 악마를 쫓아내는 기도를 올려야 낫는다고 믿고 있지? 이것은 허황된 이야기다. 병의 원인은 우리 눈에는 보이지 않는 매우 작은 병균이 몸에 들어와서 활개를 치기 때문이다. 병균을 퇴치해야 낫는다. 전염병이 퍼질 때 악마를 쫓는다고 신전에 함께 모여 기도를 올리면 전염병은 더욱 기승을 부린다. 전염병 환자는 격리시켜야 한다. 물 속에 든 병균 때문에 배탈이 나지 않으려면 물을 끓여서 마셔야 한다. 끓는 물에서 병균은 죽는다. 안타깝게도 병의 원인을 알아낸 조상도 독신瀆神 죄목으로 추방당했다.

그래서 진실은 무서운 거다. 함부로 말해서는 죽임을 당한다. 믿을 수 있는 직계 후손에게만 알리려 하는 의도를 짐작하겠는고?

하늘과 땅은 어떻게 만들어졌는가. '대홍수大洪水로 엉망인 카오스 상태에서 하늘의 여신 누트와 땅의 남신 게브가 평온한 하늘, 땅을 만들었다'고 세인世人들은 알고 있겠지? 이것이야말로 황당무계한 이야기다. 그러나 신神을 들먹여야 세인들은 이해했다. 자연질서는 신의 손에 의해 좌우된다고 믿었기 때문이다. 그들의 지적知的 수준은 아직 여기에 머물렀다. 현명한 우리 조상들은 자연 이치의 진실을 탐구하는 한편 세인을 지배하기 위해 신화를 창작했다. 그 자세한 과정은 앞으로 차근차근 밝히겠다.

먼저 조상이 알아낸 자연 이치부터 너희는 제대로 알아야 한다. 우주는 어떻게 생겨났을까. 상상하기도 어려울 만큼의 옛날 옛적에, 이루 말할 수 없이 뜨겁고 단단한 물질이 대폭발을 일으켰느니라. 그 물질은 한없이 팽창하면서 불덩어리 알갱이로 흩어졌지. 지금도 계속 팽창하고 있다. 불덩어리 알갱이가 바로 별이다. 태양, 달, 지구도 별의 하나일 뿐이다. 태양은 불덩어리 성질이 여전히 남아서 지금도 뜨겁게 타오르고 있다. 달은 차갑게 식었다. 지구는 적당히 식어 생명체가 살 만하게 되었다.

아침에 해가 뜨고 저녁에 해가 지는 현상을 세인들은 어떻게 이해하고 있는가. 태양신 '레Re'가 명계冥界에 갔다가 밤새도록 수련한 끝에 새벽에 부활한다고 말한다. 쇠똥구리 케프리가 지하세계의 태양을 지상으로 굴려 올리는 모습으로 설명하고 있지.

후손들아, 너희는 진실을 알아야 한다. 해가 뜨고 지는 것은 태양신이 지하세계로 갔다 왔기 때문이 아니다. 지구가 태양을 보며 하루에 한 바퀴 빙 돌기 때문이다. 저녁에 달이 뜨고 새벽에 달이 지는 것은 달이 지구를 보며 돌기 때문이다.

사람은 어떻게 만들어졌는가. 수메르 사람들은 '신이 흙으로 인간을 빚어 생명을 불어넣었다'는 이야기를 지어냈다. 그럴 듯한 인간창조설이다. 우리 주민들도 이렇게 믿고 있지. 아마 후세에 다른 곳에서도 오랫동안 이 이야기가 믿음을 얻으리라.

그러나 현명한 우리 직계 조상이 밝힌 진실은 이와 다르다. 지구의 겉에 불덩어리가 사라지면서 생명체가 살기에 적당한 온도가 되었다. 지구 속에는 여전히 불덩어리가 이글거리고 있단다. 여러 물질이 결합하면서 유기체로 탈바꿈했고 마침내 생명체가 탄생했다. 생명체는 점점 종류가 늘어났다. 미물微物에서 인간까지 다양한 생명체가 지구 위에 살게 됐다. 지구 이외의 다른 별에서도 생명체가 사는지는 아직 모른다. 셀 수 없이 많은 별들 가운데 하필 지구에만 생명체가 살고 있을까? 확률적으로 추정하건대 다른 별에도 생명체가 살고 있을 가능성이 높다. 우리 조상이 아무리 지혜로웠다 하더라도 헤아릴 수 없이 많은 별들에서 벌어지는 일을 파악하기에는 지력이 모자랐다. 앞으로 너희들이 하나둘씩 규명하기 바란다.

나의 45대조 때의 일이다. 강물이 바다처럼 불어나 강가에 사는 주민 수천 명이 물에 휩쓸려 죽었다. 살아남은 사람들은 강물을 다스리는 신에게 제사를 지내며 노여움을 풀라고 빌었다. 인간이 신을 정성스럽게 모시지 않아 신이 격노했기 때문이라 믿었다. 그러나 그런 일은 반복됐다. 아까운 가축을 죽여 제물로 올렸지만 소용이 없었다.

영명하신 45대조는 태양을 관찰하고 그 이치를 깨달았다. 춥고 더운 계절의 변화를 잘 살피면 강물이 넘치는 때를 짐작할 수 있다는 사실을 알아냈다. 강물이 불어나기 직전에 45대조는 주민들에게 미리 대피하라고 말했다. 그해에는 아무도 급류에 휩쓸려 죽지 않았다. 주민들은 45대조를 고귀한 인물로 추앙하며 족장으로 뽑았다. 그들은 곡물, 꿀, 과일, 가죽 등을 족장에게 바쳤다. 주민들은 힘을 합쳐 마을 한가운데 족장이 사는 집을 멋있게 만들었다. 족장은 마을에서 가장 아름다운 여성을 아내로 삼았다.

45대조가 하는 일은 태양을 보며 홍수가 일어나는 시기를 미리 알아내는 것이었다. 우리의 지혜로운 조상은 태양이 뜨고 지는 날이 365번 될 때마다 계절이 4번 바뀜을 알아냈다. 그 계절을 봄, 여름, 가을, 겨울이라 이름 붙였다.

강물이 흘러넘친 후에 물이 빠지면 대지는 거무스레한 옥토로 바뀌었다. 그 땅에 곡물씨앗을 뿌리면 하루가 다르게 무럭무럭 자랐다. 족장은 "강물 신이 농민들을 애처롭게 여겨 이렇게 돌본다"라고 말했다. "내가 제사와 기도로써 강물 신께 정성스레 빈 덕분"이라고 강조했더니 농민들은 곧이곧대로 믿었다.

족장은 신을 더욱 극진히 모시려면 신전을 따로 마련해야 한다고 역설했다. 농민들은 농번기가 지나 한가할 때면 돌을 다듬어 신전을 지었다. 우리의 존경스런 조상인 족장은 손재주가 좋은 어느 젊은이에게 태양신의 모습을 돌로 깎아 만들라고 지시했다. 과연 젊은이는 멋진 신상神像을 다듬어 왔다. 그 신상을 신전에 모시고 족장은 수시로 신께 제사를 올렸다.

진상을 고백하자면 제사를 올리는 시늉을 한 것이다. 주민들은 족장이 제사를 올리면 태양신과 직접 대화를 나누고 풍년을 기약받는 것으로 믿었다. 주민들의 기대를 저버리지 않기 위해서라도 족장은 태양신에게서 축복을 받았다고 이야기했다.

"아문, 아문, 라, 라, 레, 레 … ."

족장은 태양신에게 기도할 때 이렇게 주문을 외웠다. 주민들도 기도할 때 이를 따라 했다. 어떤 마을에서는 태양신을 '아문'이라, 다른 마을에서는 '라Ra' 또는 '레'로 불렀다.

바람이 몹시 불어 마을 한가운데에 서 있는 아름드리 종려나무가 꺾였다. 신전에서 잔심부름을 하는 시종 소년이 족장에게 물었다.

"바람은 왜 부는 것이옵니까?"

족장은 선대 조상에게서 들어 바람 생성 이치를 알고 있었다. 기압이 높은 곳에서 낮은 곳으로 공기가 빨리 이동하는 현상이라고…. 그러나 주민들에게 그렇게 설명해 봐야 아무도 이해할 수 없었다. 족장은 소년에게 빙그레 웃으며 대답하셨다.

"바람의 신 슈가 힘차게 달리기 때문이지."

"아, 그렇군요. 지금도 슈 신이 저를 쓰다듬으시는군요."

깨달음을 얻은 소년은 환호하며 신전 밖으로 달려 나갔다. 총명한 소년은 온몸으로 바람을 맞으며 슈를 찬양하는 시를 읊었다.

"나는 슈이노라, 나의 옷은 공기이노라!"

족장은 여러 사물에다 신의 이름을 붙였다. 그 전에도 주민들은 제각각 사물에 신의 이름을 붙여 불렀지만 서로 통하지 않아 족장이 이를 집대성했다. 신의 이름이 7백여 개나 됐다.

4

"놀랍군요. 고대 이집트 현인賢人 가문이 자연과학 원리를 이미 파악했다니 ⋯."

나는 비밀문서의 앞부분을 읽고 당혹함을 감추지 못했다. 네페르티티라는 그 여성이 해독 정리한 글은 원문을 충실히 옮긴 것이다.

"이집트 역사가 5천 년이라지만 긴 인류사와 비교하면 지극히 짧은 순간일 뿐입니다. 우주가 생성된 지가 137억 년, 지구 생성 나이는 46억 년, 도구를 사용한 최초의 인간 오스트랄로피테쿠스가 지구에 나타난 지가 2백만 년 전입니다. 역사 시대 이전의 선사 시대에도 인간의 경험과 지혜는 구전口傳을 통해 후세에게 전승되었겠지요."

네페르티티는 인류 문명사의 기원을 2백만 년 전으로 잡고 설명했다. 오스트랄로피테쿠스는 현생 인류의 직접 조상은 아닌데 아전인수我田引水격으로 갖다 붙이는 듯하다.

"아무리 그래도 우주생성을 설명하는 대목에서 빅뱅 이론 비슷한 설명을 들먹였다는 것은 이해할 수 없습니다. 전염병의 본질을 설명한 내용도 그렇고요. 역사에서는 한참 후에야 이런 사실이 밝혀지잖아요. 이 부분을 요즘에 누가 가필하지 않았을까요?"

네페르티티는 정색을 하고 반박했다.

"이 문서의 가치를 훼손하는 그런 모독적인 발언을 삼가세요. 이 문서는 제가 어릴 때부터 이 서고에 보존돼 있었답니다. 외부인이 고칠 틈이 없었습니다."

"문서 가치를 폄훼하려는 뜻은 없으니 오해하지 마세요. 종교, 철학, 역사, 과학 등 여러 분야에서 매우 중요한 내용이 나오기에 가급적 엄밀하게 따져봐야 한다는 차원에서 … ."

"제가 문서를 충실히 번역했다는 사실은 조상님의 명예를 걸고 맹세할 수 있습니다."

"이집트 전역에서 수많은 지역 신들이 있었을 텐데 이 문서의 작성자가 집대성集大成했다는 것도 믿기 어렵군요."

"문서 작성자는 기원 전 3,500년 전의 조상인 것으로 추정합니다. 당시에 여러 곳에서 널리 퍼진 신화를 모아 정리했다고 봐야죠. 다음 장章을 보면 신화를 모으는 에피소드가 소개됩니다."

"인간이 흙에서 비롯됐다는 신화는 중국 신화에도 영향을 미친 것 같습니다. 기기묘묘한 중국 신화가 담긴 《산해경山海經》을 보면 여와女媧 여신이 흙으로 빚어 사람을 만드는 장면이 나옵니다. 하나하나 만들다보니 힘들어져 노끈을 진흙탕에 담갔다가 꺼내 사방으로 흩뿌렸더니 흩어진 진흙이 사람으로 변했다고 하지요. 처음에 정성스레 빚어 만든 사람은 귀인貴人이 됐고, 흩뿌려 만든 사람은 미천하고 어리석은 사람이 되었다고 하지요."

"문명, 문화는 다른 지역에 영향을 주기 마련입니다. 중국 신화는 다분히 오리엔트 지역의 창조신화에서 영향을 받은 것으로 학계에서는 추정합니다. 제가 미국에서 공부할 때 어느 학술 심포지엄에서 발표자는 중국 신화의 태동 시기는 이집트보다 훨씬 훗날이라고 실토하더군요."

"고대 문명끼리도 교류가 있었을까요?"

"시차를 두고 문명이 전파되었겠지요. 대체로 현세인의 막연한 상식보다는 고대문명끼리의 교류는 더 활발했을 겁니다."

"이집트 문명보다 더 오래된 메소포타미아 문명이 이집트에 영향을 주었겠지요?"

"물론입니다. 지리적으로 가까우니까 인적, 물적 교류가 많았지요. 이집트 문명, 메소포타미아 문명이 전 세계 문명의 원형 역할을 했습니다. 수메르인이 만든 쐐기문자가 이집트의 상형문자 창제에 영향을 주었지요."

네페르티티는 서가에서 《메소포타미아 문명과 이집트 문명》이라는 책을 꺼내 보인다.

"제가 대학원 교재로 배운 책입니다. 메소포타미아 문명 지역이 오늘날 이라크잖아요. 이곳은 오랫동안 전운이 감도는 지역이어서 학자들이 마음 놓고 방문하기가 어려웠지요."

우리가 머리를 맞대고 토론하고 있는데 노인이 서재로 들어왔다. 파라오 복장을 벗고 평범한 갈라비아 차림이다.

"밤새 안녕하셨소?"

인사말을 듣고서야 밤을 새운 사실을 알았다. 지하 서재 안은 컴컴해서 밤낮을 구별하기 어렵다.

"수고 많았소. 좋은 꺼리라도 발견하셨소?"

노인은 코를 실룩거리며 다가온다. 네페르티티는 해독 원고를 슬며시 덮으며 말한다.

"임호텝 님이 훌륭한 조언을 많이 하셨어요."

"그래?"

노인은 벌건 잇몸이 훤히 보일 정도로 활짝 웃으며 내게 눈길을 돌린다.

"역시 귀하는 운명적으로 우리를 도우려 오신 분임이 틀림없소."

"조언이라뇨. 제가 따님에게서 이집트 역사를 배웠을 뿐인데요."

"일이 잘 풀리면 한몫 단단히 챙겨드리겠소."

"한몫? 무엇입니까?"

노인은 한쪽 눈을 찡긋 감으며 대답한다.

"보물 일부를 주겠다는 뜻이오. 그러니 전심전력하시오."

나는 노인이 염불보다 잿밥에 관심을 가졌다고 짐작했다. 네페르티티도 이를 암시했다. 조상이 물려준 문서를 해독하는 목적이 돈벌이에 있지 않나?

5

"아침 식사나 드시고 작업을 계속 하시오."

식탁에는 샤미를 비롯한 여러 종류의 빵, 요구르트, 치즈, 샐러드 등이 놓였다.

내가 자리에 앉으니 50대로 보이는 시녀가 커피를 들고 들어온다. 기다란 목이 돋보여 네페르티티 왕비상과 비슷하게 생겼다. 함께 앉은 젊은 여성 네페르티티와도 닮았다.

노인은 잠시 나가더니 40대 중반의 남자를 데리고 들어온다.

"내 아들이오. 이집트 문명의 영광을 되찾고자 하는 내 필생의 사업을 돕고 있소."

이글이글 타는 듯이 강렬한 눈을 가진 그는 어디선가 본 듯한 얼굴이다. 그와 악수를 나누며 통성명을 하면서도 그를 어디에서 봤는지 기억을 더듬느라 그의 이름을 제대로 듣지 못했다. 내가 고개를 갸우뚱하자 그는 내 얼굴을 빤히 쳐다보며 입을 열었다.

“저를 어디에서 본 듯한 느낌이 드십니까?”

“예. 실제로 만난 분인지, 아니면 친근한 용모여서 기시감既視感 때문인지 모르겠습니다만 … .”

“하하하, 오늘이 처음입니다. 혹시 〈닥터 지바고〉란 영화를 보셨는지요?”

“아, 맞습니다. 그 영화 주연으로 나온 오마 샤리프 … 그 배우와 똑같이 생겼군요.”

“저를 처음 본 분들이 늘 그렇게 말씀하신답니다. 집안 어른인 그분이 제 삼촌뻘 되십니다. 이집트 출신인 그분은 영국 왕립 연극학교에서 공부했고 세계적인 스타로 활약하셨지요.”

노인과 네페르티티의 얼굴을 슬쩍 살펴봤다. 노인의 눈매와 콧잔등에서 오마 샤리프와 닮은 흔적이 보인다. 네페르티티는 부계父系 혈통을 닮지 않았다.

“네페르티티 님은 아버지보다는 어머니를 닮으신 모양이네요?”

내가 그렇게 묻자 노인은 대답하지 않고 약간 당황해 하며 음식이 식기 전에 얼른 식사를 하자고 재촉한다.

“케프타를 드셔 보시오. 갈아 만든 양고기로 구운 것인데 온기가 남아 있을 때 드셔야 제맛이 나오.”

내가 머뭇거리자 노인은 다른 음식을 권했다.

“한국인은 비빔밥을 좋아한다면서요? 여기 ‘코샤리’라는 이집트식 비빔밥이 있으니 맛보시오.”

"…… ."

"병아리콩, 렌틸콩, 마카로니, 튀긴 양파를 밥과 섞어 비벼서 먹는다오."

노인은 자기가 시범을 보이며 코샤리를 먹었다. 나도 코샤리를 맛보았다. 먹을 만했다.

네페르티티는 아버지와 오빠 앞에서는 주눅이 들어서인지 고개를 들지 못하고 묵묵히 포크를 놀린다. 노인이 그런 네페르티티를 살피곤 미간을 찌푸린다. 노인은 호탕한 웃음을 작위적으로 터뜨리며 큰 소리로 나에게 말한다.

"제 아들은 조세르요. 이집트 고왕국 시대의 명군名君 조세르 대왕의 이름에서 따왔소."

"조세르라면 임호텝 총리를 거느리던 그 왕 말입니까?"

"그렇소. 묘한 인연이오. 귀하와 내 아들 조세르와의 재회가…."

"재회라니요. 초면인데 … ."

"기원 전 2,650년 전의 조세르 대왕과 임호텝 총리가 다시 만났다고 상상하면 될 것 아니오?"

"억지 같아서 … ."

조세르라는 사내는 큼직한 숟가락으로 요구르트를 듬뿍 떠서 먹으며 말했다.

"어릴 때부터 나름대로 자부심을 갖고 조세르 대왕을 연구했지요. 대왕은 어느 날 신비로운 꿈을 꾸었는데 임호텝에게 그 꿈을 이야기했답니다. 제가 당시 상황을 연기해 보겠습니다."

그 사내는 숟가락을 오른손에 쥔 채 일어서 양팔을 벌리고 연극 대사를 읊듯 소리쳤다.

"짐朕은 신이 파라오에게 선사하는 제2의 영생을 얻으려고 고산 꼭대기에 혼자 올라가 기도를 했느니라. 그러자 파란 하늘 저 한편에서 빛나는 계단이 내려왔느니라. 짐은 그 계단을 타고 올라가 마침내 천국에 도달했도다. 듣거라, 짐의 충신 임호텝! 짐의 영혼이 영원히 쉴 마스타바를 지어라. 천국으로 올라갈 계단 모양을 갖추어서 … ."

조세르의 명령을 받은 임호텝이 계단식 마스타바를 만든 사연이 이렇다는 것이다. 마스타바는 납작한 네모 상자를 겹겹이 쌓은 형태로 아래 상자는 크게, 올라갈수록 작게 만들어 멀리서 보면 네모뿔처럼 보인다. 이 마스타바가 피라미드의 원형이다.

조세르 흉내를 내는 사내가 나를 아래로 깔아 보며 말해 은근히 굴욕감을 느꼈다.

서재로 돌아온 나는 네페르티티에게 투덜거렸다.

"여기에 오래 머물면 머리가 돌아버리겠습니다. 그 자식은 자기가 진짜 조세르 대왕인 것으로 착각하더구먼."

"이해하세요."

"당신도 네페르티티라는 환상 속에 살아가는 것 아닙니까?"

"천만에요. 저는 어제처럼 네페르티티 의상을 입고 관을 쓰면

자괴감이 듭니다. 아버지의 강요에 못 이겨서 어쩔 수 없이 … ."

"아침 식사 때 음식을 나르던 도우미 아주머니가 흡상 네페르티티 왕비와 흡사하던데 … ."

"맞아요. 사실은 … 그분은 제 생모입니다."

"예?"

"제 어머니가 왜 허드렛일을 하게 되었는지는 차후 말씀드리지요."

네페르티티의 눈이 물기로 젖는다. 남의 아픈 가정사를 건드렸나? 집주인 영감쟁이가 시녀를 건드려 낳은 아이가 네페르티티인가?

"오늘 또 문서 검증 작업을 하셔야죠."

네페르티티는 눈물을 얼른 닦고는 자신이 정리한 원고철을 펼친다. 나는 다시 아득한 고대 이집트 세계로 빠져들어 갔다.

아툼의 목소리

1

나, 아툼, 위대한 군주는 종묘사직의 무궁한 발전을 기원하며 진실을 밝히는도다!

45대조는 앞서 소개했듯이 현명한 영도자이셨다. 우매한 주민들을 잘 다스려 마을을 부유하게 만들었다. 45대조는 아들에게 세상의 이치를 가르치시며 대대손손 그렇게 하라고 엄명하셨다. 아들은 자라면서 조상의 이름을 외웠고 조상들의 가르침을 배웠다. 45대조의 당부대로 세상 이치를 제대로 알되 이를 세인에게 그대로 밝히지는 않았다.

대낮에 태양이 갑자기 사라지는 일이 일어나면 세인들은 태양신이 노했다고 믿었다. 곧 재앙이 닥칠까 봐 공포에 빠져들었다. 현명한 조상님은 지구 주위를 도는 달이 일시적으로 태양을 가리는 일식日蝕 현상임을 알아냈다. 그러나 세인에게 그대로 설명하지는 않으셨다. 진실을 말하면 세인들은 신성 모독이라며 모반을 일으켰으리라. 조상님은 일식을 민심 수습 방편으로 이용했다.

"내가 지극한 정성을 들여 기도하면 다섯 시간 후에 태양이 다시 나타날 것이니라!"

이 예언이 적중하면서 주민들의 충성심은 더욱 높아졌고 조상님은 신과 직접 소통하는 분으로 추앙받았다. 달이 태양을 완전히 가리는 개기일식 때가 되면 조상님의 활약상은 더욱 두드러졌다. 우리 집안의 전승 지식에 따라 조상님은 개기일식 주기를 계산할 줄 알았다. 어느 해, 어느 달, 몇 시에 대낮에 태양이 사라진다는 사실을 미리 알므로 백성들에게 대대적인 회개 기간으로 삼도록 했다.

"온 몸과 영혼을 바쳐 회개하라! 회개하지 않으면 태양은 우리에게서 영원히 사라지고 우리는 몰사하는 재앙을 겪을 것이노라! 너희들이 회개하고 나에게 충성하면 내가 신에게 호소해서 다시 태양이 나타나도록 하겠노라!"

국왕이 제사장이 돼 장엄한 제사를 올리고 백성들이 경건한 자세로 기도를 올렸다. 태양은 다시 나타났다.

사직社稷 대대로 가장 중시해야 할 학업은 천문天文과 기상氣象이다. 나는 어릴 때부터 하늘을 보며 해, 달, 별을 관찰하고 운행원리를 깨우치려 애를 썼다. 비, 바람, 구름을 살펴 변화 양상을 파피루스에 기록했다. 우리 가문에서는 여러 형제 가운데 이런 이치를 가장 잘 파악하는 아들이 법통法統을 계승했다.

38대조는 이 분야에서 가히 천재였다. 바람의 방향과 강도를 측정하는 풍향계를 만들어 날씨를 예측했다. '예측'을 '예언'으로 활용해 '하늘과 직접 소통하는 귀인貴人'으로 불렸다. 38대조가 국왕으로 즉위한 직후에 사막에 엄청난 회오리바람이 며칠 동안 계속 불었다. 바람이 멈추자 하늘에는 뿌연 모래먼지가 깔리면서 어느 날 아침에는 태양이 8개나 한꺼번에 떴다.

"이 무슨 해괴한 변고變故인가!"

"말세末世가 왔다!"

백성들은 이렇게 외치며 공포에 사로잡혀 울부짖었다. 38대조는 천문학자들과 함께 살핀 결과 빛이 모래먼지 속에서 난반사亂反射하면서 구름 위에 태양처럼 비친 현상이라고 판단했다. 일정 시간이 흐르면 가짜 태양은 당연히 사라질 것임을 알았다.

38대조는 짐짓 공포에 떠는 듯하며 신전 앞 광장에서 머리를 풀어헤치고 하늘을 향해 두 팔을 뻗어 기도하는 시늉을 했다. 그러고 나서는 눈을 부릅뜨고 백성을 향해 외쳤다.

"심판의 날이 왔도다! 모두 회개하라!"

8개 태양이 어른거리는 하늘에 까마귀 떼가 춤을 추었다.

38대조는 아직 복속당하지 않은 7개 부족의 족장에게 전령을 보내 다음과 같은 말을 전했다.

"귀貴 부족이 파라오에게 복속하지 않아 하늘이 온 세상을 멸망시키려는 경고를 보냈도다! 하늘에 간절히 기도하니 해법을 알려주셨다. 부족에서 활을 가장 잘 쏘는 명궁수를 대동하고 족장이 나에게 오라. 궁수가 하늘에 활을 쏘는 예식을 하면 7개 태양이 사라진다고 신께서 계시하셨다. 물론 족장이 파라오 앞에 무릎을 꿇어야 한다는 전제 아래!"

7개 부족의 족장은 하나도 빠짐없이 황금 활을 가진 궁수와 함께 38대조 앞에 왔다. 38대조는 태양이 사라지는 시간을 정확하게 계산했다. 해거름 시간에 궁수 7명을 신전 앞에 도열시켰다. 궁중 악대가 뿔피리, 북, 소라 나팔 등 여러 악기를 최대한 큰 소리로 연주하게 하였다. 백성들이 모두 밖으로 나와 이 광경을 지켜보도록 했다.

38대조는 보라색 제의를 입고 나와 두 팔을 벌려 하늘을 우러르며 포효했다.

"여기 회개한 7개 부족 족장이 왔나이다! 하늘이시여! 그들을 긍휼히 여기사 죄를 사하여 주옵소서! 그들은 파라오에게 머리를 조아리고 하늘에 충성할 것을 맹세하였사옵니다!"

마치 신의 화답이듯이 마른하늘에 벼락이 번쩍 쳤다.

"발사!"

38대조의 구호에 따라 궁수들은 하늘을 향해 황금 화살을 날렸다. 이윽고 쿠르릉, 천둥소리가 울리면서 7개 가짜 태양이 사라졌다. 곧 이어 비가 쏟아졌다.

"비를 흠뻑 맞으라! 우리의 죄를 사해 주시는 하늘의 선물이다!"

38대조가 손수 북채로 북을 두드리며 독려하자 7개 부족 족장과 백성들은 감격의 눈물을 흘리며 고개를 하늘로 치올렸다.

2

나, 아툼, 치열한 '정신의 상징'은 신화의 비밀을 밝히겠노라.

조상님이 이끄는 나라는 융성했다. 나일강 물줄기 옆에는 기름진 흙이 펼쳐져 무슨 씨앗이라도 심기만 하면 풍성한 열매를 맺었다. 집집마다 곳간에 곡식이 가득 차고 입을 옷이 모자라지 않게 되었다.

함포고복含哺鼓腹하는 백성들은 처음에는 파라오의 훌륭한 지도력 덕분이라며 고마워했다. 그러다 세월이 흐르자 파라오의 존재를 차츰 망각했다. 세금을 내지 않으려는 백성도 늘어났다. 어느 날, 요란한 굉음과 함께 땅이 갈라지면서 신전과 집이 부서지고 사람들이 땅속에 파묻혀 죽었다. 파라오 조상님은 그것이 자연현상인 지진地震임을 아셨다. 그러나 백성들에게는 "살아있는 신, 파라오를 경배하지 않아 땅의 신 게브가 응징한 것"이라 말했다. "게브 신을 모시는 신전을 지어야 한다"며 세금을 걷고 백성들에게 신전 건축 노역을 시켰더니 백성들은 순순히 응했다.

왕실 창고에 쌓인 곡식 가마니 수량이 급증하고 먼 지방에서 거두어들인 공물 종류가 많아짐에 따라 주먹구구로는 재산을 관리하기가 어려워졌다. 창고지기 가운데 두뇌가 뛰어난 사람들이 물품 종류와 수량을 표시하는 그림을 그리기 시작했다. 이렇게 말 대신에 기록하는 것을 '문자'라 불렀다. 날이 갈수록 문자 수는 늘어났다. 태양, 따오기, 뱀, 물결, 메추라기 등 사물과 동물의 모양을 그려 문자로 즐겨 사용했다.

나의 20대조는 이런 문자를 체계화하신 분이다. 왕궁 직속에 연구실을 설치해 학식과 덕망이 높은 신하들을 배치시켜 문자를 더욱 다양하게 만들게 했다. 20대조는 자신의 업적을 문자로 기록하게 했다. 이민족을 정복한 활동 등 중요한 사안은 돌에 새겼고 일상적인 활동은 파피루스에 그렸다. 기록 업무를 맡는 서기를 주요 보직자로 대우했다. 수많은 젊은이들이 서기가 되려고 머리를 싸매며 공부했다. 왕실에서는 서기를 소수정예주의로 뽑았으므로 서기 임용 시험의 경쟁은 치열했다. 이 시험에서 떨어진 젊은이는 두 번, 세 번 다시 도전했다. 여러 번 낙방하여 청춘을 허비한 이들을 '서기 방랑자'라 불렀다.

집안 형편이 좀 넉넉한 사내아이들은 일곱 살이 되면 신전 부속학교에 입학한다. 학생들은 오스트라카(도기 또는 석회암 파편)나 석고를 칠한 나무판을 무릎에 올려놓고 글씨를 썼다 지웠다 반복했다. 명언이나 명구는 큰 소리로 암송하고 글씨로 썼다. 이들은 열서너 살이 되면 본격적으로 도제徒弟 훈련을 받는다. 군인이나 서기가 가장 인기 직업인이었다. 어떤 서기는 건축가로 활동하며, 어떤 이는 왕 무덤이나 신전에 새길 상형문자 문집을 제작했다.

신전 축조는 중요한 국가사업이 되었다. 신을 잘 모셔야 개인이나 국가가 융성한다고 백성들에게 강조했다. 농한기 때 백성들이 엉뚱한 생각을 가질 틈을 주지 않기 위해서라도 그들을 신전 짓는 공사에 동원해야 했다. 후손들이여, 모름지기 백성은 여유가 많으면 통치자를 비판하게 마련이니 그들에게 사고思考할 틈을 주지 말라. 그렇다 해서 그들을 너무 밀어붙여서도 안 된다. 무리한 압박은 반발을 초래하게 마련이다.

오래 전부터 여러 신들이 들먹여졌다. 사물이나 동식물에도 신의 이름이 붙었고 지역에 따라 달리 불리기도 했다. 나는 신의 이름을 정비하고 신에 얽힌 이야기도 체계화하기로 작정했다. 나, 아툼이 모든 신을 총괄한다는 점을 백성에게 각인시키기 위해서다. 민간에서 개별적으로 신을 숭배하는 것보다 국가가 종합 관리하는 게 국가 권위를 세우는 데도 유리하지 않으랴. 우선 신의 이름과 신화를 공모公募했다. 신의 종류가 많으므로 주요 신별로 모집하기로 했다. 창세 신화는 중요하므로 특별 부문으로 떼 냈다.

당선자에게는 큰 상을 내리기로 약속했다. 노예가 당선되면 자유인으로 바꿔주고, 평민은 귀족으로, 귀족은 왕족으로 격상해 주겠다고 했다. 부상副賞으로는 황금모자와 낙타 10~30마리를 주기로 했다. 이를 알리는 방榜을 신전 탑문 앞에 붙이자 글을 아는 이들은 군침을 삼켰다. 너도나도 응모했다. 이 때문에 응모작을 쓰는 파피루스 종이가 한때 모자랄 정도였다.

먼저 창세 신화를 보자. 응모작이 2백여 편이나 됐다. 최고 심사위원단을 태양신전 제사장, 하늘신전 제사장, 땅신전 제사장 등으로 구성했다. 이들은 각 신전의 실무자 신관 3명씩을 뽑아 예심을 맡겼다. 본심에 올라온 10편을 놓고 최고 심사위원들이 보름동안 숙독하고 난상爛商 토론을 벌여 당선작을 확정했다.

당선자는 수메르 출신 천문학자였다. 그는 유프라테스강 부근에서 별을 관찰하다 일식 날짜를 미리 알아내고 왕에게 보고했다가 '하늘의 질서를 어지럽히는 요망한 인간'이라는 누명을 썼다. 그는 사형선고를 받고 옥에 갇혀 있다가 탈출해서 이곳에 온 인물이다. 그는 수메르 지역에서 쓰는 쐐기문자로도, 여기에서 쓰는 상형문자로도 작성했다. 그가 쓴 상형문자는 색깔이 화려해서 보기에도 좋았다. 그가 제출한 신화를 심사위원인 태양신전 제사장이 윤색해서 정리한 내용은 다음과 같다. 이를 신화 정본正本으로 채택하고 백성들에게 널리 반포하도록 했다.

> 아득한 옛날, 천지에는 시커먼 물만이 넘실대고 있었다. 정적이 감도는 이곳의 물을 누Nu 또는 눈Nun이라고 칭했다. 어느 날 누 옆에 언덕이 불쑥 치솟았고 언덕 뒤편에서 태양이 솟았다. 천지는 환해졌고 언덕에는 연꽃이 피었다. 연꽃이 떡 벌어지면서 예쁜 아기가 나타났다. 태양신 라Ra의 탄생 순간이었다. 라는 외로워서 한숨을

푹 쉬었다. 그러자 공기의 신인 슈Shu가 태어났다. 라가 재채기를 하자 습기의 신 테프누트가 나왔고 … .

슈는 태어나자마자 어둠의 물속으로 빠졌다. 놀란 라는 자기 눈알을 하나 빼서 딸 하토르를 만들었다. 하토르는 얼른 잠수해 슈를 구출했다. 라는 하토르를 믿고 영원히 자기 곁에 두었다.

슈와 테프누트는 남매 사이지만 결혼했다. 이들 부부는 땅의 신인 아들 게브, 하늘의 신인 딸 누트를 낳았다.

게브, 누트 남매도 혼인했는데 금실이 좋은 부부는 하루 종일 붙어살았다. 게브는 바닥에 눕고 누트는 그 위에 포갰다. 이들의 할아버지인 태양신 라는 이 모습을 보고 답답해 했다. 라는 아들 슈에게 게브, 누트의 사이를 떼 놓으라고 지시했다. 효자인 슈는 이에 따라 게브의 배를 밟고 누트를 들어올렸다. 덕분에 하늘과 땅 사이에 공간이 생겼다. 공간에는 빛과 공기가 찼고 … . 라는 게브와 누트가 재회하면 곤란하다면서 1년 360일 동안 하루도 만나서는 안 된다고 엄명했다. 그러나 게브와 누트는 몰래 만났다. 누트는 아기를 뱄고… . 누트의 임신 소식을 들은 라는 불같이 화를 내며 아기를 낳을 수 없다고 말했다.

게브는 걱정하다 지혜의 신 토트를 찾아가 조언을 구했다. 토트는 달의 신 콘수를 만나 내기 체스를 제의했다. 지는 쪽이 빛을 주기로 … . 따오기 머리 모양을 한 토트는 지혜의 신답게 체스의 고수였다. 토트는 단숨에 콘수를 이겨 닷새 정도 분량의 빛을 얻었다.

이렇게 해서 1년이 360일에서 365일로 길어졌다. 달이 늘 둥글지 않고 초승달처럼 줄어드는 이유는 콘수가 토트에게 빛을 주었기 때문이다.

입상자 시상식 겸 축하연 때 이마에 깊은 주름이 패인 천문학자에게 황금 모자를 씌워주며 물었다.

"아무리 신화라지만 과장이 심한 것 아니오?"

"원래 신화는 꿈에서 본 듯 환상적이어야 그럴 듯하게 들린답니다. 영웅이 나와 악마를 죽여야 하고 … 천당과 지옥을 들먹이며 듣는 이를 달래거나 겁주고 … 순진한 사람들은 곧잘 이런 허구虛構를 믿는답니다. 아무튼 신화는 여러 사람들의 간절한 소망을 이야기 속에 담았지요."

"훗날 인간의 지혜가 발전하면 이런 허풍은 들통 날 게 아니오?"

"후대의 학자와 평론가는 이렇게 말하겠지요. 신화는 인간 내면세계를 드러낸 서사敍事라고 … ."

"귀공은 천당과 지옥이 없다고 확신하시오?"

"소신이 죽어보지 않아서 장담할 수는 없사오나 있다는 증거를 보지는 못했사옵니다."

"그런데도 천당을 자주 들먹이는 이유는?"

"친한 벗의 어린 아들이 죽었을 때 어떤 말로 위로하겠습니까? 천당이 없는 줄 알면서도 '자네 아들은 천국에 가서 편히 쉬며 아버지와 재회할 날을 기다릴 걸세'라고 말해야 하지 않겠습니까? '천신天神께서 자네 아들을 풍진風塵 가득한 이 세상에서 고생시키는 게 안타까워 일찍 데려갔다'고 위로해야 하지 않겠습니까?"

"지옥도 마찬가지?"

"악인은 살인, 강도, 강간을 저지르고도 들키지 않으면 뻔뻔스럽게 살아갑니다. 이들은 반복해서 파렴치한 범죄를 저지르지요. 양심의 가책을 못 느낀답니다. 이런 놈들에겐 범죄 행각을 하늘이 훤히 들여다보기에 사후에 지옥에, 그것도 아주 지독한 무간지옥에 간다고 으름장을 놓아야 하옵니다. 세월이 흘러 인간의 지혜가 아무리 발전된다 하더라도 천당이니 지옥이니 하는 사후死後세계는 규명하지 못할 것이옵니다."

"수메르 지역의 창조신화는 어떤 것이오?"

"태초에는 아프수, 티아마트라는 두 신만이 살았사옵니다. 이들로부터 여러 신들이 태어났습니다. 어린 신들이 신전을 뛰어다니며 놀자 바다의 신 아프수는 이들을 쫓아낼 궁리를 했다고 하옵니다. 그러자 지혜의 신인 에아는 아프수가 잠든 사이에 그를 죽여 버렸답니다. 에아와 아내인 담키나 사이에서 여러 면에서 최고의 신인 마르둑이 태어났습니다. 마르둑은 늠름한 청년으로 성장해 악질 신들을 내쫓는 데 앞장섰습니다. 악당 신의 우두머리인 티아마트는 마르둑과 결전을 벌이려 전갈인간, 뿔 달린 뱀, 미친 개, 황소인간 등 괴물들을 동원했고 … ."

"아, 그만하시오. 하도 엉뚱한 내용이어서 머리가 아프오."

내 사랑하는 후손들아. 수메르 천문학자의 말에서도 알 수 있듯이 그 지역에서도 신화를 전문적으로 지어낸 사람이 있었단다. 민간 사이에 흘러 다니는 이야기를 더욱 그럴 듯하게 꾸미는 것이지. 그러나 냉정하게 생각해 보아라. 전갈인간이니 황소인간이니 하는 괴물이 어디에 있겠는가. 반인반수半人半獸도 지어낸 존재일 뿐이다.

공모전에서 뽑힌 개별 신의 이야기도 황당무계하지만 나름대로 흥미진진하다. 수메르 출신 천문학자는 이번 공모전에서 창조 신화 부문뿐 아니라 여러 신 이야기 부문에서도 입상했다. 여러 학문에 두루 통달한 그는 먼 길을 여행하면서 보고 들은 게 많은 데다 상상력이 출중해 이야기를 잘 꾸며냈다. 누트가 닷새 동안 아이 다섯을 낳은 이야기도 채택됐다. 누트는 라가 정한 360일 이외에 닷새를 확보한 덕분에 이때 아기를 낳았다는 것이다. 천문학자가 쓴 원고를 심사위원인 하늘 신전 제사장이 아래와 같이 다듬었다. 하늘 신전 제사장은 나의 사촌동생이며 우리 왕조의 사초史草를 쓰는 사관史官이다. 천문학자의 초고에는 수메르 방언이 너무 많아 정리하는 데 애를 먹었다고 한다.

3

누트는 첫날 오시리스를 낳았다. 시원한 눈매에 우뚝 솟은 코, 빛나는 피부를 지닌 오시리스는 외모만으로도 귀공자였다. 그날, 하늘에서 우렁찬 목소리가 들려왔다.

"만휘군상萬彙群象의 지배자인 오시리스 대왕이 탄생하셨도다!"

둘째 날, 아기를 낳으니 머리는 매 모양이었다. 대大호루스라는 이름이 붙은 이 아기는 자라서 전쟁의 신이 된다.

이틀이나 아기를 낳은 누트는 피곤했다. 파피루스로 만든 해먹hammock에 누워 낮잠을 잤는데 성질이 급한 셋째 아들이 옆구리를 찢고 나왔다. 이름은 세트. 얼굴이 검붉고 머리에 뿔이 두 개 난 괴물 모양이었다. 세트는 어릴 때부터 난폭하고 질투심이 많았다.

넷째 날, 딸 이시스를 낳았다. 아기를 낳는 순간, 주변에 향기가 퍼졌다. 아기 몸에서 풍기는 것이었다. 이시스는 우아한 모습으로 자랐고 조곤조곤 말하는 화법으로 다른 신들을 매료시켰다.

다섯째 날, 누트는 있는 힘을 다해 다섯째 아기를 낳았다. 네프티스라는 딸이었다. 언니 이시스를 빼다 닮은 네프티스는 향기를 풍기는 머리칼을 지녔다. 내성적인 그녀는 남 앞에 나서기를 꺼렸다.

다섯 남매는 누트의 사랑을 듬뿍 받으며 잘 자랐다. 혈육 사이의 우애도 좋았다. 그 가운데 오시리스와 이시스는 배 속에서부터 서로 손을 잡고 있었다. 이들 오누이는 성인이 된 후 결혼한다. 셋째 세트는 막내 네프티스와 부부가 된다.

오시리스와 세트는 천둥벌거숭이 때는 의좋은 형제였다. 그러나 자라면서 오시리스가 뭇 사람들에게서 사랑을 받자 세트는 형을 시기하기 시작했다.

지혜의 신 토트는 오시리스의 탁월함을 알아보고 삶의 지혜를 전수했다. 오시리스, 이시스 부부에게 위급할 때 쓸모 있는 마법도 가르쳤다. 이시스는 유독 마법에 흥미를 느껴 달의 신 콘수에게서도 마법을 배웠다. 이시스는 마침내 마법 전문가가 되었다.

태양신 라는 나이가 들어 몸놀림이 온전치 못했다. 옥좌에 앉아 코를 골며 졸기 일쑤였고 침을 질질 흘리는가 하면, 어전御殿회의에서 방귀를 붕붕 뀌었고 귀가 어두워 남의 말을 못 알아들었다.

이시스는 사랑하는 남편 오시리스를 라의 후계자로 만들기로 결심하고 라의 동정을 살폈다. 이시스는 코브라 모형을 진흙으로 만들어 라가 다니는 길에 놓아두었다. 라가 이를 발견하고 이상해서 쳐다보았더니 라의 눈길에서 나온 생명의 기운으로 흙 뱀이 생명을 얻어 꿈틀거렸다. 코브라는 순식간에 라의 뒤꿈치를 물었다. 라의 비명을 듣고 여러 신들이 달려왔다. 그들은 독을 제거하려 했으나 허사였다. 이시스는 마법으로 해독해 보려 라에게 말을 걸었다.

"그대의 이름을 알아야 마법을 걸 수 있습니다."

"나는 만물을 만든 태양신이다. 새벽에는 케프리, 대낮에는 라,

밤에는 아툼이라 칭한다."

이시스는 이 이름을 넣어 주문을 걸었으나 통하지 않았다.

"당신의 진정한 비밀 이름을 알아야 주문이 걸립니다."

라는 비밀 이름을 말하기 곤란했다. 이를 밝히면 지상에서 지낼 수 없고 천상으로 돌아가야 하기 때문이다. 비밀 이름을 밝히지 않고 버티다가 독이 온몸에 퍼지자 고통을 참지 못하고 실토하고 말았다.

이시스는 그 이름을 넣어 주문을 외웠다. 서서히 독은 풀렸지만 라는 더 이상 사람 모습으로 이승을 다스릴 수 없게 됐다. 라는 왕위를 오시리스에게 물려주고 하늘로 올라갔다.

오시리스는 지혜롭게 통치해 백성들 사이에서 명망이 높았다. 곡식 씨앗을 뿌려 키우는 방법, 곡물 가루로 빵을 만드는 방법을 백성에게 가르쳤다. 왕비 이시스도 남편을 도왔다. 부부의 금실은 좋았다.

오시리스의 막내 여동생이자 남동생 세트의 아내인 네프티스는 남몰래 오시리스를 연모했다. 어느 날, 네프티스는 오시리스의 침소로 들어가 오시리스와 동침했다. 오시리스는 네프티스가 이시스인 줄 알았다. 네프티스와 이시스가 너무도 닮았기 때문이다. 네프티스는 곧 임신을 해서 아누비스라는 아기를 낳았다. 네프티스는 언니 이시스와 남편 세트에게 들킬까 봐 아기를 갈대숲에 숨겨 놓고 몰래 길렀다. 양심의 가책을 느낀 네프티스가 이 사실을 이시스에게 털어놓자 이시스는 네프티스를 용서하고 들개처럼 살던 아누비스를 자신의 아들로 맞이했다.

세트는 백성들의 신망이 높은 형 오시리스를 시기했다. 오시리스는 기름진 땅을 차지한 데 비해 자신은 척박한 사막을 물려받은 것도 불만이었다. 세트는 호시탐탐 형을 죽일 때를 노렸다. 오시리스가 먼 여행에서 돌아오던 날이다. 환영회를 핑계로 형을 초대한 세트는 여흥이 무르익을 때 연회장에 상자를 들여오게 했다. 상자는 백향목으로 만든 최고급 관棺이었다. 손님들은 화려하게 장식된 관을 보고 감탄했다.

"관의 크기에 몸이 맞는 분에게 선사하겠습니다."

세트가 말하자 손님들은 돌아가며 관 안에 들어가 누워보았다. 그러나 아무도 맞지 않았다. 오시리스가 들어가 누웠더니 딱 맞았다. 오시리스 몸에 맞추어 만든 것이어서 그랬다. 오시리스가 손님들을 올려다보며 웃는 순간 세트는 관 뚜껑을 쾅 닫고 못질을 했다. 세트의 부하들은 이 관을 들고 나가 오시리스를 칼로 난자해 14토막으로 잘라 죽이고 시신을 나일강에 던졌다. 세트는 오시리스가 급사했다고 말하고 오시리스의 왕위를 찬탈했다.

남편을 잃은 이시스는 세트의 추적을 피해 변장을 하고 도망쳤다. 이시스는 남편 시신을 찾으려 나일강을 헤맸다. 시신을 찾아 장례를 치러야 남편이 명부冥府에 갈 것이기 때문이다. 남편의 시신 토막을 하나하나 찾아 모았다. 오시리스의 시신을 붙이는 일을 아누비스가 맡았다. 자신을 친자식처럼 돌봐주던 이시스에게 보은하기 위해 아누비스는 오시리스의 시신 토막을 붕대로 감싸 붙였다. 미라 형태가 되었다. 시신 토막 가운데 남근 부분은 끝내 찾지 못했다. 이시스는 오시리스 시신 옆에 누워 마법을 이용해 혼자서 아기를 잉태했다. 이시스는 오시리스의 장례를 치르고 아들 호루스를 낳아 길렀다. 이시스의 소원은 호루스가 얼른 자라 남편을 죽인 세트에게 복수를 하는 것이었다.

세트는 어린 조카 호루스를 없애려 파피루스 숲에 독사 수백 마리를 풀었다. 호루스는 독사에 물려 사경을 헤맸다. 이시스는 마법으로 해독解毒하려 했으나 불가능했다. 이시스는 비통한 목소리로 태양신 라를 찾았다.

"위대한 라여. 어린 내 아들 호루스를 살려주소서!"

라는 이시스를 불쌍히 여겨 호루스의 몸에서 독이 풀리도록 해주었다. 호루스는 혼수상태에 빠졌을 때 지하세계에 도달해 아버지 오시리스를 잠시 만났다.

"오, 나의 아들 호루스! 반갑기는 하지만 아직 네가 여기에 올 때는 아니다. 나를 죽인 세트에게 복수해야 한다."

오시리스는 호루스가 세트를 이기려면 심신을 단련해야 한다고 당부했다. 호루스는 늠름한 청년으로 성장하자 세트에게 도전장을 던졌다. 둘은 지혜와 체력을 겨루는 시합을 벌였다. 하마로 변신해서 물속에 오래 버티기에서는 무승부였다. 돌로 배를 만들어 강을 건너는 경주를 했다. 호루스는 기지를 발휘해 나무로 배를 만들고 겉에 석회 가루를 발라 돌처럼 보이게 했다. 세트는 곧이곧대로 돌을 깎아 배를 만들었다. 세트의 배는 강에서 가라앉아 호루스가 이겼다. 마침내 호루스는 세트로부터 왕위를 찾았다.

4

사랑하는 후손들아. 오시리스, 이시스, 호루스, 세트 등 여러 신들의 이야기가 그럴 듯하게 들리느냐? 먼 훗날 이 글을 읽는 후손이라면 너무도 엉터리 같은 야담野談이라고 웃겠지? 그러나 그날은 몇 천 년 후가 될 것이다. 당분간은 그대로 믿어라. 오시리스가 저승과 이승을 넘나든다고 믿고, 이시스 여신이 남자 없이도 아기를 낳았다는 이야기를 의심하지 말며, 호루스의 눈은 지혜의 상징으로 여겨라. 너희가 믿는다기보다는 남들이 믿도록 하라.

신화를 공모한 이유를 다시 설명하겠노라. 백성들이 신을 믿도록 함으로써 그들을 쉽게 통치하기 위해서이다. 통치자는 신들과 직접 대화를 나누는 특수 신분이라는 사실을 강조하면 백성들은 우리의 지위를 함부로 넘겨보지 못한다. 왕권은 신에게서 부여받았다고 언제나 강조해야 한다. 자신감 없이 어설프게 말했다간 상대방에게 의심을 받으니 언제나 확신에 찬 목소리로 발언해야 한다. 신에게 백성들의 소원을 말해 성취하도록 한 것처럼 늘 위장해야 한다. 제사를 지낼 때는 더욱 경건한 표정과 절도 있는 자세를 보여야 한다. 제례祭禮 절차는 되도록 복잡하게 하고 제의祭衣도 화려하게 만들어 입으라. 큰 제사를 앞두고는 곡기를 끊어 근신勤愼하는 듯한 모습을 보여라.

민중은 좋은 음악에 심취하게 마련이니 제사 때는 최고 악사와 성악가를 동원해 장엄한 찬양가를 연주하라. 지붕이 높은 성전에서 이런 음악이 울리면 참례자들은 천상에서 내려오는 음률로 여길 것이니라. 그러니 성전을 지을 때는 음향이 실내 곳곳에 골고루 부드럽게 울려 퍼지도록 설계, 시공 과정에서 각별히 신경을 써야 한다.

가끔 "왕후장상王侯將相에 씨가 따로 있느냐?"고 따지며 반란을 도모하는 흉도凶徒가 나타난다. 이런 반역자는 신의 이름으로 처참하게 응징해야 한다. 예를 들어, 반역자를 어떻게 처단할지를 신에게 물었더니 "사지를 찢어죽이라고 명령하시더라"고 말하며 그대로 실행하라. 믿을 만한 신하에게조차도 실제로는 신의 계시를 받은 적이 없다는 사실을 밝히지 말라. 물론 눈치가 빠른 신하는 그 사실을 알지만 모르는 체한다.

"파라오는 전지전능全知全能하도다!"

신관이 신전 제사에서 백성들에게 이렇게 강론講論하도록 하라. 자꾸 반복해서 말하면 그들은 그렇게 믿게 된다.

"의심하지 말고 믿는 사람이 복되도다!"

파라오의 권능에 대해 의심하는 백성이 많을 터이니 이 말도 쉽

없이 강조하도록 하라.

신전에서 제사를 주관하는 신관이 진정으로 신의 존재를 믿고 신에게 기도를 올린다고 생각하느냐? 그런 신관도 있겠지만 아마도 대부분은 겉으로만 믿는 체할 뿐이다. 제사 집전은 그들의 직업이기 때문이다. 여느 백성은 뙤약볕 아래에서 농사를 짓느라 허리가 휘도록 고생하는데 신관은 시원한 신전 안에서 향불을 피우고 중얼중얼 주문을 외우면 되니 얼마나 편하겠느냐. 신관은 매일 올리는 제사 후에 제물로 올린 맛난 녹미鹿尾를 먹는다. 그들은 제사 직전에 신전 앞 우물에서 목욕을 하고 깨끗한 옷을 갈아입는다. 한 마디로 별 하는 일 없이 호의호식한다. 그러니 그들은 '신神의 존재'로 먹고 산다. 없는 신을 만들어 있는 것처럼 열변을 토해야 한다. 태양신이니, 하늘신이니 하는 것들이 모두 지어낸 허언虛言이라는 사실이 밝혀지면 신전은 필요 없게 되고 신관 또한 일자리를 잃는다. 그래서 그들은 듣도 보도 못한 신들에 대해 이러쿵저러쿵 언급하며 철밥통을 지키는 것이다.

물론 신관이 모두 이기적이거나 무위도식無爲徒食하는 인물은 아니다. 일부 신관은 쉼 없이 심신을 닦으며 절대 진리를 깨달으려 구도求道한다. 어떤 신관은 문둥이 상처에 손으로 약을 발라주고 제 밥그릇을 통째로 굶주린 걸인에게 넘겨준다. 이들은 진리와 신앙을 위해 순교하기도 한다. 이들은 자기희생으로 남을 살리는 고결한 인격자이다.

5

신화를 공모하기 전에 백성들이 신을 어떻게 믿는지 실태를 살피기 위해 여러 신전을 둘러보았다. 별별 동물을 숭배하는 실상을 보고 어이가 없더라.

호루스는 매의 머리를, 지혜의 신 토트는 따오기 또는 비비원숭이 머리를 갖고 있다. 세트는 늑대나 개 머리를 달고 있다. 악어, 하마, 뱀도 신으로 추앙된다. 이런 무지한 백성을 보고 당혹스러웠지만 그들 앞에서 내색하지는 않았다. 그들의 신을 존중해 주었다. 그래야 그들이 나를 존중해 준다.

인간은 동물보다 두뇌가 뛰어난데도 왜 동물을 신으로 추앙할까. 동물의 세계를 잘 모르기 때문이 아니겠는가. 동물을 신비스럽게 채색한 결과 동물의 본질을 망각한 것 아닌가. 뱀이 영특한 동물이라고? 황탄荒誕한 발상일 뿐이다. 동물 가운데는 원숭이, 개, 늑대 등이 영리하다. 개는 주인을 알아보고 충성심이 강하다. 토트의 머리가 따오기 모양을 한 것은 희극이다.

사람이 죽으면 어떻게 되나? 영혼이 명계冥界로 가서 영원한 안식을 취한다고? 지상에서 죄를 많이 지으면 지옥에 간다고? 이런 이야기 역시 인간들이 지어냈다. 검증할 수 없으니 사후死後세계에 대해 상상력으로 마음대로 이야기를 꾸몄다. 다시 강조하거니와 이승의 행동에 대해 사후에 심판하는 절차가 없다면 사람들이 이승에서 아귀다툼을 벌이기 십상이므로 사후세계가 존재한다고 엄포를 놓는 것이니라.

핵심 지배층은 사후세계가 미몽迷夢임을 알고 현실에서 부귀영화와 권력을 추구하며 살아간다.. 그들은 백성에게는 "지옥의 심판을 피하려면 착하게 살라!"고 선동한다. "남 몰래 죄를 짓더라도 하늘에서 신이 내려다보며 다 안다!"고 겁을 준다. "신은 어디에든 다 있다, 즉 편재偏在한다!"고 강조한다.

백성에게는 끊임없이 인과응보因果應報, 사필귀정事必歸正을 강조해야 한다. 이런 덕목은 '보이지 않는 손'이 되어 사회질서를 유지하는 역할을 한다. 솔직히 말해 인간세계에서 인과응보, 사필귀정은 성립하지 않는다. 평생 노예로 살며 주인에게서 갖은 능욕을 당하는 여인은 무슨 죄를 지었기에 그런 벌을 받는가? 사람 목숨을 파리처럼 여겨 마구 죽이며 강도질을 한 무뢰한이 떵떵거리며 무병장수하는데 왜 천벌이 내려지지 않나? 하늘은 뭐 하는가? 절대 지배자가 과연 있는가? 있더라도 인간 범사凡事에 관여하는가?

선천성 불치병을 앓거나, 크게 다치거나, 부모를 일찍 잃어 길거리를 헤매며 굶주리거나, 전쟁으로 남편과 아이들을 잃거나 한 사람들은 사는 게 지옥이다. 이들을 위로하려면 어떻게 해야 하나? "천국에 가기 위해 이승에서 고초를 겪는다"고 말할 수밖에 없지 않으냐?

인과응보, 사필귀정을 곧이곧대로 믿는 이는 세상물정을 모르는 순둥이일 따름이다. 그렇다 해서 악행, 불의不義를 정당화하고 싶지는 않다.

자손들아! 인간에게는 양심이 있어 선행, 정의를 실천하면 스스로 상쾌함을 느낀다. 너희도 이런 점을 알고 선정善政을 베풀어라. 기근 때는 배를 곯는 백성에게 곡식을 나누어주고, 역병疫病이 창궐하면 무료로 치료해 주어라. 그러나 모든 백성이 언제나 배불리 먹으며 안락하게 지낼 수는 없다. 인간의 욕망에 비해 생산물이 모자란 탓이다.

흉년이 들어 민심이 흉흉해지면 안빈낙도安貧樂道라는 덕목을 내세워라. "굶주려도 낙을 누릴 수 있다"고 강조하라. "자기 분수를 알면 만족할 수 있다"는 덕목을 내세우는 것도 좋겠구나. 이를 안분지족安分知足이라 하지?

사경死境을 헤매다 살아난 사람이 저승 입구에 대해 묘사하는 경우가 있다. 자신의 체험으로 보아 "분명히 사후세계가 있다!"라고 외친다. 이런 사람의 증언은 대체로 이렇다. 죽자마자 자기 영혼이 육신에서 분리돼 공중으로 부웅 뜬다. 가족들이 시신 옆에 둘러 앉아 오열을 터뜨린다. 눈부시게 밝은 빛이 비치는 가운데 영혼이 한없이 상승하더니 컴컴한 골짜기를 지나 저승 입구에 도착한다. 저승사자使者가 이름을 묻더니 무슨 장부를 뒤적인다. 죄를 심판하기 위한 예비절차이다. 다시 컴컴한 동굴로 끌려들어 가 인상이 험악한 심판관 앞에 무릎을 꿇고 앉는다. 죄 기록부를 들추어 보던 심판관의 눈을 부릅뜨고 쳐다본다. 공포에 몸을 떤다. 심판관의 판단이 내려지기 직전에 몸이 다시 붕 뜨더니 동굴 밖으로 빠져나왔다.

눈을 떠보니 이승으로 돌아왔다. 이는 악몽을 꾼 것처럼 잠시 착란錯亂이 일어난 탓이다. 유체이탈을 경험했다 하는 증언도 이 부류에 속한다. 이런 임사臨死 체험은 생사기로에 있는 뇌腦가 단시간에 고도로 활성화된 결과일 따름이다.

나의 말을 믿고 "사후세계가 없는 줄 알고 이승에서 방탕하게 살다가 죽어서야 저승이 있음을 확인하면 정말 난처한 일 아닙니까?" 하고 묻는 후손이 있으리라. 만에 하나, 그런 일이 있다 해서 두려워할 필요가 없다. 살아온 역정을 담담하게, 당당하게 밝히면 될 뿐이다. 저승이 있다 해서 착하게 살고, 저승이 없다 해서 문란하게 사는 인간은 천국에 갈 자격이 모자란다.

우리 왕국의 어느 위대한 수학자는 미래에 일어날 사건의 가능성을 확률로 어림한다. 사후세계의 존재 가능성에 대해서도 계산한 모양이다. 그는 '천국, 지옥의 존재를 믿고 현세에서 선량하게 사는 게 현명하다'고 결론을 내렸다. 지옥이 없다고 믿고 방탕하게 살다가 사후死後에 지옥에 간다면 너무도 큰 손해라는 것이다. 이는 수학자의 계산일 뿐 사후세계의 실재實在 여부와는 무관하다.

지배자와 신관이 사후세계가 존재한다고 주장하는 이유를 이제는 완전히 이해하겠지?

6

이 위대한 왕국을 이어나갈 후손들아!

조상 대대로 축적한 용인술用人術을 알려주겠다.

지혜로운 12대조는 측근에 바보 광대 둘을 두셨다. 하나는 덩치가 워낙 커서 별명이 코끼리였다. 덩치와는 달리 두뇌는 덜 발달되어 두세 살 아기 수준, 말을 거의 하지 못할 정도였다. 12대조는 이 코끼리 인간에게 집중적으로 한 가지 말을 훈련시켰다.

"거짓말 그만!"

코끼리는 왕궁 안을 이리저리 돌아다니며 아무에게나 다가가 말을 걸었다. 어전회의에도 나타나 엉덩이를 흔들거리며 춤을 추었다. 12대조는 그를 제지하지 않았다.

누비아 원정에서 돌아온 개선장군 환영식 때다. 코끼리가 싱글벙글 웃으며 단상에 서 있었다. 장군이 승전 결과 보고에서 목을 벤 적군 숫자를 밝혔다.

"적군 수급首級은 5만 두頭이옵니다."

"거짓말 그만!"

코끼리의 발언에 장군의 얼굴빛이 허옇게 변했다. 장군은 눈을 치뜨며 다시 말했다.

"분명히 5만 두이옵나이다!"

"거짓말 그만하라고!"

환영식장에 도열한 중신重臣과 관료, 백성들이 수군거렸다. 그들 대부분은 장군이 허위보고를 하는 것으로 짐작했다. 장군은 궁지에 몰려 표정이 일그러졌다. 12대조는 진상이 어떤 것이냐고 장군에게 묻지 않았다. 환영식의 분위기는 찬물 끼얹은 듯이 가라앉았고 축하 연회도 생략되었다.

공적을 내세우며 과도한 지위를 요구할 낌새를 보이던 장군은 그 후 자중하게 되었다. 보나마나 장군은 적군 수급 수를 부풀려 보고하지 않았겠는가. 12대조는 바보 코끼리를 내세움으로써 손도 대지 않고 장군의 세력을 꺾은 셈이다.

다른 바보 광대는 꼽추 노인이었다. 누비아에서 포로로 잡아온 진짜 광대인데 연기술이 뛰어났다. 이 노인은 실제로는 학식이 풍부한 지혜로운 사람으로 바보인 체할 뿐이었다. 12대조는 이 노인을 곁에 두고 누비아 지방의 전설, 야담, 풍속 등을 들었다. 둘이서 만날 때는 극진히 대접했다. 꼽추 광대가 다른 사람에게 하도록 한 말도 12대조가 시켰다.

"도둑질 그만!"

어느 날 재무 총신이 세금징수 실적을 보고할 때다. 금, 은, 청금석(라피스라줄리), 낙타, 말, 곡식 등의 분량을 장황하게 나열했다. 12대조가 느끼기엔 예상보다 훨씬 적었다. 농사도 풍년이고 대외 전쟁에서 엄청난 전리품을 얻었는데 지난해보다 분량이 줄었으니 재무 총신이 자기 몫으로 빼돌리지 않았나 의심했다. 그러나 일일이 캐묻

기도 민망했다. 그때 꼽추 광대가 나타나 재무 총신에게 삿대질을 하며 큰 소리로 외쳤다.

"도둑질 그만하라니까!"

재무 총신은 얼굴이 벌겋게 달아올랐다. 이번에도 12대조는 재무 총신에게 아무 말도 하지 않았다. 며칠 후 재무 총신은 12대조에게 독대 알현을 신청했다. 그는 탑전榻前에 부복俯伏하며 과오를 털어놓았다.

"지난번 보고 때 실무자의 계산착오로 물량이 적게 산정되었습니다. 실제로는 훨씬 많았습니다. 황송하옵니다."

"수고 많았소."

12대조는 짐짓 관대한 척했다. 꼽추 광대 덕분에 대규모 횡령을 막았다.

꼽추 광대의 가장 중요한 역할은 국왕에 대한 직언이었다. 12대조는 그에게 엄명을 내렸다.

"그대는 파라오에 대한 유일한 언관言官이다. 짐이 폭정, 실정을 하면 가차 없이 꼬집어야 한다. 또 짐이 나이가 들어 노망기를 보이면 하야下野하라고 촉구해야 한다."

12대조는 간신배를 찾아내는 데도 바보 광대를 썼다. 코끼리 광대는 지적 능력이 모자랐으나 아첨하는 무리를 판별하는 데는 동물적인 감각을 가졌다. 국왕 앞에서 알랑방귀를 뀌는 벼슬아치에게 다가가 가차 없이 외쳤다.

"거짓말 그만!"

반역을 일으킬 기미가 보이는 세력을 찾는 데도 이들은 특유의 감각을 발휘했다. 흑심을 품은 잠재적 반도叛徒에게 바보 광대 둘은 동시에 다가가 일갈一喝했다.

"거짓말 뚝!"

"도둑질 뚝!"

반도는 이 말을 들으면 제 발이 저려 슬며시 꼬리를 내렸다. 12대조는 후대 국왕에게도 이처럼 좌, 우에 바보 광대를 두도록 당부하셨다. 바보 하나가 10만 병력의 힘을 발휘할 수 있다 한다.

7

나는 고문서 해독본을 읽을수록 '아툼이라는 저자가 어떻게 5천 5백여 년 전에 이런 발상을 할 수 있었을까?'하는 의아함으로 경악했다. 지배층에서 왕권신수설王權神授說을 지지하는 속내를 잘 설명했고, 통치술의 일환으로 신의 존재를 활용한다는 왕실 비밀도 드러났다. 바보 광대로 중신들의 농간을 억제하는 용인술도 기발하다.

나는 파리에 출장 갔을 때 프낙FNAC 서점에서 《종교적 신앙과 이념의 역사》라는 불어판 책을 산 적이 있다. 저자는 저명한 종교학자인 미르치아 엘리아데. 얼른 훑어보니 꽤 어렵지만 '이런 책도 가끔 읽어야 지혜의 샘이 마르지 않는다!'고 스스로 채찍질을 하며 변심하기 전에 얼른 샀다. 역시 어려웠다. 엘리아데의 대표 저서 《성聖과 속俗》이라도 먼저 독파했더라면 한결 수월할 텐데 기초가 부실한 상태에서 이 책을 읽으려니 도무지 진도가 나가지 않았다. '고대 이집트 사람은 자신들의 문화와 사회를 의미 있는 것으로 자리매김하기 위해 종교를 갈망했다'고 소개됐다.

내가 엘리아데의 저서를 구입한 것은 저자가 루마니아 출신 학자라는 점도 작용했다. 지적 탐구심이 많은 어머니가 여러 외국어를 익히면서 루마니아어까지 독습하는 모습을 보고 루마니아란 나라에 대해 호기심을 가졌다. 고대 로마의 후예가 세운 나라여서 국명이 '로마니아'에서 '루마니아'로 정해진 나라, 흡혈귀 드라큘라 백작이 살았던 성이 남아 있는 라틴문화권 국가, 〈25시〉라는 명작으로 이름을 떨친 소설가 게오르규의 조국, 불어가 공용어가 아닌데도 불어사용권 국가모임인 프랑코폰Francophone 회원국, 한 시대를 풍미한 '체조 요정' 코마네치의 모국, 철권통치를 지속하다 부하들에게 무참하게 총살당한 독재자 차우셰스쿠 무대 … .

엘리아데가 이해하는 종교라는 개념은 무엇일까. '인간 경험 속에 있는 존재, 의미, 진실에 대한 충동이 신성神性과 만날 때 이루어진다'는 것이다. 신성은 인간 의식구조 안에 내재한 한 요소라는 것 아니겠는가. 나는 엘리아데의 글을 수첩에 따로 적어 두고두고 의미를 곱씹어봤다.

"호모 렐리기오수스Homo religiosus!"

내가 허공에 주먹을 휘두르며 이렇게 외치자 네페르티티가 깜짝 놀라며 묻는다.

"인간은 '종교적 존재'라는 말이지요?"

"엘리아데 선생이 그렇게 주장했답니다."

"틀린 이론은 아닙니다. 그러나 여기 아툼이 작성한 문헌에 따르면 지배층이 의도적으로 신화를 확대 재생산하여 통치에 활용했다고 하잖아요. 인간 본성에 종교적 인자因子가 있긴 하지만 인위적으로 조작된 측면이 많네요. 저도 이 문헌을 해독하기 전에는 이런 점을 몰랐어요. 임호텝 씨는 무슨 종교를 가지셨는지요?"

"조상 대대로 천주교 신자입니다. 저도 모태母胎 신앙으로 가톨릭에 입문했지요. 어릴 때는 미사 때 복사服事로도 맹활약했으나, 머리가 굵어지니 교리를 곧이곧대로 못 믿게 되어 냉담자로 전락했답니다. 아툼이 완성한 신화 정본이 이집트 문명 이외의 다른 문명에도 영향을 미쳤다면 이는 인류의 종교문화 형성에 지대한 의미를 지닌 일 아니겠어요?"

종교라는 무거운 주제로 토론하는데도 나와 네페르티티의 대화 분위기는 경쾌했다. 격의 없이 말을 나누는 수준으로 발전하기 시작했다. 정분이 싹튼다는 신호일까.

"그러니 임호텝 님이 더욱 정성을 갖고 검증해 달라는 거죠. 물론 고대 이집트 제정祭政일치 시대의 원시적 신앙과 훗날의 정교한 종교를 직접 비교하는 것은 무리이긴 해요."

"요즘의 정교한 종교라 해도 교리에 궤변이 수두룩해요. 냉정한 이성으로 따지면 앞뒤가 맞지 않아요. 툭하면 등장하는 기적을 믿을 수 있나요? 경전에 소개된 기적을 의심하면 신앙 자체가 흔들리잖아요. 거짓말하면 코가 길어진다는 피노키오 동화가 엉터리임을 어른은 알지요. 죽은 사람이 살아나는 기적을 믿는 어른은 정신 연령으로는 유아 아니겠어요? 정통파 종교에서는 전통 신앙을 샤머니즘, 주술呪術로 폄훼하지만 제 눈에는 도긴개긴이에요."

"임호텝 님! 가톨릭 신자가 그렇게 노골적으로 떠들면 파문당하지 않나요? 종교는 머리로 분석하는 대상이 아니에요. 가슴으로 믿어야 하지요. 의심 없이!"

"근대 철학의 거장인 칸트 선생께서 '신神은 맑은 정신으로 생각하면 존재할 수밖에 없다'라고 설파했어요. 논리를 중시하는 철학자의 자존심 때문인지 맑은 정신, 즉 이성으로 따져도 믿을 수밖에 없다고 주장했지요. 제 귀에는 궤변으로 들려요."

"꼭 그런 것만은 아니에요. 기존 종교의 신앙과는 멀었던 아인슈타인, 비트겐슈타인, 포퍼 등 독일계 석학들은 합리성과 초월성의 중간지대를 편안하게 여겼다고 하지요."

"수녀 출신 종교학자 카렌 암스트롱 여사를 아시지요?"

"물론이에요. 그분의 저서들은 한결같이 이론적으로 탁월한데도 문장이 부드러워 교양서적으로 읽기에도 좋지요."

"그분의 대표작인 《거대한 변환*The Great Transformation*》을 보면 인류는 '축軸의 시대the Age of Axis/ the Axial Age'의 통찰력을 넘은 적이 없다고 역설했잖아요. 붓다, 소크라테스, 공자, 예레미아 등 성현聖賢의 가르침을 소개했지요. 그들은 인간 존재의 깊은 내면에서 초월적 차원을 발견했다면서 …. 그러나 아툼 왕의 고문서를 보니 오히려 이 성현들을 넘어서는군요."

"바로 그 점 때문에 제가 이 문헌해독 작업에 매달리면서 경이롭기도 하고 두려움을 느끼기도 한답니다."

"해독본이 얼마나 남아 있나요?"

"이제 10분의 1 정도 읽었어요."

"이런 문서를 읽다가는 만성 착란증에 시달릴지 모르겠네요. 얼른 끝내고 싶군요. 선잠을 자다가 꿈에 오시리스가 지하세계를 헤매는 장면이 나타나는가 하면, 따오기와 악어가 내 몸을 공격하기도 해서 괴로워요."

"저는 그런 일을 5년 넘게 겪었어요."

"네페르티티 님! 귀하는 조상이 남긴 문서를 읽으니 사명감을 갖고 그런 고통을 감수할 수 있잖아요?"

"임호텝 님! 당신도 이 사업에 동참하기 위해 운명적으로 여기까지 흘러왔다고 생각하세요."

"그런 황당한 논리로 나를 옭아매지 마세요!"

나도 모르게 고성을 질렀는지 네페르티티가 움찔했다.

8

나와 네페르티티 사이에 일순一瞬 정적이 감돌았다. 내가 소인배처럼 짜증을 낸 것 같다. 괴롭고 암담하더라도 의연한 자세를 보여야 할 것 아닌가.

네페르티티도 미안한 마음이 들었는지 피아노 앞에 앉아 음악을 선사할 태세다.

"애청곡이 있나요?"

"음악에 관한 한 제가 좀 까다로운 취향을 가졌어요. 아마추어가 연주하는 베토벤 〈월광 소나타〉 따위로는 만족하지 못해요."

"고난도 테크닉을 요구하는 곡을 좋아하시는지요?"

"그래요. 예를 들어 리스트의 〈초절기교 연습곡〉…."

"제가 쳐볼까요?"

"전문 연주가도 쩔쩔 매는 난곡인데…."

"제가 아마추어여서 미덥지 않지요? 제가 그 연습곡 12곡을 모두 익힌 적이 있답니다."

"그래요? 일단 들어봅시다."

내향적 성품의 네페르티티는 피아노 뚜껑을 열면서 야성을 토해 내는 모습으로 돌변했다. 힘찬 터치로 연습곡 첫 곡을 매끄럽게 연주했다. 현란한 손놀림 때문에 건반 위에서 폭풍우가 몰아쳤다. 마지막 음의 여운이 내 몸을 감싸면서 나도 모르게 눈시울이 뜨거워졌다. 내 눈앞엔 무지개가 아롱거렸다.

"도대체 어찌 된 일이에요? 피아니스트로도 활동하세요?"

"놀라셨나요? 네 살 때부터 피아노를 배워 전문 연주가를 꿈꾸기도 했어요."

"허허! 이런 골방에 쪼그리고 앉아 고문서 번역에 코를 박고 있는 것보다 카네기 홀에서 독주회를 가져야 어울릴 분이네요!"

"과찬이에요. 미국 줄리어드 음대에 가면 저만큼 치는 학생이 수두룩해요. 거기서도 10% 정도만이 졸업 후에 독주가로 활동한답니다."

"줄리어드에 다니셨나요?"

"겨우 졸업했어요. 재능에 한계를 느끼고 대학원 과정에서는 전공을 이집트학으로 바꾸었지요."

"음악과 무관한 이집트학이라 … . 다재다능하시네요."

"줄리어드에 다닐 때는 피아노 앞에 앉으면 고문받는 기분이 들었어요. 그러나 전문 연주가 길을 포기하니 마음이 편해지면서 이제야 피아노를 즐기게 되었지요."

네페르티티는 피아노 의자 뚜껑을 열고 그 안에 든 악보책 하나를 꺼내 든다. 그 책을 펼치니 누군가의 서명이 쓰여 있다.

"악보를 선물하신 분의 서명?"

"예, 맞아요. 에드워드 사이드 교수님…."

"예? 《오리엔탈리즘》 저자인 석학, 그분?"

"그분이 아마추어 피아니스트였어요. 청소년 시절에 카이로에서 학교 다닐 때 저희 집에 자주 놀러오셨다 해요. 그때 그분이 이 피아노를 쳤답니다. 저희 할아버지와 그분이 친했다 하더군요."

"그럼 자칭 아멘호텝 3세라는 노인의 아버지와?"

"그렇지는 않고… 자세한 이야기는 다음 기회에 해드리겠어요."

그날 이후 네페르티티는 번역작업에 지쳐 내가 힘들어 할 때면 피아노를 연주했다. 웬만한 전문 연주가에 버금가는 솜씨여서 나의 귀가 홍복洪福을 누렸다.

내가 피아노 멜로디에 맞추어 콧노래를 흥얼거리자 네페르티티가 나에게 노래를 불러보라고 한다. 반주를 해주겠단다. 나는 슈베르트 가곡 〈겨울나그네〉에 나오는 '밤 인사Gute Nacht'를 불렀다. 오랜만에 불러보는 노래였다.

"성량이 풍부하고 감정 표현이 좋네요. 독일어 딕션도 훌륭하고요."

"제가 독일어는 능숙하지 못해요. 그래도 노래는 독일어로 불러야 제맛이 나지요. 불어는 시 낭송에는 어울리는데 이상하게도 노래를 부르면 맛이 없어요."

"그럼 독일어 노래 한 곡 더 불러보세요."

내 머리에 얼핏 떠오른 곡이 모차르트 오페라 〈마술피리〉의 '이시스 & 오시리스'였다. 고문서에 숱하게 등장하는 이시스 여신, 오시리스 신에게 기도하는 내용이다. 자라스트로 역役으로 출연하는 베이스 가수가 부르는 아리아인데 장중한 기풍을 풍기는 노래이다. 제사장 자라스트로가 주인공인 청춘 남녀 타미노, 파미나의 앞날을 신에게 기원한다.

작업하는 서재가 오페라 무대장치와 비슷한 분위기다. 나는 오페라 출연자처럼 포즈를 잡으며 열창했다. 내가 타미노, 네페르티티가 파미나라고 연상하며 ….

O Isis und Osiris, schenket
der Weisheit Geist dem neuen Paar!
Die ihr der Wandrer Schritte lenket,
Stärkt mit Geduld sie in Gefahr.
Stärkt mit Geduld sie in Gefahr.

Laßt sie der Prüfung Früchte sehen,

Doch sollten sie zu Grabe gehen,
So lohnt der Tugend kühnen Lauf,
Nehmt sie in euren Wohnsitz auf.
Nehmt sie in euren Wohnsitz auf.

오 이시스, 이시리스 신이여 내려 주소서
지혜와 생명을 이 새로운 두 젊은이에게!
그들의 발걸음을 이끌어주소서
위험 속에서 인내로 강해지게 하소서
위험 속에서 인내로 강해지게 하소서

그들에게 시련의 결과를 보게 하소서
그래도 그들이 무덤에 묻혀야 한다면
그들이 용감하게 미덕을 행하도록 하시고
당신의 곁에 받아주소서
당신의 곁에 받아주소서

9

음악으로 심신의 피로를 푸는 것도 한계가 있었다. 점점 폐쇄공포증에 빠지는 듯해서 견디기 어려웠다. 한국과는 연락이 두절된 상태로 세월이 흐르니 불안감이 걷잡을 수 없을 만큼 증폭되어 간다.

나는 드디어 어두컴컴한 암굴 서재에서 탈출하기로 결심했다. 처음 이곳에 올 때만 해도 묘한 호기심이 생겨 흥분감을 느끼며 협조하기로 했다. 우아하고 지적인 젊은 여성과 호젓한 시간을 갖는다는 것도 유혹적인 요소였다. 노인이 한몫 챙겨 주겠다고 제안한 데에도 은근히 기대감을 품었다. 또 무엇보다 아직 세상에 공개되지 않은 희대의 고문서를 검증하는 일에 긍지를 느끼기도 했다.

그러나 문서 내용을 소화하기에는 너무도 벅차다. 고대 이집트인의 삶을 지배한 신화가 당시의 집권자에 의해 조작됐다는 내용을 어떻게 믿을 수 있나. 저자 아툼이 지동설地動說을 설파했으니 이것이 사실이라면 과학사를 다시 써야 하지 않나?

소년 시절의 나는 피라미드의 신비에 탐닉하면서도 다른 한편으로는 공포에 빠지기도 했다. 피라미드에 들어간 사람이 의문스런 횡사를 당한다는 비화가 수두룩하기 때문이다. 이번에도 그와 비슷한 공포심을 느낀다. 여기에 깊이 발을 디디면 모종의 신비한 힘에 의해 보복 당할지 모른다는 걱정이 생긴다. 근거 없는 신비주의를 경멸하지만 막상 내 삶과 관련해서는 그런 저주가 나에게 닥칠까 두렵다.

나는 심야를 노렸다. 문서를 읽다가 네페르티티가 졸면 나갈 심산이다. 그러고 보니 이 암굴에 들어온 지 며칠이 흘렀는지 기억이 가물가물하다. 처음에는 아침, 저녁으로 연회실에 가서 식사했으나 언제부터인가는 지하 서재로 음식을 갖다주는 바람에 시간이 밤인지, 낮인지도 구별하지 못한다. 식사 메뉴에 따라 조찬, 오찬, 만찬을 짐작할 뿐이다.

만찬으로 나온 양고기 구이를 먹으며 나이 든 시녀가 드나드는 출입문을 유심히 살폈다. 별다른 열쇠는 없는 듯하다. 건물 바깥에 꽤 넓은 정원이 있고 인근에는 다른 집이 거의 없는 교외인가 보다. 연회실에서 식사할 때 바깥 풍경을 훔쳐본 적이 있다.

시간이 흘렀다. 고문서 가운데 저승에 관한 부문을 집중적으로 읽으니 등골이 오싹하다. 지어낸 이야기라지만 워낙 실감나게 묘사했기에 내가 지옥 고통을 느끼는 듯하다. 네페르티티도 무서워했다. 그녀는 공포심과 피로에 못 이겨 책상에 얼굴을 대고 눈을 감는다. 조금 지나니 그녀는 잠에 빠졌다.

이때다 싶어 살며시 자리를 떴다. 출입문을 여니 삐걱, 하는 소리가 요란하게 들린다. 발끝으로 걸으며 복도를 걸어 나왔다.

나선형 복도를 따라 지상으로 올라와도 여전히 컴컴하다. 바깥으로 나가는 문은 어디에 있을까. 어둠 속에서 이리저리 헤매는데 인기척이 들린다.

"어디로 가려 하세요?"

어느 사이에 네페르티티가 뒤따라와서 내 손목을 콱 잡는다. 가슴이 철렁 내려앉는다.

"지하에 오래 있으니 답답해서 바람이나 쐬려고 … ."

그녀는 입에 손가락을 대며 쉬, 하는 소리를 내고 얼른 지하 서재로 가자고 내 소매를 잡아당긴다. 나는 얼떨결에 네페르티티에게 끌려 서재로 내려왔다.

"여기서 탈출하려다가는 큰일 나요."

그녀는 나무라듯 말한다. 나는 부아가 치솟아 고성을 질렀다.

"뭐라고? 여기가 강제수용소야, 뭐야. 내가 범죄자라도 되나? 내가 내 발로, 내 마음대로 나가겠다는데 누가 말려?"

"진정하세요. 심정은 이해하겠는데 그게 마음대로 되지 않아요."

"도대체 당신들의 정체가 뭐요? 파라오 옷을 입은 영감탱이 하며, 자칭 조세르 대왕이라는 건달, 또 네페르티티라는 착각 속에 살아가는 당신이라는 여성 … . 몽땅 정신병자 아니면 사기꾼 아니오?"

내가 고성을 올릴 때다. 출입문이 활짝 열리더니 조세르가 불쑥 나타났다.

"뭐라? 건달이라고? 건방진 자식 … 너 토끼려고 했지?"

조세르는 시커먼 채찍을 공중에 휘두르며 말했다. 휙휙, 하는 가죽 채찍 소리에 나는 졸아들었다.

"건방진 자식이라니, 말이 심하지 않소? 내가 여기에 강제 억류될 이유가 없지 않소?"

"고대 문자를 읽을 줄 아는 먹물이라면 우리 사업에 협조해야 할 것 아닌가? 거룩하고 의미 있는 사업이니까."

"도대체 무슨 사업인데?"

"고문서를 다 해독하면 알려주겠다. 그때까지 얌전히 있어라."

"네가 뭔데 나에게 이래라저래라 하는 거야?"

나는 조세르를 노려보며 핏대를 올렸다. 조세르가 휘두르는 채찍이 꺼림칙하기는 했지만 여차하면 한판 붙을 자세를 취하며 일어섰다. 호기롭게 일어서자 조세르가 채찍을 크게 휘두른다.

치릵….

가죽 채찍이 책상을 내려치는 소리가 섬뜩하게 들린다. 내가 놀란 토끼눈으로 바라보자 조세르는 싱긋 웃는다. 나에게 던지는 조소嘲笑다. 나는 채찍의 위력을 소리로 확인한지라 심호흡을 하며 울화를 삭였다.

촤아앍 …

조세르가 다시 한 번 채찍으로 책상 위를 내려친다.

"임호텝, 너는 조세르 대왕의 충복忠僕 아니냐? 그러니 시키면 시키는 대로 해. 내가 발을 내밀면 씻고 발 씻은 구정물을 마시라 하면 마시고!"

조세르는 마치 자신이 조세르 대왕이나 된 것처럼 거드름을 피운다.

"충복? 웃기지 마. 너는 미친 놈 아냐?"

나는 울화통이 치밀어 막말을 내뱉었다. 조세르도 화를 참지 못하고 채찍을 나에게 날린다.

"으윽!"

채찍이 등짝을 휘감자 내 목젖에서 비명이 나왔다. 나도 당하고만 있을 위인이 아니다. 허리를 굽혀 조세르의 양 다리를 잡아당겼다. 조세르가 뒤로 벌렁 넘어졌다. 나는 잽싸게 조세르의 배 위에 올라타고 앉아 조세르의 얼굴을 양 주먹으로 난타했다.

"와악!"

조세르가 비명을 지른다. 그의 얼굴은 피투성이가 됐다. 엎치락뒤치락하는 바람에 조세르의 주머니에서 그림엽서 같은 게 흘러나와 바닥에 나뒹군다.

10

"그만들 하시게."

출입문이 활짝 열리며 노인이 나타났다. 노인은 나와 조세르를 뜯어말렸다. 나는 숨을 몰아쉬며 노인에게 물었다.

"당신들 마음대로 나를 구금해 놓고는 이게 무슨 짓거리요? 우선 내가 여기에 온 지 며칠이나 지났는지 말하시오."

"보름이오. 한 달도 되지 않았소."

"보름 동안이나? 어처구니가 없구먼. 그리고 당신들 정체가 뭐요?"

"모종의 중요한 과제를 수행하고 있소."

"자꾸 그렇게 둘러대지 말고 이실직고以實直告하시오. 당신들이 누군지, 실명은 무엇인지, 그 과제가 무언지 밝히지 않으면 문서 해독작업에 협조할 수 없소."

나는 책상 모서리를 잡고 흔들며 단호하게 말했다. 노인은 미간을 찌푸린 채 묵묵부답이었고, 네페르티티는 고개를 푹 숙이고 있다. 조세르가 손수건으로 코피를 닦으며 말문을 연다.

"아버지, 우리 사업을 밝히시지요? 물론 대외적으로 발설하면 죽음을 각오해야 한다는 각서를 받고서 ... ."

노인은 서재 구석에 놓인 물병에서 물을 따라 벌컥벌컥 마신 후 입을 열었다.

"좋소. 극비 사업인데 귀하에게는 공개하리다. 대신 비밀유지 각서를 쓰시오."

나는 불쾌감, 공포심이 엄습했지만 묘한 호기심이 발동해 각서를 써주었다.

노인은 손가락으로 오른쪽 귓바퀴를 조몰락거리며 느릿느릿한 말투로 이야기한다.

"내 이름을 기억하오?"

"아멘호텝 3세? 진짜는 아니고 자칭自稱…."

"진짜로 대우해 주시오. 존경심을 갖고…."

"알았습니다."

"아멘호텝 3세가 살아난다면 가장 통탄스러워 할 일…. 그것을 해결하는 프로젝트요."

"뭔데요?"

"프랑스 파리에 가봤소?"

"여러 차례…."

"콩코르드 광장에 서 있는 게 뭐요?"

"오벨리스크…."

"맞았소. 그 오벨리스크의 출처가 어딘지 아시오?"

"이집트 어느 곳이겠지요."

노인은 몸을 벌떡 일으키더니 양팔을 벌리고 고개를 위로 치들며 말한다.

"아! 가슴 깊은 곳에서 활화산처럼 뜨겁게 끓는 의분義憤을 참을 수 없도다. 나, 아멘호텝 3세, 위대한 파라오, 선지자 중의 선지자는 우리의 정령이 담긴 탑을 오랑캐 나라에 뺏긴 일에 통분하도다! 그 탑은 나의 열정, 내 거룩한 신에 대한 신심을 오롯이 담은 성물 아닌가. 이를 기필코 찾아와야 한다. 룩소르 신전 앞에 나란히 서 있어야 할 쌍둥이 탑 아닌가. 뭐? 나폴레옹이라는 야심가가 자기 애인에게 잘 보이려고 오벨리스크를 가져갔다고? 약탈이 아니라 기증받았다고? 그런 기만에 속을 줄 알고? 아, 야만인들이 우리의 탑을 더 이상 유린하지 않도록 하루 빨리 서둘러야 하는도다!"

노인은 말을 마쳤는데도 여전히 팔을 벌린 자세다. 조세르가 설명을 덧붙인다.

"오벨리스크 반환 프로젝트가 바로 우리 사업이오."

나는 한국의 외규장각 도서 탈취와 관련한 신문기사를 읽은 기억이 되살아났다. 1866년 병인양요 때 프랑스 함대는 강화도 외규장각에 난입해 귀중 문서들을 훔쳐 달아났다. 이 도서가 프랑스 국립박물관에 소장돼 있어 한국 정부가 돌려달라고 여러 차례 요구한 바 있다. 프랑스 정부는 소유권을 넘겨줄 수는 없고 영구임대 방식으로 주겠다고 버틴다.

나는 그 글을 읽고 통분痛憤을 금치 못했다. 그래서인지 노인과 조세르의 말에 공감이 갔다. 어떻게 돌려받겠다는 것일까. 이집트의 엉성한 민간단체에서 추진해서 가능한 일이 아닐 듯한데….

나는 아까 조세르가 바닥에 흘린 그림엽서를 흘깃 봤다. 파리 시내 명승지를 소개하는 엽서인 듯하다. 에펠탑과 개선문이 보인다. 조세르가 오벨리스크 이외에 에펠탑과 개선문에도 관심이 있다는 뜻인가.

"오벨리스크 프로젝트와 고문서 해독작업이 무슨 연관이 있소?"

내 질문에 조세르는 어색한 웃음을 지을 뿐 대답하지 않았다. 다시 다그치자 노인이 대신 대답했다.

"귀하가 비밀을 발설할 경우 죽음까지 각오하겠다는 각서를 썼으니 말해 주겠소. 이 과제를 추진하려면 막대한 자금이 필요하오. 그래서 조상이 물려주신 재산을 발굴해서 활용하려는 것이오."

"피라미드를 발굴해서 거기에서 나온 부장품을 판다는 것입니까?"

"일부만 처분할 것이오."

"그런 반反문화적인 일을 도모하다니 용납할 수 없네요."

"서방국가에 밀매하는 것은 아니오. 귀하는 이집트가 산유국이라는 사실을 잘 모르시는구만. 이집트의 기름쟁이 가운데 부호가 적지 않소. 그들에게 팔 예정이오. 아니면 이집트 정부에다 합법적으로 넘기는 방안도 고려 중이오. 나 같은 사명감을 가진 자가 문화재 발굴사업에 나서야지 어중이떠중이들이 달려들면 엉망이 된다오. 이집트 구르나 마을이라는 곳에서 대규모 도굴이 이루어진 적이 있었소. 그때 가난한 주민들은 도굴 사실을 숨기려고 황금 목걸이, 관, 팔찌 등을 몽땅 녹여서 그냥 금붙이로 팔아치웠다오. 엄청난 문화재가 사라진 셈이오. 우리는 전문기술을 갖고 발굴, 보존한다오."

"문화재 반환요구는 이집트 정부가 프랑스 정부에 대해 해야지 어떻게 민간인이 추진합니까?"

"정부에 맡기면 하何세월이오. 성사 가능성이 제로에 가깝다고 보오. 나는 양국 정부를 모두 믿을 수 없소."

노인은 양손을 깍지 끼고 결연한 표정으로 말했다.

"우리가 나설 수밖에 없소."

"구체적인 방법은 무엇입니까?"

이 물음에 노인과 조세르는 입을 다물었다. 바닥에 떨어진 그림엽서를 내가 주워 조세르에게 건네주었다. 이를 받아든 조세르가 당황해 하며 얼른 주머니에 넣는다. 능글맞게 웃는 게 특기인 조세르가 놀라 눈이 동그래지며 엽서를 낚아채는 몸놀림이 수상했다. 내가 농담조로 물었다.

"조세르 대왕 폐하, 왜 그리 놀라시옵니까? 에펠탑과 개선문도 돌려받으시려고요? 아하, 그건 이집트 문화재가 아닌뎁쇼."

"임호텝 총리! 짐의 심기를 불편하게 하지 말고 문서 해독작업에 더욱 정진하게나."

나의 탈출 소동은 이렇게 싱겁게 끝났다. 나는 한숨을 돌리고 나서 다시 네페르티티와 함께 고문서 검증 여정旅程을 시작했다.

신화 백일장

1

나, 아툼, 신성한 어버이는 유계幽界와 관련한 신화를 말하고자 하노라.

신화 공모 때 이 부문에도 많은 응모작이 있었다. 응모자들은 북쪽 히타이트, 시리아, 수메르 등지에서 흘러온 망명 귀족에서부터 남쪽 누비아에서 품팔이하러 올라온 탈출 노예까지 다양했다. 그런 만큼 온갖 귀신 이야기가 총출동했다.

인간의 상상력은 실로 놀랄 만큼 뛰어났다. 가보지도 않은 구천九泉의 세계를 어찌 그리 실감나게 묘사했나. 지옥에 가면 천지사방에 유황불이 이글거려 그 속에서 단말마斷末魔의 곡성이 끊임없이 메아리친다는 둥 밑도 끝도 없는 설화가 난무한다. 만담漫談쟁이들은 손님을 끌려고 지옥의 종류를 여러 개 만들어 단계마다 고통의 강도를 높여 이야기하더구나. 가보지도 않은 지옥을 어떻게 그렇게 잘 묘사하는지? 순박한 사람들은 이것이 진짜인 줄 알고 지옥을 상상하며 덜덜 떤다. 죽어서 지옥에 가지 않으려면 이승에서 선행을 아끼지 않아야 한다고 절감한다.

이는 이승의 사회 질서를 유지하고 도덕을 세우는 데 도움이 된다. 이 때문에 지옥이라는 허구가 현실세계에서 유용하게 작동한다. 실체가 없는 허깨비가 인간을 지배하는 꼴이지만 유용하다면 나름대로 가치는 있다.

허구가 실체를 좌지우지하는 다른 사례를 들어보겠다. 내가 스무살 청년 시절에 누비아를 정복하러 갔을 때다. 우리 병사는 대부분이 늙고 병들었다. 당시만 해도 나는 파라오 자리에 갓 등극한 때여서 권위를 확실히 장악하지 못해 정예 부대를 데려가기 어려웠다. 국가 원로들은 '늙다리 부대'를 내게 안겨 주며 나의 능력을 시험해 보려 했다.

병사 3천 명을 연병장에 세워 놓고 일일이 얼굴과 몸을 살폈더니 도저히 전투를 치를 수 없는 늙은이가 대부분이었다. 다리에 파상풍이 들어 곧 한쪽 다리를 잘라내야 하는 병사, 눈알이 썩어 들어가 곧 실명위기에 놓인 노병, 영양실조로 허리조차 곧추세우지 못하는 검투사 출신 등이 수두룩했다. 전장에 가기도 전에 병사病死할 병사兵士들로 어떻게 전투를 치르겠는가.

나는 '무無에서 유有를 창조하겠다'는 각오를 다졌다. 천문을 살펴보니 사흘 후에 개기일식이 예상됐다. 병사 전체를 태양신전 앞에 집합시켰다. 소쇄瀟灑한 북풍이 불어와 우리 몸을 감쌌다. 나는 갑옷을 입고 십자가 모양의 앙크를 흔들며 사자후獅子吼를 토했다.

"태양의 제국을 지키는 병사들이여! 그대들은 곧 태양신의 이름을 앞세워 신성한 전투를 벌이러 간다. 스스로 잘 알다시피 그대들은 대부분이 병들고 연만하다. 그러나 태양신을 숭배하는 그대들의 신심은 젊은이 못잖게 뜨겁고 싱싱하다. 신께서도 그 사실을 잘 알고 계신다. 나는 어제 밤새 신께 기도를 올려 그대들의 가호加護를 빌었다. 마침내 오늘 새벽 태양이 뜨면서 신께서는 응답하셨다. 나는 이 두 귀로 신의 목소리를 똑똑히 들었다. 이번 전투에는 신께서 함께하신다고! 신께서는 그대들을 위해 사흘 후 대낮에 잠시 묵상의 시간을 갖는다고 하셨다. 자, 사흘 후 이 자리에 모여 태양신께 기도하자. 우리의 기도가 절실해야 태양신께서도 묵상을 마치고 우리에게 축복을 내리실 것이도다!"

병사들은 못 미더워하는 눈치였다. 그러나 다시 모였을 때 그들은 기적을 확인했다. 태양이 남중南中할 무렵 한 줄기 회오리바람이 태양신전 앞에 휘몰아치더니 갑자기 하늘이 컴컴해졌다. 태양이 사라진 것이다. 개기일식이 시작됐음을 나는 알았지만 병사들은 태양신이 묵상한다고 생각했다.

"아툼, 라, 레 … . 위대한 태양신이여. 우리를 보살피소서!"

병사들은 이렇게 외치며 하늘을 우러러보고 경배했다. 그들은 회개의 눈물을 흘리며 절규했다. 어느 애꾸 병사는 땅바닥에 머리를 찢어 이마에 피가 흥건했다. 썩은 다리를 절단해야 하는 노병은 간절히 기도하다 입에서 거품을 흘리며 실신했다.

나는 개기일식이 끝나갈 즈음 붉은 색 아마亞麻 옷감으로 만든 제의祭衣를 입고 신전 탑문 앞에서 엎드렸다. 탑문 꼭대기에 걸린 푸른색 깃발이 회오리바람을 맞고 크게 펄럭였다. 내가 낼 수 있는 가장 경건한 목소리로 외쳤다.

"오직 홀로 존귀한 태양신 아툼이여! 우리의 애절한 기도를 듣자옵고 이번 전투에서 승리하도록 해 주소서. 우리 병사들이 악마의 후예인 누비아 군인을 물리칠 용기를 갖도록 독려해 주옵소서. 혹 우리 병사들이 목숨을 잃는다 해도 태양신께서 밤에 쉬시는 두아트에서 병사들과 함께 계시겠다고 약조해 주소서. 아툼의 고귀한 이름으로 기도하옵나이다. 아툼 … ."

기도가 끝나자마자 해가 다시 나타나 천지에 광명이 쏟아졌다. 병사들은 청년 파라오와 자신들의 기도 덕분에 태양신이 묵상을 잘 마친 것으로 여겼다.

"위대한 파라오여, 성은이 망극하옵니다!"

병사들은 환호했다. 대다수의 병사들은 감격해서 흐르는 눈물을 주체하지 못했다.

나는 이것 말고도 병사들의 사기를 올리는 다른 유용한 계책도 썼다. 출정식 때의 일이다. 신전 탑문 앞에서 제사를 올린 후 병사들에게 제물 음식을 음복시켰다. 이때 '생명의 물'을 준비했다. 이름은 멋있지만 사실은 보통 물이나 다를 바 없다. 물에다 종려나무 잎을 짓이긴 즙을 탔을 뿐이다. 자세히 보면 푸르스름한 빛을 띤다.

"이 생명의 물은 태양신께서 그대들에게 하사한 것이다. 이 물을 마시면 힘이 솟고 용기가 생긴다. 이 물을 상처에 바르면 고름이 사라진다. 이 물을 정수리에 떨어뜨리면 머릿속이 맑아진다. 태양신에게 충심을 갖고 기도하면 물의 효험이 배가된다."

이렇게 말했더니 병사들은 태양신을 찬양하며 물을 마셨다. 놀라운 일이 잇달아 벌어졌다. 온몸에 힘이 빠져 걸음조차 제대로 못 걷던 노인이 보무당당하게 행진을 하게 됐다. 다래끼 때문에 눈을 껌벅이던 병사도 물을 바른 후 눈을 크게 뜨게 됐다. 병사들은 기적이 일어났다며 용기 충천했다.

전투에서 우리가 승리한 것은 당연했다. 병사들은 죽음을 두려워하지 않고 창칼을 휘둘렀다. 적군은 우리 병사의 타오르는 눈빛만 보고도 뒷걸음을 쳤다. 가슴에 화살을 맞아 피를 흘리며 죽어가는 병사가 태양신 곁에 가게 되어서 기쁘다며 미소를 짓는 모습을 보고 나는 미묘한 심경에 빠졌다. 허구가 불러일으키는 기적적인 효과를 어떻게 설명해야 하나. 목을 치는 시퍼런 칼날 앞에서도 두려움에 떨지 않는 순교자의 용기도 이렇게 생기겠지? 무에서 유를 일궈낸 생생한 사례가 내 눈앞에서 펼쳐지는 현장을 목격하고 나는 전율했다.

병자에게 맹물이나 밀가루를 주면서 기적의 비방秘方이라 말하면 효험이 있을 것이다. 더욱이 명의가 진지한 표정으로 그 말을 한다면 효과는 더욱 크리라. 이를 단순히 사기 행위라 폄훼하지 말라. 심리적 치료법의 일종이라고 여겨라.

사랑하는 후손이여, 이야기가 잠시 다른 곳으로 샜다. 양해하라. 저승세계란 허구를 만듦으로써 생기는 유용성을 조금 더 고찰하겠다. 이승이 종말이라면 대다수 장삼이사張三李四들은 현실 세계의 성실한 일상에서 일탈하리라. 강도, 강간, 폭력, 사기 등 범죄가 증가할 것이다. 범죄를 억제하는 요인으로는 현실에서의 처벌 가능성뿐만 아니라 저승에서의 심판 두려움도 꼽힌다. 그러므로 예로부터 현인들은 저승의 존재를 확인하지 못하고서도 현실의 질서를 위해 저승의 허구를 꾸며냈다.

일부 고위 성직자를 보라. 그들은 남에게는 신성한 신앙생활을 강조하지만 정작 자신은 홍진紅塵에 찌들어 있지 아니한가. 신전 제사장 자리를 차지하려고 신관끼리 벌이는 암투가 얼마나 치열하고 비열한지 후손 너희는 실감하지 못하리라. 경쟁자 신관의 비리를 고발하는 익명의 투서가 난무하고, 자기들끼리 파당을 형성하여 상대를 음해하는 게 다반사茶飯事다. 사후에 선악을 심판받는다는 사실을 확신한다면 그럴 수 있겠는가.

야심만만한 신관 하나가 나를 은밀히 찾아와 태양신전 제사장 자리에 앉게 해달라고 청탁한 적이 있었다. 당나귀 여섯 마리 등짝에

뇌물을 잔뜩 실어왔더라. 먼 동방에서 갖고 온 청금석을 비롯해 표범 가죽을 덮은 방패, 벽옥을 담은 꽃병, 번쩍거리는 금박 장식이 돋보이는 의자, 정교하게 세공한 금목걸이 등이 그득하더군.

부패한 신관임에 틀림없었다. 그의 행각이 궁금했다. 머리를 박박 깎고 수도승 행세를 하는 그는 무슨 생각을 하는 사람인지에 대해서도 알고 싶었다. 나일강에 파피루스 줄기로 만든 배를 띄워놓고 그가 가져온 포도주를 함께 마시며 밤늦도록 담소했다. 그의 죄상이 낱낱이 드러나면 목을 칠 심산이었다. 그러나 의외로 그는 솔직하게 속내를 털어놓았다. 나는 그날 대화 이후 오히려 그를 좋아하게 됐다. 대화 내용을 요약하면 이렇다.

"몇 살 때부터 신전에서 일하였는가?"

"다섯 살 때부터입니다. 하급 군인인 아버지가 누비아 원정에서 전사하시는 바람에 저는 유복자로 태어났습니다. 홀어머니는 다섯 남매를 키우시느라 허리 한번 편히 펼 겨를이 없으셨지요. 제가 개구쟁이 시절을 지나 남의 말귀를 알아들을 때가 되자 신전의 사동使童으로 보냈답니다. 저는 신전에서 허드렛일을 하면서 어깨 너머로 글을 배웠습니다. 신전 공사에서 돌기둥 벽면에 태양신 찬가를 글자로 새길 때 제가 석공 겸 화가로 뽑혔습니다."

"제사장으로부터 신망을 얻었겠군."

"신명을 바쳐 일했지요. 가끔 어머니가 신전을 찾아와 먼발치에서 저를 바라보고 눈시울을 훔치시더군요. 하루는 어머니에게 다가가 왜 외면하시느냐고 울면서 보챘지요. 어머니는 저를 태양신에게 바쳤기 때문에 세속적인 관계로 만나는 것은 곤란하다면서 통곡하셨습니다. 제가 어머니를 마음대로 만나려면 제사장이 되어야 한다더군요. 어린 가슴에 그 말이 사무치더군요. 저는 그때부터 오매불망 제사장이 되려고 각고면려刻苦勉勵했습니다."

"어머니는 요즘 무고하신가?"

"몹쓸 병에 걸려 고생하십니다. 문둥병 … . 지금 나환자 마을에 격리돼 살고 계십니다."

"신관으로 일하면서 매일 태양신에게 제사를 봉헌할 텐데 애절한 기도를 올리면 신께서 응답하시는가?"

"위대한 파라오여! 소승이 지엄한 당신 앞에서 어찌 거짓말을 하겠사옵니까. 수십 년 동안 하루도 빠짐없이 지극정성으로 제사를 올리지만 단 한 번도 신의 목소리를 들은 적이 없사옵니다."

"그런데도 귀하는 영험한 신관으로 백성들 사이에서 명망이 자자하지 않은가?"

"신과 직접 소통하는 체할 뿐이옵니다. 백성들에게 신탁神託을 알려줄 때도 제 머리에 떠오르는 직관을 그냥 이야기할 뿐이옵니다. 그런데도 백성은 저를 통해 신의 계시를 받은 것으로 믿습니다. 언젠가 소승에게서 상형문자를 배운 젊은이가 서기 시험에 응시한 적이 있습니다. 그 젊은이가 합격을 축원해 달라기에 저는 기도하는 체하며 밤을 새웠습니다. 다행히 그는 높은 성적으로 합격했답니다. 그 젊은이의 아버지가 기병대장입니다. 고관들 사이에서 제가 출세 신과 호흡이 잘 맞는 신관이라는 소문이 퍼졌답니다. 덕분에 저는 온갖 금은보화를 받고 기복祈福하는 일에 빠졌습니다. 저희 신전의 제사장은 처음에는 그런 저를 못마땅하게 여겼으나 고관 부인들이 저희 신전에 몰려오시는 바람에 갈수록 저의 가치를 인정해 주셨습니다."

"허허 … 신의 목소리를 직접 들은 적도 없는 신관이 영험한 도사라는 소문이 났으니 … . 그럼 직접 들었다고 주장하는 신관은 어떤 사람인가?"

"그들도 당연히 거짓말을 하는 겁니다. 신을 보지도, 신의 목소리를 듣지도 않았는데 그랬다고 외치는 것이지요. 일부 신관은 혼몽한 상태에서 이명耳鳴이나 환청幻聽으로 이상한 소리를 듣고는 그것이 신의 목소리라 착각합니다. 신관 생활을 오래 하다 보면 신이 가끔 보이기도 하고 음성이 들리기도 한답니다. 착각 또는 환상일 따름입니다만 … 꿈에서 보고 들은 내용을 현실로 여기기도 합니다. 어떤 신관은 일부러 혼몽한 상태에 빠지려고 술과 마약에 탐닉한답니다."

"남을 속이려 그런다기보다 순수한 마음에서 기도나 수련을 통해 신의 음성을 들으려 애쓰는 수도승도 있지 않겠는가?"

"그렇습니다. 그런 수도승은 계시를 듣지 못하면 자신의 신앙심이 약해서 그런 줄 알고 자책하며 육체를 몹시 혹사하는 고행을 벌입니다. 스스로 채찍질을 하기도 하고 열흘쯤 식음食飮을 전폐하고 잠을 자지 않고 기도하면 헛것이 보이고 헛소리가 들린답니다. 그들은 신이 강림하여 계시를 내리는 것으로 착각합니다. 자신이 드디어 깨달음을 얻었다고 느끼지요. 그들은 이를 영성靈性이라 하지요."

"귀하는 이런저런 신관 모두를 탐탁잖게 여기는구먼. 그런 신관들의 수장인 제사장이 되고 싶어 하는 이유는 무엇인가?"

신관은 고개를 떨구며 제사장이 되면 노모의 병이 완쾌될 수 있다는 기대감이 들기 때문이라 말했다. 그를 부패한 신관이라 예단한 내가 경솔했다.

"귀하는 평생 신을 접하지 못했는데도 감히 제사장 자리를 넘볼 자격이 있다고 생각하는가?"

"어차피 태양신, 악어신 따위는 존재하지 않습니다. 태양은 하늘에 뜬 불덩어리일 뿐이고, 악어는 흉측한 동물일 뿐입니다. 거기에 무슨 신이 존재하겠습니까? 누가 제사장이 되더라도 접신接神할 수 없습니다. 그러니 소생이 제사장이 되지 못한다는 법이 있사옵니까?"

그는 나의 후원을 입어 태양신전 제사장으로 임명되었고 그 임무를 훌륭하게 수행했다. 그가 태양신 축제 때 태양신상을 지성소至聖所에서 꺼내 가마 위에 모시고 외출할 때의 표정을 보니 그렇게 진지할 수 없었다. 그는 신상이 진짜 태양신이라도 되는 양 지극히 경건하게 모셨다. 그는 연기에서 달인의 경지를 보여주었다. 신자들은 신상을 보며 눈물을 흘리고 환호했다. 어떤 여성 신자는 신상을 태운 가마를 손으로 만지고 엑스터시에 빠져 눈에 흰자위를 드러내며 온몸을 부르르 떨기도 했다.

2

신화 가운데 저승에 관한 이야기가 압권이다. 공동 수상작이 여러 편 선정됐는데 독자들의 편의를 위해 이를 묶어 종합 정리했도다. 집필자가 여럿 되다 보니 문장의 결이 다양했다. 종합 정리본에 대한 편집 책임자는 오시리스 신전의 제사장인데 그는 언어감각이 탁월한 시인이다. 그 정리본을 보고받은 나는 원고 전체를 세심하게 읽고 일부를 가감했다. 너무 억지를 부린 내용은 대폭 손질했다.

사랑하는 후손들아, 저승 신화를 읽으며 공포감을 갖지 말라. 저승세계는 실재하지 않기 때문이다. 허깨비에 놀랄 필요가 없다. 신화에서 유념할 점은 인간이 현실에서 이루지 못한 욕망이 신화에서 어떻게 투영됐는지를 살피는 일이다. 인간은 실현 불가능한 소망을 꿈속에서 이루는 경우가 있지 않으냐. 물론 어디까지나 꿈일 뿐이므로 허망하다.

신화도 마찬가지다. 사람이 죽으면 그만이지 사후세계에서까지 영생을 찾겠다고 발버둥 치면 허욕일 뿐이다. 현 세계에서 누리는 일생은 그래서 소중하다. 처음이자 마지막 기회이므로 알맹이 있게 살아야 한다. 죽어서 저승에서, 아니면 다시 태어나서 다른 인생으로 살아간다고? 모두 몽환夢幻이요, 과욕이다.

연극에서는 주연, 조연, 잡역 등 다양한 배우가 나온다. 젊고 잘생긴 주연배우도 늙으면 조연으로, 조연배우는 나이가 들면 잡역으로 역할이 줄어든다. 분장을 아무리 잘 한다 하더라도 예순 노인이 청춘 남녀로 무대에 설 수는 없는 법이다. 세월이 흐르면 배우는 자기 나이에 맞는 역할에 만족해야 한다. 또 무대에 영영 설 수 없는 날도 온다. 물러난 배우가 다시 무대에 서겠다고 고집을 부리면 우스꽝스럽지 않겠느냐? 이처럼 인생이란 한 판의 연극에 출연했으면 그만인데 다시 살아나 무대에 또 선다고? 불가능한 일인데도 가능한 것처럼 말하는 것이 복음福音처럼 들리겠지?

이제 백일장에서 뽑힌 저승 신화를 음미해 보아라. 재차 강조하지만 지어낸 이야기이므로 겁먹지 않아도 된다. 고리타분한 옛 이야기라 여길지 모르지만 심혈을 기울여 읽으라.

> 태양신은 매일 저녁 서쪽 산에서 돛단배에 몸을 싣고 지하 세계로 항해를 시작한다. 태양신은 항해 시간에 따라 이름이 달라진다. 석양 무렵에는 '아툼'이라 한다. 몸통은 사람, 머리는 숫양이다.
>
> 아툼이 몸을 둥글게 구부린 하늘의 여신 누트 앞에 도착하면 여신의 입이 벌어지며 지하세계로 안내할 배가 나타난다. 아툼은 여

러 신들과 함께 이 배를 타고 지하로 내려간다. 선수船首 부분에는 세트 신과 하토르 여신이 자리 잡고 있다. 그 뒤엔 항해 방향을 찾는 신 넷이 섰다. 그 옆에 앉은 정의의 여신 마아트는 양팔에 새의 깃털을 달고 왼손에는 정의의 상징물인 앙크를 들었다.

수평선을 넘어가면 강폭이 넓어지면서 뱀이 지키는 문 두 개를 지난다. 여기서부터 두아트, 즉 지하세계가 전개된다. 칠흑같이 어두운 곳으로 배는 빨려 들어간다. 지상에서 아툼, 라, 케프리 등으로 불리는 태양신은 이곳에서는 '아우프'라는 이름을 받는다.

밤새 12개의 저승을 지나야 한다. 저승을 총괄 지휘하는 책임자는 시간의 여신이다. 저승에 접어들자마자 모래 강이 나와 아우프가 탄 배는 전진하지 못한다. 배를 끌어주려고 여러 영혼들이 나온다. 아우프는 지상에서 갖고 온 빛 기운을 그들에게 비추어 주며 그들의 이름을 불러준다. 영혼들은 환호작약한다.

아우프는 여러 저승을 거치는 항해에서 거대한 뱀 아포피스의 공격에 시달린다. 아포피스는 배를 통째로 엎어버리려 한다. 선수에 앉은 세트는 칼을 휘두르며 아포피스와 싸운다. 마침내 아포피스의 몸에 칼을 쑤셔 제압한다.

아우프는 저승의 왕인 오시리스를 알현하고 정중히 인사드린다. 열 번째 저승에 도착하면 여행은 거의 끝나간다. 아우프는 태양신 케프리로 부활할 채비를 차린다. 케프리는 쇠똥구리 벌레 모양의 신인데 태양을 굴려 지상으로 밀어 올리느라 땀을 뻘뻘 흘린다. 지상에 올라오기 직전에 아포피스는 또 공격해 온다. 이번에도 세트가 나서 아포피스를 퇴치한다. 케프리는 누트의 다리 사이에서 떠오른다. 케프리는 하늘 꼭대기에서 라로 변신한다. 라는 저녁 무렵에는 아툼으로 바뀐다. 이처럼 태양신은 여러 신들의 도움을 받아 이승, 저승을 매일 여행하며 세상을 유지해 나간다.

사람이 죽으면 어떻게 저승에 가나. 태양신이 지하세계로 갈 때 타는 배를 인간도 이용한다. 입구를 지나 여러 개의 문을 거쳐 들어가면 저승이 펼쳐진다. 죽은 사람은 〈사자死者의 서書〉에 나오는 주문을 외우면 아누비스 신이 나타나 지하세계의 왕 오시리스 앞으로 데려간다.

오시리스 주위에는 여러 신들이 도열해 있다. 진리의 여신 마아트가 먼저 나타나 질문한다.

"귀하는 결백하신가?"

"예. 대大심판관 오시리스 대왕 앞에서 떳떳이 말하노니 불초 소생은 생전에 대죄를 짓지 않았고, 신을 정성껏 모시며 살았음을 맹세합니다."

마아트 여신은 접시 두 개가 달린 천칭을 꺼내 한쪽 접시에 죽은 당사자의 심장을 올린다. 다른 한편의 접시에는 마아트의 머리에 꽂힌 타조 깃털을 올린다. 타조 깃털은 진리의 상징이다. 생전에 대죄를 저질렀다면 심장 쪽 저울이 아래로 기울어진다. 그 죄인에게는 영생이 허용되지 않는다. 구석에 앉아 기다리던 괴물 암무트가 그 심장을 삼켜버리기 때문이다. 암무트는 머리가 악어, 앞발과 가슴은 사자, 뒷발과 배 아래는 하마 모양을 하고 있다.

천칭이 수평을 이루어 결백이 증명된 자는 환대를 받는다. 오시리스는 그에게 하얀 깃털 옷을 입히고 음식을 대접한다. 그가 영생 자격을 얻었음을 오시리스가 선포하면, 옆에 선 토트 신이 주민등록부에 이를 기록한다.

이때부터 죽은 사람은 오시리스 왕국에서 생전에 누렸던 것보다 더 좋은 환경에서 살아간다. 자신이 이상형으로 꿈꾸었던 배우자를 만나 화려한 집에서 녹설鹿舌을 먹으며 지낸다. 수량이 풍부한 기름진 땅에서 농사를 지으면 곡식과 과일이 풍성하게 열린다. 생전에 체스 놀이나 악기 연주를 즐겼다면 무덤에 체스나 악기를 함께 넣으면 된다. 사후세계에서도 즐길 수 있다. 저승에 살면서 이승의 부모, 자식, 지인들이 그리우면 이승으로 잠시 휴가여행을 다녀올 수도 있다. 이때 머리는 사람인데 몸통은 새 모양인 '바' 형태로 지상의 하늘을 날아다닌다.

3

"네페르티티 님! 저자 아툼 왕의 이중성이 놀랍군요. 자신은 신의 존재를 믿지 않으면서 신화를 통치술로 활용하는 계략 … ."

"출정식 때 병사들에게 생명의 물을 마시게 한 것 말이에요. 요즘 의학용어로 말하자면 플라시보 효과 아니겠어요? 의사가 주는 가짜 약을 먹고도 치료효과가 나타나는 환자가 유의미한 수준으로 많다는 사실 … ."

심야인 듯하다. 나는 네페르티티와 대화를 나누면서 잇달아 하품을 했다. 눈앞에 오시리스, 토트의 환영이 어른거렸다.

"짙은 커피를 한 잔 주세요. 잠을 쫓아야겠으니 … ."

"주방에 다녀올게요."

네페르티티가 잠시 자리를 비운 사이 나는 고문서 원본인 파피루스를 찬찬히 살펴보았다. 유리로 덮여 손으로 만질 수는 없지만 매끌매끌한 지질紙質 촉감이 느껴지는 듯했다. 원본을 넣어두는 나무 상자 뚜껑을 매만지니 고대인과 교감하는 기분이 들었다. 상자 뚜껑을 탁, 닫을 때였다. 톡, 하며 뚜껑 틈새에서 사진 한 장이 흘러나왔다. 누렇게 변색한 흑백사진이었다.

불빛에 사진을 비추어 보니 부부와 아기가 활짝 웃으며 포즈를 취한 가족사진이었다. 아기는 네페르티티, 부인은 네페르티티의 생모였다. 화려한 이집트 전통의상을 입은 남편은 왼손으로는 부인의 어깨를 감싸고 오른손은 아기 무릎을 만지며 웃고 있다. 부유한 가족의 전형적인 모습이다.

나는 커피를 들고 온 네페르티티에게 사진을 들이대며 물었다.

"이분이 생부입니까?"

네페르티티는 사진을 보고도 대답하지 않았다. 낌새가 이상해서 그녀를 보니 몸을 덜덜 떨고 있다. 눈언저리에 경련이 이는 듯 눈꺼풀을 껌벅거린다.

퍽!

그녀가 커피포트를 바닥에 떨어뜨렸다. 커피가 쏟아져 바닥을 흥건히 적신다. 그녀는 정신이 혼미해져서 손을 이마에 대고 비틀거린다. 그녀를 부축했다. 그녀의 가냘픈 어깨뼈가 내 늑골을 건드린다.

"정신 차리세요."

나는 그녀의 뺨을 가볍게 때리는 듯 문지르며 소리를 질렀다. 그녀의 가녀린 몸통은 내 품 안에 쏙 들어와 있다.

"으음…."

그녀는 신음을 하며 눈을 떴다. 나는 커피포트에 조금 남은 커피를 찻잔에 따라 그녀에게 먹였다. 그녀의 동공에 생기가 살아나는 듯했다. 그녀는 몸을 일으켜 의자에 바로 앉았다.

"이제 정신이 드세요?"

"아, 예 … ."

"사진 때문에 충격을 받으셨군요."

"예."

그녀는 다시 사진을 찬찬히 살펴본다. 침묵이 흘렀다. 이윽고 그녀는 나를 응시하며 말을 더듬는다.

"이 사진, 저도 처음 봤습니다. 아버지 … 아버지 모습을 … ."

"이 집에 있는 자칭 아멘호텝 3세라는 노인은 누구요? 왜 그자를 아버지라고 부르나요?"

네페르티티는 남은 커피를 마시며 뭔가 결심을 한 듯 입을 앙다물고 허리를 곧추세웠다.

"귀하가 이 사진을 제게 보여주었으니 저도 귀하에게 감출 게 없군요. 귀하는 여러 모로 제게 소중한 분입니다. 제 가족은 제가 어릴 때 범죄조직에 납치당했습니다. 아버지는 살해당했고 어머니는 노예로 지내야 했습니다."

그녀의 눈에 눈물이 그렁거린다. 그녀는 코를 훌쩍이더니 말을 잇는다.

"아멘호텝 3세라는 노인이 그 범죄단 두목입니다."

"예?"

"저는 자라나면서 그 사람이 제 친아버지인 줄 알았어요. 저를 친자식처럼 사랑해 주었어요. 제가 공부를 잘하고 피아노 콩쿠르에서 입상하자 무척 자랑스러워했어요. 엄청나게 비싼 학비가 드는 미국 사립고등학교에 유학을 간 것도 그분의 배려였지요."

"어느 고등학교?"

"세인트 폴…."

"미국뿐 아니라 전全세계의 떵떵거리는 집안 자제들이 다니는 학교지요?"

"한국 학생도 몇몇 있어요. 부모가 재벌, 법조인, 연예인이라 하더군요."

"세인트 폴, 줄리어드, 브라운대학 … 줄줄이 어마어마한 명문 학교를 다녔군요."

"제가 피아노 전공을 포기하자 그 사람이 저에게 이집트학을 공부하라고 권유하셨어요."

"노인네가 친부가 아니라는 사실은 언제 알았나요?"

"박사과정 3학기 때였어요. 논문 자료를 수집하려고 방학 때 이집트에 갈까 생각했는데 마침 어머니가 위독하다는 연락이 왔답니다. 서둘러 귀국해서 어머니를 뵈오니 사경을 헤매더군요. 어머니 곁에서 보름간 병수발을 했습니다. 어머니는 자신의 죽음을 각오한 듯 제게 비밀을 털어놓았습니다. 제가 세 살 때 우리 가족이 납치당했고, 친부는 납치범과 격투하다 총을 맞고 숨지셨다고…."

네페르티티는 목이 꺽꺽 잠겨 울먹이며 말을 이었다.

"저희 모녀는 두목 집에서 기거했습니다. 어머니는 두목의 몸종 노릇을 해야 했고… 어머니는 어린 저를 데리고 심야에 도망을 치다가 집 부근에 풀어놓은 감시견들에 허벅지와 발목이 물려 살점이 크게 떨어져 나갔다고 해요. 지금 어머니가 다리를 저는 것은 그때 상처 때문이에요. 어머니는 그 이후로는 감히 탈출을 시도하지 못했지요."

"재산을 노리고 가족을 납치했을까요?"

네페르티티는 손수건으로 코를 풀고 진정한 후 대답했다. 그녀는 고문서 파피루스를 손가락으로 가리켰다.

"바로 이것 때문이죠. 이 문서의 소유주는 저희 친부였어요. 친부야말로 파라오의 정통 후손이랍니다. 이 문서를 가보로 간직했지요. 이것을 뺏기 위해 납치 살인을 저지른 것이지요."

"범죄단 두목은 이 문서의 존재를 어떻게 알았지요?"

"두목의 동생이 저희 집에서 오랫동안 집사로 일했다고 해요. 그자가 형에게 저희 집 가보의 비밀을 발설한 것이지요."

"문서를 입수했으면 목적을 달성한 셈인데 뭣 때문에 모녀를 수십 년간 억류했을까요?"

"저희 모녀를 보호한다는 명분을 내세워 실리를 노리려 했겠지요. 저희 친부는 이집트 정·재계에 막강한 영향력을 가진 거물이었다고 해요. 어머니는 그때 다행히 병상에서 일어나셨지요. 제가 두목에게 친부의 사망 경위, 생모의 구금 이유 등을 따졌지요. 다그치는 제 심경이 무척 착잡할 수밖에 없었지요. 두목은 길러준 아버지 아니겠어요? 친부를 살해하고 어머니를 학대한 원수이기도 하고 … ."

그녀는 다시 감정이 격해져서 울먹이더니 이내 평정심을 되찾고 말을 이었다.

"제 친부를 숨지게 한 것은 고의가 아니었다고 말하더군요. 대의大義를 위해 고문서를 넘겨달라고 요청하자 친부가 격노하면서 먼저 권총을 꺼냈다고 합니다. 두목의 경호원이 이 광경을 보고 친부를 밀어 쓰러뜨렸는데 이 과정에서 몸싸움이 벌어졌고, 친부가 권총을 발사하는 바람에 경호원도 총을 쏘았다는 거예요. 경호원의 정당방위 행위라는 것이죠. 어머니 억류 문제에 대한 설명도 해명인지 변명인지 모호해요. 이 집에 기거하는 것은 어머니 본인의 뜻이라는 겁니다. 길거리에 나가봐야 생계가 막막한데다 어린 저를 사립유치원에 보내 고급 교육까지 시켜주는 것을 보고 어머니 스스로 이곳을 거처로 삼았다는 것이죠."

"고문서를 언제 처음 보셨나요?"

"두목에게 따지던 그때입니다. 제게 이집틀로지를 전공하라고 권유한 것은 고문서를 해독시키기 위해서였다고 실토하더군요. 그 전에도 전문가에게 이 작업을 시켰는데 별 진전이 없는 상태에서 그분이 갑자기 별세했다고 해요. 제가 이 작업을 마치면 저희 모녀가 원하는 곳에서 풍요롭게 살게 해주겠다고 약속하더군요. 바로 여기 이 테이블에서 고문서를 처음 봤을 때 저는 심장이 멈추는 듯한 감격을 느꼈어요. 제 직계 조상 파라오가 후손에게 남긴 육필 원고였으니 … . 파피루스 뭉치와 문자 석판, 양피지 등 다양한 문건이었는데 후대에 물려지면서 일부 글이 멸실된 것 같더군요."

"두목이 노리는 것은 보물이 그득한 피라미드 아니겠어요? 지금까지 저희가 읽은 원고에는 그런 피라미드가 존재하지 않더군요. 만약 피라미드 소재지를 밝혀내지 못하면 두목이 네페르티티 님 모녀를 가만히 둘까요?"

"그게 걱정입니다. 그래서 한편으로는 피라미드 소재지를 얼른 발견해서 두목에게 넘기고 자유의 몸이 되고 싶지만, 다른 한편으로는 혹시 소재지를 못 밝히거나 피라미드 자체가 없다면 저희 모녀에게 위해를 가할까 두려워 시간을 끌고 있어요."

"부록에 지도 같은 건 없나요?"

"피라미드는 건립 초기부터 도굴이 잦아 지도를 남기는 경우는 거의 없어요. 지명을 표기하는 것으로 갈음하는데 그것도 모호하게 표기했답니다. 예를 들어 특정 지명을 적시한다기보다는 '종려나무 숲을 지나 작은 언덕 두 개가 보이는 산골짜기 입구에서 삼백 걸음 걸어 우물터가 있는 곳', 이런 식으로요. 그러니 제대로 해독한다 해도 오늘날 그곳을 찾기가 사실상 불가능해요."

"인류의 문화재를 보호한다는 차원에서는 좋은 일이군요. 하지만 네페르티티 님 모녀에겐 안타까운 일이고 … ."

"문서 해독본을 주제로 박사 학위 논문을 쓸 작정이에요. 이집톨로지 분야에서 이집트 학계가 너무도 뒤처졌다는 오명을 씻고 싶어요. 이 해독본의 가치가 인정되는 날에는 세계의 역사학계, 종교학계, 민속학계, 인류학계 등에 큰 파문이 예상되네요."

오래 작업을 하다 보니 시간이 꽤 흘렀는지 배가 출출했다. 그때 네페르티티의 어머니가 야식으로 걸쭉한 죽을 갖고 왔다.

"이 음식 이름이 뭡니까?"

"쇼르바라고 합니다. 렌틸콩과 양고기를 넣어 푹 끓인 보양식이지요. 맛있게 많이 드세요."

4

새벽이 다가왔는지 지하 서재 출입문에도 희부윰한 빛줄기가 어른거린다. 나는 기지개를 펴다가 '범죄단'이라는 단어가 떠올라 네페르티티에게 물었다.

"범죄단 두목이라 했는데 요즘도 단원이 있나요? 그리고 무슨 범죄를 저지르는 단체인가요?"

"자세히는 몰라요."

"아시는 것만이라도 말씀해 주세요."

"문화재 밀매조직인 것 같아요."

"제 짐작대로이군요. 오벨리스크 반환 운동… 말로만 떠드는지, 구체적으로 추진하는지?"

"저는 아는 바 없어요. 두목이 제게 고문서를 처음 보여주던 날, 눈물을 글썽이며 하소연하더군요. 오벨리스크를 되돌려 받는 신성한 사업에 적극 동참해 달라고…. 그 지난至難한 운동을 전개하는 데에는 다소의 잡음과 의혹이 생길 수 있으니 대승적 차원에서 모두 이해해 달라고…."

"두목의 진정성을 믿어요?"

"그의 흉중을 잘 모르겠어요. 그는 선악이 공존하는 야누스 인간입니다."

나는 조세르라는 인물이 눈앞에서 어른거려 그녀에게 물었다.

"조세르는 실제 아들입니까?"

"얼굴이 닮은 것으로 봐서 그런 것 같아요."

"조세르는 조직의 제 2인자인가요?"

"그런 모양입니다. 짐작건대 요즘 조직이 거의 와해된 듯해요. 1인자니 2인자니 할 것도 없이…. 제게 미국에 생활비와 학비를 송금해주지 못하던 때부터 조직의 세력이 급격히 약화된 듯해요."

"세력 약화 원인은?"

"모르겠어요."

출입문이 열리더니 네페르티티 생모가 아침 식사를 차려 왔다.

당밀을 듬뿍 넣어 구운 팬케이크의 일종인 바스부사, 기름에 튀긴 양파인 바사루, 양젖, 말린 양고기 등을 수북이 담은 접시들을 넓은 쟁반에 올려 힘겹게 들고 들어온다. 다리 한 쪽이 온전치 못해 절름거리는 그녀를 보니 안쓰럽다. 그녀는 탁자 위에 쟁반을 올려놓고는 숨을 헐떡인다. 그래도 그녀는 청춘남녀가 마주보고 앉아 식사하는 모습을 보고 흐뭇한 기분이 드는지 눈가에 깊은 주름이 질 정도로 웃는다.

나는 양고기 덩어리에다 버터를 발라 뜯어 먹다가 거울을 본지가 오래됐다는 생각이 들었다. 손으로 턱을 만져보니 수염이 거칠게 솟았다. 콧수염도 더부룩하다.

"손거울 갖고 있어요?"

"죄송합니다. 지금 없어서 … . 문서 해독을 할 때는 정신을 집중하려고 거울을 보지 않아요."

"제 얼굴이 어때요?"

나는 얼굴을 네페르티티에게 내밀며 물었다. 그녀는 얼굴을 붉히며 입을 오물거린다.

"이집트에서는 여성이 남자의 용모에 대해 언급하는 것이 금기禁忌입니다."

"우리는 며칠 밤낮을 여기서 토끼잠을 자며 지내지 않았나요? 우리 사이에 그런 금기가 어울리지 않고 또 저는 이집트 남자가 아니지 않아요?"

"우리 사이라니 … ."

네페르티티는 '우리'라는 말을 하면서 부담감을 느꼈는지 눈길을 아래로 깔았다.

디저트로 라이스 밀크를 마실 때 조세르가 나타났다. 엊그제 내 주먹에 강타 당해 코뼈가 내려앉았는지 코 위에 작은 부목을 대고 반창고를 이중삼중으로 붙였다. 입술도 찢어져 피떡이 여전히 남아 있었다. 그런 모습을 보자 나는 미안한 마음이 들었다.

"지하에만 계셔서 답답할 텐데 제 방에 가서 차나 한잔 드시지요."

조세르는 점잖은 말투로 나에게 접근했다.

"좋습니다."

나는 흔쾌히 대답하고 조세르를 따라나섰다.

조세르의 방은 저택 3층에 있었다. 제법 넓은 응접실 곳곳에는 조세르 대왕의 상반신 조상彫像 등 문화재 10여 점이 놓여 있었다. 응접 테이블 위에 놓인 고대 이집트의 도자기인 파이앙스가 눈길을 끌었다. 날개를 활짝 편 독수리가 새겨진 통나무 안락의자에 몸을 묻은 조세르를 대하니 나름대로의 기품이 엿보인다. 코가 깨져 반창고를 붙인 모습이 부조화를 이루었지만 … .

"파피루스 뿌리차 … 처음 맛보실 텐데 … ."

감잎차 향기가 났다. 한국의 풍경과 가족의 얼굴이 떠올라 눈을 지그시 감았다. 이 난감한 상황에서는 언제 벗어날 수 있을까. 눈앞에 환영이 어른거린다. 태양신전의 컴컴한 지성소 안에서 기도를 올리는 아툼 왕의 모습이다. 향불을 피우고 태양신 신상을 향해 세 번 머리를 조아린다.

"헉!"

내가 짧은 비명을 지르자 조세르가 내 손을 잡는다.

"왜 그러십니까?"

"아, 아니오. 헛것이 보여서 … ."

"번역 작업에 박차를 가하는 모양이군요. 수고가 많습니다. 언제쯤 완성될지요?"

정신을 차려 조세르의 눈빛을 살폈다. 뭔가 은밀한 거래를 제의할 표정이다. 나는 조세르의 속내를 알고 싶었다. 그 범죄조직의 실체도 궁금하다. 물론 공포심이 솟기도 한다. 밋밋한 대화만으로는 파악하기가 힘들 것 같아 파격적인 상황을 도모했다. 취중醉中 진담을 듣자 … .

5

"위스키 있소?"

나의 도발적인 질문에 조세르의 눈이 휘둥그레진다.

"여기는 이슬람 국가입니다. 음주는 국법으로 금지돼 있습니다."

"홍해안岸 도시 샤름 알-셰이크에서는 술을 판다고 들었소."

"거기는 외국인이 몰려오는 관광지이니 그렇습니다."

"나는 외국인, 이곳은 게스트 하우스, 술을 대접하지 못할 이유가 없지 않소?"

"오우, 멋진 명분이네요. 하지만 유감스럽게도 위스키는 없습니다."

"다른 술은 있단 말이오?"

"하하하, 눈치가 빠르시네요. 프랑스산 칼바도스가 있습니다."

조세르는 빙긋이 웃으며 술병과 술잔 두 개를 꺼내 들고 온다. 자신도 마시겠다는 뜻 아니겠는가. 몸에 익은 솜씨다. 자기들끼리는 비밀리에 술파티를 벌인다더니 …. 금주 국가에서 아침부터 독주毒酒를 마신다 ….

둥그스름한 유리잔에 누르스름한 호박琥珀빛 칼바도스를 따르자 알싸한 향기가 콧속을 찌른다. 나는 술 냄새만으로도 취할 지경이다.

“자, 브라보!”

나는 조세르와 유리잔을 가볍게 부딪친 뒤 진한 칼바도스를 마셨다. 식도를 타고 내려가는 칼바도스의 매끄러운 유영遊泳 덕분에 육체의 소중함을 절감한다. 이 신체가 사라진다면 칼바도스의 향기와 맛을 어찌 느끼겠는가. 오시리스 왕국에서 영겁을 산다 해도 무슨 의미가 있겠는가.

얼마 만에 마셔보는 술인가. 금세 취기가 오른다. 조세르도 마찬가지여서 눈 주변이 불그레진다.

“먼 나라에서 오신 귀빈께 결례가 많습니다.”

조세르는 지나칠 만큼 공손하게 말하며 허리를 굽실거린다. 술에 취하면 양처럼 순해지는 사람이 있다더니 조세르가 그런 부류인가. 그러나 나는 조세르가 취중 상황을 빙자하여 연기술을 펼칠 가능성에 대해서도 경계심을 늦추지 않았다.

“궁금한 게 너무 많소. 진솔하게 대답해 주시오.”

“무엇이든 질문하십시오.”

나는 칼바도스를 한 모금 더 삼킨 후 본론으로 들어갔다.

“에펠탑과 개선문 사진엽서 … 그것, 무엇이오?”

“예? 음 … 추리력이 대단하시군요. 그렇잖아도 바로 그 건 때문에 상의 드리려고 오늘 모셨습니다.”

조세르는 칼바도스를 꿀꺽 들이켜고는 뜸을 들인다.

“얼른 말하시오.”

“저희 아버지가 … .”

“아멘호텝 3세가?”

“예. 저에게 극비 지령을 내렸습니다. 아, 너무도 끔직해서….”

“에펠탑이나 개선문을 폭파하라는 … ?”

“맞습니다. 아니, 그걸 어떻게 … ?”

“오벨리스크를 되돌려 받으려고 프랑스 국보 건축물을 폭파해서 프랑스 정부를 몰아세우려는 속셈 아니오?”

“정확한 추리력에 경의를 표합니다. 오벨리스크 반환을 강력히 촉구하는 서한을 보낸 다음 반응이 없으면 먼저 에펠탑을 폭파하고, 그래도 무반응이면 개선문도 부순다는 계획입니다.”

나는 취중이지만 정신이 번쩍 들었다. 혹시나 해서 추리삼아 이야기했는데 그들이 실제로 거사를 도모하려 한다니 … .

“귀하는 이 계획을 반대하는데 아버지가 몰아붙인다, 이 말이오?”

“그렇습니다.”

“아버지를 설득하면 될 것 아니오?”

“복잡한 사정 탓에 마음대로 안 됩니다.”

“무슨 사정인데요?”

6

조세르가 밝힌 사정은 이렇다. 아버지는 중년 때 문화재 밀매사업으로 몇 억 달러의 재산을 모았다. 주요 고객은 유럽의 부호들이었다. 아버지 휘하에 전문 도굴꾼만도 스무여 명이나 있었다. 문화재 전문가인 박사 3명도 포함됐다. 이집트 중왕국 시대의 피라미드 하나를 통째로 도굴해서 유물 수백 점을 팔아넘기기도 했다. 그 돈으로 모나코에 있는 카지노업체 3개를 인수했다. 카지노는 성황을 이루었다. 그 가운데 왕궁 부근에 있는 카지노는 그레이스 켈리 왕비도 가끔 방문하는 고급 사교장으로 자리 잡았다.

아버지의 탐욕은 끝이 없었다. 룩소르 부근에 있는 '왕가의 계곡' 부장품에 눈독을 들인 것이다. 아버지의 부하 도굴꾼들이 프수센네스 1세의 황금 마스크를 훔치려다 들켰다. 아버지는 중형重刑 위기에 빠졌으나 파리 콩코르드 광장의 오벨리스크를 되찾아오겠다는 조건을 내세워 살아났다. 이 모든 과정이 비밀리에 이뤄졌다. 아버지는 정식으로 기소되지도 않았다. 정부 권력층은 오벨리스크를 돌려받는 것이 무망無望한 줄 알면서도 아버지를 풀어줄 명분으로 이를 용인한 것이다. 아버지는 아마도 엄청난 재산을 뇌물로 바쳤으리라.

아버지는 뺏긴 재산을 아까워하면서 또 다른 축재蓄財를 위해 혈안이 되었다. 오벨리스크 프로젝트는 처음엔 구명 명분으로 둘러댄 것이었으나 아버지 주위의 일부 간신배가 성공 가능성이 있다고 부추기는 바람에 구체화되기 시작했다. 아버지는 이 프로젝트를 성공시켜 국민 영웅으로 추앙받을 꿈을 품었다.

아버지는 '세계문화재 반환운동본부'라는 민간단체NGO와 '세계유산재단'을 설립했다. 세계유산재단은 문화재 관련 학술단체와 유수한 대학에 연구자금으로 몇 십만, 몇 백만 달러를 기부했다. 학자들은 연구용역을 받아 '제국주의 시대에 강대국이 약탈해 간 문화재는 본국으로 반환되어야 한다'는 취지의 논문과 신문칼럼 등을 잇달아 발표했다. 오벨리스크의 반환을 정당화하는 기반을 쌓은 것이다.

아버지는 권력자들과 교제하기 시작하면서 그들에게 뒷돈을 대주었다. 그러나 아버지는 권력층 주류主流에 한 번도 끼어들지 못했다. 그들은 아버지를 언제나 '도굴 왕초', '카지노 사업꾼'으로 대할 뿐이었다. 아버지는 돈만 뜯기고 이용당하는 신세였다. 공교롭게도 아버지 소유의 모나코 카지노에서 잇달아 승률 조작 사건이 들통났다. 감당하기 힘든 무거운 벌금 때문에 아버지의 카지노업체들은 줄지어 도산했다. 설상가상으로 아버지가 투자한 펀드가 공중분해돼 한 푼도 받지 못하게 됐다.

아버지는 빚쟁이들을 피하려 빈, 코펜하겐, 쾰른, 마르세유 등 유럽 도시를 전전했다. 그러다 이탈리아 남부 지중해에 있는 시칠리아 섬에까지 도망갔다. 그곳에서 '스코르피오'라는 마피아 중간 보스와 교유하게 됐다. 아버지가 신세 한탄을 했더니 스코르피오는 아버지에게 '특수 사업'을 벌여 볼 것을 제의하며 폭탄테러 노하우를 가르쳐 주었다. 특수 사업이란 범죄조직을 말한다. 유물 밀매를 하되 일반적인 거래 이외에 강탈, 강매 등 폭력적인 방법을 곁들여 고수익을 챙기는 방식이다.

아버지는 똘마니 도굴꾼들에게 사격, 폭파, 납치 등을 훈련시켰다. 범죄조직 초기에 아버지는 재미를 좀 봤다. 리히텐슈타인의 부호에게 이집트 신왕국 유물인 황금가면을 팔면서 계약금액의 10배를 받았다. 총을 들이대며 계약이 잘못됐다고 협박하면서 새 계약서를 작성한 것이다. 조직원들은 아버지의 오랜 단골이었던 스페인 마드리드의 백작 저택에 쳐들어가 폭탄을 터뜨렸다. 혼비백산한 틈을 노려 과거에 팔았던 유물을 몽땅 훔쳐 나왔다.

아버지의 특수 사업 행각은 마피아에 의해 제동이 걸렸다. 이탈리아 검찰은 '마니 풀리테'(깨끗한 손) 라는 범죄 소탕작전을 대대적으로 펼치면서 마피아 쪽에 초점을 맞추었다. 마피아 보스들이 줄줄이 체포되자 조직활동이 크게 위축됐다. 그 시기에 아버지에게 범죄 노하우를 가르쳐 준 스코르피오는 아버지를 시칠리아 별장으로 초대했다. 알고 보니 감금이었다. 몸값으로 1억 달러를 요구했다. 자신도 조직을 운영하기 위해서는 어쩔 수 없다고 설명했다.

아버지의 신병을 인수하기 위해 아들인 조세르가 시칠리아로 갔다. 알렉산드리아 항구에서 전용 요트에 현금 뭉치와 금괴를 싣고 지중해를 항해했다. 당장 현금화할 수 있는 재산을 거의 모두 처분한 것이었다. 마피아는 그것도 모자란다며 앞으로 특수사업을 벌여 얻을 이익의 절반을 5년간 지급하겠다는 각서를 들이밀며 서명을 강요했다.

만신창이가 된 아버지는 그 제안을 받아들일 수밖에 없었다. 아버지는 이집트로 돌아오는 요트 안에서 피를 토하듯 목소리를 높였다.

"잔챙이 범죄사업은 벌이지 않겠다, 그것 해봐야 마피아 놈들에게 이익을 나눠 주어야 하니 헛짓 아니냐. 내 필생의 염원이 담긴 사업 두 건을 완성하겠다. 첫째 건은 너도 알다시피 오벨리스크 반환 프로젝트다. 둘째 건은 전설상의 아툼 피라미드를 찾는 프로젝트다. 첫째 건은 조세르 네가 맡아 추진하라. 둘째 건은 내가 노구를 이끌고 성공시키겠다."

아툼 피라미드의 존재는 파라오 가문에서 오래 전부터 구전돼 왔다. 서방 학자들은 이 피라미드가 실재할 것으로 믿지 않는다. 아버지는 아툼 피라미드의 소재지가 곧 밝혀질 것이라며 낙관했다. 양녀 네페르티티가 혼신의 힘을 들이고 있다는 것이다.

7

나는 조세르의 부친이 방향을 잘못 잡았다고 보았다. 지금까지 고문서를 검토해 보니 아툼 왕이 피라미드를 축조했다는 증거가 보이지 않는다. 아툼 왕은 냉혹하리만큼 실용적인 가치를 추구하는 인물이었다. 신화마저도 실용성 측면에서 활용하지 않았는가. 그런 인물이 허황된 사후세계를 희구하는 대형 무덤을 지을 리 없다. 네페르티티도 그런 정황을 잘 안다. 그녀는 고문서의 학술적 가치에 관심을 갖고 시간을 벌고 있다.

나는 조세르에게 그런 판단을 이야기하려다가 입을 다물었다. 네페르티티와 상의해야 할 사안인 데다 조세르를 완전히 신뢰할 수 없기 때문이다.

"나를 특별히 만날 용건은 무엇이오?"

"해독중인 보물 지도… 그것을 빼돌려 주십시오. 아버지 몰래… 그러면 여기서 석방시켜 드리겠습니다."

"내가 할 일이 아니오."

"그 고문서가 아버지 휘하에 존재하는 한 에펠탑과 개선문의 안전이 보장되지 않습니다. 고문서가 아버지의 손에서 사라져야 아버지의 허욕도 사라집니다."

"귀하의 논리가 석연찮소. 귀하도 허욕에 사로잡혀 있지 않소?"

조세르는 귀밑까지 벌게지며 반박한다.

"괜한 오해 마십시오. 저는 오로지 인류의 공동유산이나 마찬가지인 에펠탑, 개선문을 지키기 위한 충정에서 그러는 겁니다."

"툭 털고 이야기합시다. 귀하는 에펠탑, 개선문 보호를 명분으로 내세우지만, 고문서에 있는 피라미드 소재지에 눈독을 들이는 것 아니오? 아버지를 제치고 부장품을 가로채겠다는 심산 아니겠소?"

정곡을 찔린 조세르는 응답을 못하고 홧김에 칼바도스를 벌컥 들이켠다. 그는 사레가 들리어 컥컥 소리를 내며 토악질을 한다. 나는 조세르의 등을 두드려 주었다. 그래도 한동안 기침과 토악질은 멈추지 않았다. 조세르는 얼굴이 창백해지고 숨이 끊어질 듯한 비명을 지르고서야 기침을 멈추었다. 나는 반半 실신상태에 빠진 조세르를 침대에 눕혔다. 만취한 조세르는 한참 지나서야 깨어날 듯 보인다.

조세르가 허리춤에 찬 권총이 눈에 띈다. 나는 비상사태에 대비해 그 권총을 빼들어 내 상의 호주머니에 넣었다. 조세르의 책상 서랍을 열어보니 여분의 총탄이 수북이 쌓여 있다. 나는 총탄을 상의, 하의 호주머니에 그득 넣었다.

서재로 돌아온 나는 목소리를 낮추어 네페르티티에게 말했다.

"어머니를 모시고 함께 탈출합시다. 두목과 아들은 결코 믿을 수 없는 인간이오."

"……."

"그들은 타인의 고통에 감응할 줄 모르는 사이코패스요. 그들에게 실낱같은 자비를 기대했다가는 인생을 망쳐요."

"……."

"두목과 아들 사이에 암투가 벌어지고 있어요. 보물 지도를 서로 먼저 차지하려고…."

"보물 지도라니요?"

"이 고문서 말입니다. 그들은 학술적 가치고 뭐고 하는 데에는 관심이 없고 피라미드 소재지에만 혈안이 돼 있지요. 그들은 고문서를 아예 보물 지도라고 부르더군요."

"사실은 문서의 부록도 모두 해독했어요. 쿠푸 왕 피라미드를 능가하는 초超대형 피라미드가 있을 것이라는 기대는 터무니없는 낭설이었어요. 보물, 부장품이 어디에 있을지에 대한 정보가 전혀 없어요."

"두목과 아들에게 그 사실을 밝히지 않았군요. 현명합니다. 보물 지도가 없다고 하면 그들은 네페르티티 님에게 앙갚음을 할지 몰라요."

"저도 그게 두려워 차일피일 미루었지요."

"이제 더 이상 미룰 수가 없게 됐어요. 곧 조세르가 고문서를 강탈하러 올 겁니다. 문서를 뺏기면 두목이 가만히 있겠어요? 네페르티티 님 모녀와 저, 이렇게 세 사람은 처단될 수도 있어요."

"설마?"

"두목은 인면수심人面獸心의 인간입니다. 알고 보니 평생을 범죄를 일삼고 살았더군요. 귀하의 친부가 별세한 경위도 두목의 변명을 믿어서는 안 됩니다. 고문서를 탈취하려고 고의적으로 살해했을 가능성이 높아요. 어머니가 이곳에서 살기를 자원했다는 말도 거짓이겠지요. 어머니는 수십 년간을 몸종으로 고생하며 인질人質로 억류된 셈이에요. 귀하를 미국 명문학교에 보낸 것도 미국 명문가 자녀와 인맥을 맺으려 한 속셈 아닐까요?"

네페르티티는 두 손으로 얼굴을 가리며 흐느낀다. 가녀린 팔목과 함께 그녀의 앙상한 쇄골이鎖骨이 두드러진다. 한동안 어깨를 들썩이며 흐느끼더니 안정을 되찾은 그녀는 나지막한 목소리로 물었다.

"경비원, 경비견을 피해서 달아날 수 있을까요?"

"이것 보세요. 준비해 두었어요."

나는 권총을 꺼내 보였다. 여분의 총탄도 손으로 드르륵 문질러 보았다. 그녀는 약간 안도하는 눈빛을 보인다.

"언제 탈출할 작정이에요?"

"오늘 낮…."

"그렇게나 서둘러야 해요?"

"급박합니다. 고문서와 귀중품을 챙기세요. 점심 식사 직후에 떠나기로 하지요. 어머니가 점심 식사를 갖고 오실 때 귀띔하세요."

"갖고 갈 물건을 배낭 하나에 모두 넣을 수 있어요."

"고문서 위에 덮인 유리를 제거하면 파피루스 종이가 바스라지지 않을까요?"

"아, 걱정 마세요. 저 고문서는 안 갖고 갑니다."

"왜요? 얼마나 소중한 사료인데?"

"저것은 가짜예요."

"가짜라뇨?"

"농담이 심했군요. 가짜라기보다는 복제본입니다. 만일의 사태에 대비해 복제본을 만들어 여기에 넣어두었지요."

"진본은 어디에 있나요?"

"극비예요."

"나에게도 비밀입니까?"

"그래요. 못 미더워서가 아니라 소재지를 알면 다치기 때문에 말씀드리지 않는 것이죠."

"알겠습니다. 귀중품의 소재지를 아는 사람은 허망에 사로잡히기 십상이지요."

"어머니께 피 묻은 양고기 살점과 붕대를 조금 갖다 달라고 부탁하세요."

"어디에 쓰시려고요?"

"갖고 오시면 용도를 보여드리지요."

"점심 식사 이전에 시간이 약간 남아 있으니 고문서 부록 부분을 마지막으로 검토하시죠."

"곧 떠나야 하는데 … ."

"두목이나 조세르가 갑자기 들이닥칠 때를 대비해서라도 문서를 읽는 체해야지요. 부록은 그리 길지 않습니다. 아툼이 후손에게 당부하는 제왕론帝王論 또는 경세론經世論이라 할 만한 핵심 사상이 담겨 있어 가장 중요한 부분이에요."

에펠탑을 폭파하라

1

나, 아툼, 후손들의 영원한 수호자는 자손만대의 수신修身 치국治國을 위해 아래와 같은 당부 사항을 밝히노니 마음에 깊이 새겨 반드시 실천하라.

먼저 나의 진정한 생사관生死觀을 말하겠다. 앞서 여러 차례 언급했듯이 나는 사후세계를 믿지 않는다. 죄를 짓지 않은 사람이 죽으면 오시리스 제국에서 영생을 누린다고? 마아트 여신이 영혼의 천칭을 꺼내 사자死者의 죄 무게를 잰다고? 죄 많은 사람의 심장은 괴물 암무트가 꿀꺽 삼킨다고? 이 모든 신화는 지어낸 것임을 내가 입증한다. 아마 먼 이방에서도 이렇게 사후세계를 묘사하는 신화가 무수히 창작되었으리라. 그리고 앞으로도 숱하게 만들어지리라. 아주 오랜 세월이 흐르면 옛 사람들의 이런 신화가 원시적原始的 사고의 산물이라고 평가될 것이다.

사후세계가 없다는 사실을 사람들이 알면 그들 상당수는 허탈감을 느낀 나머지 성실하게 살지 않거나 반反사회적 일탈행위를 저지르리라. 그러므로 예방책으로 지옥을 설정했다. 지옥의 무시무시한 형벌을 강조하는 신관들 일부는 자신도 이를 믿지 않는다. 그들이 진정 사후세계의 징벌을 믿는다면 이승에서 올곧고 단아한 삶을 영위해야 마땅하지 않느냐? 꽤 이름난 신관 가운데 어떤 이는 백성들에게는 두터운 신앙심, 정직한 언행, 근면성실, 담백한 생활 등을 강조하지만 정작 자신은 겉으로만 신을 받들고, 거짓말을 일삼으며, 게으른 데다 물욕의 노예가 되었음을 내가 잘 안다.

먼 지방에서 온 어느 수행자는 "인간은 사후에 다른 생명체로 다시 태어난다!"고 주장하더라. 그에게 술 냄새가 나는 잠두즙을 대접하고 그 이야기를 들었다. 이승에서의 행적에 따라 선인선과善因善果, 악인악과惡因惡果 원리가 작용한다는 것이다. 착하게 살면 후생에서는 고귀한 인간으로, 악행을 저지르면 천한 축생畜生으로 출생한단다. 그러면 우리 눈앞에 지금 보이는 개, 낙타, 메뚜기, 물고기의 전생은 모두 간악한 인간이었단 말인가? 내가 물었더니 그는 "비유를 들자면 그렇다"는 식으로 모호하게 대답하더라. 그는 "이승에서 헛된 욕망을 버리고 살며 수행에 정진해 존귀한 존재로 환생하고 싶다"고 말했다.

내 견해로는 그것 자체도 허욕이다. 이승에 태어나 한 번 가치 있게 살면 되지 무슨 미련이 남아 환생이니 불멸이니 영생이니 하는 것을 추구하는가. 이승에서의 업보에 따라 사후가 결정된다는 이 주장은 우리의 오시리스 지하세계 이야기와 일맥상통한다 하겠다.

나의 오랜 조상이 깨달음을 얻어 후손에게 알려주셨듯이 생명체는 천지 기운이 조화를 이루어 탄생했다. 미물에서 진화해 온갖 사유思惟를 다 하는 인간까지 생겼다. 인간은 실로 탁월한 생명체다. 옷을 만들어 입으며 농사를 지어 먹거리를 조달하고 집을 지어 산다. 다른 동물은 사후 세계를 걱정하지 않으나 인간은 저승까지 신경을 쓸 만큼 지능이 발달했다.

썩어 진물이 흐르고 악취를 풍기는 시체를 보면 끔찍해진다. 사랑하는 가족이나 연인이 죽으면 그 비통함은 필설筆舌로 다 표현할 수 없다. 그와 영원한 이별이라니 … . 사후에라도 만나고 싶다. 이승에서 못다 이룬 사랑을 저 세상에서 만나 누려야 하지 않겠는가.

이것이 가능한 일인가? 누군가가 가능하다고 외쳤다. 인간의 생전, 생후를 좌지우지하는 절대자 신神에게 의탁하면 된다고 … . 신이 어디에 계시는지 물었더니 하늘에, 땅에, 바다에, 강에, 우리의 마음속에, 어디에서든 존재하신다고 대답하더란다. 신을 가까이 모시려면 신전을 만들어 몸을 깨끗이 씻고 경건한 자세로 경배해야 한다고 하더라. 그래서 갖은 신전들이 생겼다. 악어, 뱀, 매, 늑대까지 신 대접을 받으며 신전 탑문을 장식했다.

사람이 죽으면 천지기운으로 되돌아간다고 나는 굳게 믿는다. 이는 다른 동물도 마찬가지다. 시체는 썩어 식물의 거름이 된다. 그 식물은 빛, 거름, 물의 기운으로 꽃을 피우고 열매를 맺는다. 다른 사람은 이 열매를 먹고 힘을 낸다. 죽은 사람과 산 사람은 이렇게 인연을 맺는다. 참다운 영생은 이런 관계의 사슬이 아니겠는가. 이것이 얼마나 만족스러운가. 나와 자연 사이의 아름다운 조화 아니냐. 물아일체物我一體가 바로 이런 것이다. 사후에도 전생의 자아自我에 집착하려는 것은 부질없는 일이다.

이승에서 살다가 생을 마감하면 육체는 썩어 분해된다. 이렇게 해체된 요소要素는 새로운 조합組合으로 다른 생명으로 태어난다. 이런 점에서 부활이 이루어진다. 낙타가 죽어 낙타 뼈가 분해되어 사람의 일부로 환생될 수 있다. 이런 점에서는 윤회輪廻라 할 수 있다. 그러나 어느 사람이 온전히 다시 태어나지는 않는다. 그러니 '금실 좋은 우리 부부, 후생後生에서도 부부로 인연을 맺어요!' 따위의 말은 갈망에 불과한 명제이다.

닭이 먼저냐, 달걀이 먼저냐. 호사가들은 오랫동안 이 논쟁으로 밤을 새웠다. 단언컨대, 닭은 달걀이 유구한 세월동안 번식을 이어가는 데 필요한 매개체이다. 달걀이 주主요, 닭은 종從이란 뜻이다. 사람은 어떤가. 인체에 내재된 유전자(DNA · 아툼 시대에는 유전자라는 용어가 없었으므로 이 단어는 해독자 네페르티티가 임의로 차용했음)를 오래오래 유지하기 위해 인간이 매개체 역할을 한다. 유전자와 인간이 주종 관계에 있다는 말이다. 유전자는 달리 말하자면 자연의 질서라 할까. 그러니 인간은 자연 앞에 겸손해야 한다. 대자연에서는 인간, 동물, 식물은 동격同格이고 우열이 없다. 심지어 생명이 없는 광물도 마찬가지다. 사람 몸에도 광물 성분이 있다는 사실을 알아야 한다.

인간은 동물과 달리 영혼이 있어 만물의 영장靈長이라고? 영혼이니 귀신이니 하는 것들은 모두 규명되지 않은 허상일 뿐이다. 사람이 죽으면 영혼이 육신에서 벗어나 하늘로 날아오른다고? 이것도 지어낸 이야기이다.

겸허한 인간에게 자연은 열락悅樂을 준다. 상쾌한 바람이 불어오는 나일 강변의 풀밭에 누워 뭉게구름이 군무를 이루는 하늘을 바라보아라. 하늘, 몸, 땅이 하나로 뭉쳐짐이 느껴지지 않느냐. 지금 이렇게 안온함을 향유하는 것처럼 사후에 땅에 묻혀 대자연의 일부로 돌아가면 영구히 평안하지 않으랴.

요즘 여러 귀족과 부자들이 호화로운 무덤을 꾸민다고 한다. 고급 석재石材로 무덤을 짓고 부장품으로는 온갖 금은보화와 생활용품을 넣는다는구나. 시체를 미라로 만들어 썩지 않게 한단다. 오시리스 왕국에서 영생을 누리기 위해서란다. 궁금해서 내가 직접 미라를 만드는 과정을 지켜봤다.

테베 지역의 부자 호족이 죽었다. 전차부대 장군을 지낸 그는 나의 먼 친척이기도 해서 문상을 갔다. 자식들은 효도를 한다며 아버지를 미라로 만들고 석제石製 무덤을 축조하느라 낙타 2백 마리를 팔아 비용을 마련했다.

'부활을 기약하는 집'이라 불리는 가설 천막을 짓고 그 안에서 미라를 만들더라. 미라 장인들은 아누비스 신의 가면을 쓰고 일을 하더군. 오시리스의 시신 열세 토막을 아누비스가 붙인 데서 연유했단다.

그들은 저승으로 가는 길을 알려주는 만가輓歌를 부르며 유해를 나일 강물로 깨끗이 씻은 다음 매끈한 화강암으로 만든 칠성판 위에 올려놓더라. 이어 왼쪽 옆구리를 갈라 간, 허파, 위, 창자 등을 꺼내더라. 이 장기를 담을 단지 4개가 보이던데 단지 뚜껑은 동물 머리 모양을 했더군. 작업자들은 익숙한 솜씨로 간은 인간 얼굴 모양 뚜껑 단지에, 허파는 개코원숭이 머리 모양의 단지에, 위는 자카르 머리 모양의 단지에, 창자는 매 머리 모양의 단지에 넣더군. 장기를 꺼낸 시신의 공간에는 톱밥과 아마포 조각으로 채우더라. 콧구멍에 갈고리를 집어넣어 뇌 속에 든 것들을 뽑아낸 다음 두개골 안에 약물을 넣어 남은 뇌수腦髓를 모두 녹인다.

심장은 그대로 두더구나. 심장은 저승에서 무게를 달아 죄과를 따지는 데 필요하기 때문이란다. 이렇게 처리한 시신을 나트론이라는 소금 더미에 묻어 40일간 보관한단다. 그 후엔 붕대를 전문적으로 감는 붕대 장인들이 등장한다. 그들은 시신을 향유로 닦은 다음 고운 아마포로 만든 붕대로 감싼다. 붕대 사이사이에는 주문呪文을 적은 부적을 끼워 망자가 편히 저승길로 가도록 빈다. 장례식에서 제사장은 코브라 모양의 순금 가면을 미라의 얼굴에 덮고 제의용 수염을 붙인다. 그는 완성된 미라를 관에 넣고 주문을 외우면서 관 뚜껑을 톡톡 두드린다. 생명의 힘인 '카Ka'를 불러 넣어주는 의식이다. 그러면 망자는 저승에 가서도 숨을 쉬면서 산다는 것이다.

이 얼마나 허망하고 어리석은 짓이냐. 죽으면 땅속에서 식물의 거름이 되는 게 가장 아름답지 아니한가? 말라비틀어진 미라로 남는 게 얼마나 흉하고 끔직한 일이냐. 후세에 남의 구경거리가 될 뿐이다. 미라를 만드는 데는 돈도 많이 들고 시간도 오래 걸린다. 재산이 그리 넉넉지 않은 사람도 흉내 낸다고 한다. 살아있는 자식이 먹을 식량도 모자란데 죽은 아비를 미라로 만들려고 재산을 탕진하는 사례도 비일비재非一非再하다는구나.

나의 직계 후손에게 엄중히 경고한다. 호사스런 무덤을 만들면 백성들의 허리가 얼마나 휘어지겠는가. 무덤 축조용 석재로 가옥을 만들면 갈대 오두막에서 겨울 추위에 떠는 많은 백성들이 편히 산다. 파라오 혼자의 영생을 위해 엄청난 재화를 분묘에 투하한다면 왕국은 오래 지탱하지 못할 것이다. 무덤에 보물이 그득 묻혔다면 도굴꾼들이 활개를 칠 것 아니냐. 시신이 난도질을 당할 것 아닌가. 불을 보듯 뻔히 예상되는 일이다.

내가 적잖은 신화와 신전을 만든 것은 백성들이 일정한 범위 안에서 위안을 받도록 하기 위해서다. 특히 힘없고 가난한 백성들은 신에게 기도하면서라도 마음의 평화를 얻어야 하지 않겠는가. 이승의 삶이 너무도 고단하더라도 선행으로 공덕을 쌓아 저승에서는 안락하게 살고 싶겠지. 신전에 가면 그런 소망이 이루어지는 듯한 위로를 얻을 수 있지.

신화와 신전의 필요성은 이 정도에서 그쳐야 한다. 사후세계를 지나치게 강조하면 현생은 무의미해지고 오히려 저승이 중시된다. 헛되고 어리석은 발상이다. 이승에서 후회 없이 살다가 욕망의 찌꺼기 없이 죽어라. 너는 죽어도 네 몸이 잠시 품었던 유전자는 지구가 멸망하지 않는 한 오래오래 존속할 것이다.

사랑하는 내 후손아. 혹시 격언 가운데 이런 것 들어봤느냐.

> 인간은 신神의 손 안에 있다
>
> 그러나 인간은 그 사실을 잘 모른다

격언이니 속담이니 하는 것은 저절로 생긴 것으로 알고 있겠지? 자연스레 형성된 게 대부분이지만 일부는 인위적으로 만들어 퍼뜨린 것이다. 위의 격언이 바로 그런 사례이다. 누가 지었는지 궁금하지 않은가? 바로 나, 아툼이 원작자이다. 백성들은 까맣게 모르는 일이다. 내가 지었다는 사실을 극비에 부쳤다. 이 격언을 나도 믿지 않는다. 인간이 신의 손 안에 있다는 사실을 … . 하지만 나는 백성들을 통치하기 위해 그런 격언을 유포시켰다.

백성들이 부지런히 일하도록 하기 위해 '공짜 점심밥은 없다'라는 격언도 내가 지어냈다. 선량한 백성들은 이 격언이 무슨 대단한 생활지침이라도 되는 양 받들어 실천하더군. 공짜 밥을 먹는 귀족 족속이 얼마나 많은데 … .

사랑하는 후손아! 네 모친이 너를 잉태했을 때 꿈에서 독수리를 봤느니, 태양을 품었느니 하는 태몽胎夢을 이야기하던가? 태몽도 지어낸 게 대부분이다. 아무런 꿈을 꾸지도 않았는데 태중胎中 아기가 훗날 위대한 인물이 되도록 그럴 듯하게 꾸민단다.

물론 실제로 태몽을 꾸는 엄마도 있으리라. 하지만 태몽이 인간의 운명과 무슨 관련이 있겠는가? 단언컨대 아무 연관이 없다.

좋은 묘지 터를 찾는다는 풍수風水도 혹세무민惑世誣民하는 경우가 많다. 죽어 육신이 썩으면 모두 흙을 구성하는 물질로 돌아가는데 좋고 나쁜 묘지가 어디 있겠느냐. 조상 묘소를 좋은 곳에 번듯하게 마련해야 후손이 번창하다고? 그럼 거액을 들여 명당에 묘지를 잡은 부자의 후손은 대대손손 융성하겠네? 근거 없는 풍설風說일 뿐이다.

2

"준비, 끝났어요?"

"엄마는 만감이 교차하시는 모양이에요."

"놈들이 눈치채기 전에 떠나야 해요."

"대문에 경비원들이 여럿 있을 텐데요."

"경비원 차를 빼어 타고 벗어나면 돼요."

나는 구두끈을 졸라맸다. 네페르티티는 고문서 해독본, 사진첩, 전공 서적 몇 권을 넣은 배낭을 꾸렸다. 어머니는 평상복 차림에 빈손이다. 나는 바지를 올려 피 묻은 양고기 살점을 다리 위에 문질렀다. 마치 상처에서 선혈이 흘러나온 듯하게 보인다. 어머니의 팔뚝에도 고깃덩어리를 비볐다. 핏자국 위에 붕대를 감았다.

우리는 서둘러 대문으로 향했다. 네페르티티가 낯익은 경비원에게 다가가 다급하게 말했다.

"다친 사람이 있어요. 급히 병원에 가봐야 해요."

"누가 다쳤는데요?"

"저희 어머니와 손님이 …. 계단에서 굴러 넘어졌는데 뼈가 부러졌나 봐요. 피도 몹시 흐르고 …."

"어르신에게서 출입증을 받아오셨는지요?"

"지금은 시에스타 시간이잖아요. 어르신은 오수午睡를 즐기고 계신답니다. 깨울 수가 없어요. 기다릴 수도 없고….”

“출입증 없이 내보내면 안 되는데요.”

“응급환자를 방치했다가 어떤 처벌을 받으시려고요? 얼른 운전기사를 불러와 우리를 태우고 병원으로 보내요.”

“음… 알았습니다.”

낮잠에서 깬 운전기사는 연신 하품을 하며 시동을 건다. 시동음을 들었는지 3층 유리창이 열리면서 조세르가 고개를 내민다. 조세르가 경비원에게 고함을 친다.

“누가 나가는 거야?”

“다친 사람들이오.”

“뭐라고? 잘 안 들리는데….”

네페르티티는 운전기사에게 시립병원 쪽으로 곧장 출발하자고 다그친다. 대문이 열리자마자 벤츠 승용차는 바깥으로 나와 거리를 질주한다. 나는 알렉산드리아 시가지를 처음 구경한다. 그래도 지도와 사진을 오래 전부터 보아왔기에 그리 낯설지 않다. 클레오파트라의 영화榮華는 흔적도 없이 사라지고 쇠락한 건물들이 즐비하다. 그 가운데 옛 알렉산드리아 도서관 터에 새로 세워진 도서관은 하얀 금속성 지붕이 햇빛을 받아 번쩍이며 위용을 자랑한다.

뒷좌석에 탄 네페르티티 모녀는 서로 손을 꼭 잡은 채 눈시울을 붉힌다. 누가 추적해 올까 불안한 마음은 여전하다. 차가 그레코로만 박물관 앞을 거쳐 굼후리야 광장에 이르렀을 때다. 뒤편에서 요란한 사이렌 소리가 들린다. 돌아보니 조세르가 바로 뒤에서 쫓아오는 것 아닌가. 운전기사도 조세르를 발견하고 차를 멈추었다.

"그대로 갑시다!"

나는 권총을 꺼내 운전기사의 옆구리를 쿡 찌르며 재촉했다. 기사는 당황해 하며 차를 발진시켰다. 조세르가 탄 차는 계속 뒤에 바싹 붙어 오면서 웽웽, 사이렌 소리를 높인다. 횡단보도 앞에서 벤츠가 멈추었다. 차에서 내린 조세르는 권총을 겨누며 다가온다.

"내렷!"

조세르는 운전기사를 위협한다. 기사는 나, 조세르 양쪽에서 총으로 겨냥 당하자 울상이 됐다. 신호등 불빛이 바뀌자 벤츠 기사는 액셀러레이터를 밟는다. 벤츠를 놓친 조세르는 기를 쓰고 뒤따라온다. 추격전이 30분가량 지속됐다. 두 차량은 알렉산드리아 해안도로를 숨 가쁘게 오갔다.

탕, 타앙!

카이트 베이 요새 부근의 인적이 드문 지점에 오자 조세르가 총을 쏜다. 나도 창문을 열어 뒤를 돌아보며 응사한다. 총격전이 벌어진다. 네페르티티 모녀는 몸을 웅크리고 덜덜 떤다. 어느 순간 조세르가 탄 차가 벤츠 바로 옆으로 다가왔다.

탕!

가슴에 엄청난 충격이 느껴졌다. 순간 정신이 어질했다. 잠시 후 정신을 수습해 보니 총을 맞긴 한 것 같은데 나는 가슴이 조금 뻐근한 것 이외엔 멀쩡했다. 가슴 부위를 보니 옷에 구멍이 뚫려 있다. 가슴에 총격을 당하고도 살아있다? 내 자신도 믿기 어려운 일이다.

가슴을 만져보니 동굴의 현자에게서 받은 돌이 두 동강 나 있었다. 기적 같은 일 아닌가? 총알이 이 돌을 뚫지는 못한 것이다.

쿵!

벤츠가 방파제 석축을 들이받고 정지했다. 운전기사가 정신을 잃는 바람에 충돌한 모양이다. 바깥을 둘러보니 승용차 대여섯 대가 벤츠를 둘러쌌다. 다른 벤츠 승용차에서 아멘호텝 3세 노인이 내렸다.

"임호텝 총리대신! 인사도 없이 가 버리면 서운해서 어떡하나?"

노인은 이죽거리며 다가온다. 여러 승용차에서 내린 노인의 똘마니들은 기관총으로 겨누며 우리 일행을 위협한다. 일행은 강제로 차에 태워져 노인 저택으로 끌려 들어갔다. 나는 조세르에게 권총을 뺏겼다. 조세르는 허리 양쪽에 권총을 찼다.

3

“사정이 있습니다. 독대해서 말씀드리겠습니다.”

나는 노인에게 다급하게 요청했다. 노인은 자비를 베풀 듯 빙긋이 웃는다. 노인이 보디가드 요원들에게 손짓을 하자 그들은 응접실에서 나간다.

“그래, 뭐요? 아늑한 서재에서 아리따운 아가씨와 달콤한 독서 여행을 즐기는 것도 마다하고 탈출한 사연이 … .”

“조세르의 협박 때문에 어쩔 수 없이 나갔지요. 어르신을 배신한 게 아닙니다.”

“조세르 때문에? 흐음 … 왜?”

“그자가 보물지도를 아버지 몰래 자기에게 넘기라고 윽박질렀답니다.”

“그게 사실이오? 언제?”

“오늘 아침에 … .”

나는 조세르와의 대화 내용을 윤색해서 전했다. 아버지와 아들을 서로 다투게 해야 나에게 유리할 것 아닌가. 노인의 표정을 유심히 살펴보니 조세르의 말대로 파렴치한 범죄를 저지르는 조직의 두목 같아 보이지는 않는다. 눈물을 찔끔거리는 모습에서는 여느 평범한 아비처럼 보인다.

“내가 자식을 잘못 키웠소. 모나코 카지노가 도산한 것은 그놈이 도박에 중독되었기 때문이오. 카지노를 경영하라고 보냈더니 사장이라는 놈이 노름판에 끼어들어 모두 말아먹고 말았소. 네페르티티 유학자금까지 그놈이 가로챘소."

"고약하군요."

내가 적절하게 추임새를 넣으니 노인은 흐르는 콧물, 눈물을 손수건으로 훔쳐가며 목소리를 더욱 높여 말을 잇는다.

"그 후레자식이 마피아와 짝짜꿍이 되어 애비를 납치까지 했다오. 내 몸값을 반반 나눠 먹기로 하고…."

"그 사실은 어떻게 아셨습니까?"

"콩가루 집안이라 손가락질 받을까 봐 부끄러워 그동안 말을 못했소. 나를 납치한 조직이 이탈리아 검찰에 일망타진되었소. 이탈리아 검찰이 수사하는 과정에서 아들놈의 만행이 드러났소. 담당 검사가 나에게 수사관을 보내 참고인 진술을 받아갔지요. 수사관이 자세히 이야기해 주었소."

"그럼 아드님은 아버지가 그 사실을 알게 됐다는 걸 낌새챘습니까?"

"아마 모를 거요."

"아버지 앞에서 공손하던데요."

"시늉만 그렇지요. 그놈이 효자인 체 내 앞에서 머리를 조아리는 꼴을 보면 배신감이 들끓소."

노인은 분을 삭이려 시녀가 갖고 온 캐롭 주스를 벌컥 마신다.

"에펠탑과 개선문을 아버지가 폭파하라고 다그친다면서요?"

"그놈이 프랑스를 협박해서 돈을 뜯어내려는 술수를 부리는 거요. 나는 오벨리스크를 되돌려 받는 방책을 그렇게 쓰지는 않소. 유네스코 등 국제기구를 통해 정식으로 절차를 밟는 한편, 이집트의 범汎국민 캠페인, 전 세계 문화예술인 공연, 국제사법재판소 제소 등의 정상적인 전략을 동원할 참이오."

"아무튼 나는 당신네들 프로젝트에 끼어들 이유가 없으니 얼른 내보내 주시오. 지금 한국에서는 내가 실종되었으니 난리가 났을 것이오."

"난리는 무슨 난리 … 귀하가 알렉산드리아에서 칙사 대접을 받으며 안락하게 지낸다고 내가 연락해 놓았소."

"누구에게 어떻게?"

"내가 얼마나 큰 사업을 벌이는 사람인데 한국에 내 지인이 없겠소? 그분에게 알려놓았다니까."

"도대체 '그분'이 누군데요?"

"마침 그분이 귀하를 잘 아시더군. 노친네가 목소리가 얼마나 큰지 귀하를 빠른 시일 내에 귀환시키라고 나에게 전화를 걸어 고래고래 고함치더라니까, 흐흐흐 … ."

"고古미술품 밀거래 시장이 하도 궁금해서 단도직입적으로 묻겠습니다. 당신은 '큰손'입니까?"

"그 정도는 아니오. '중간손'쯤 된다 할까. 크메르의 국보급 유물을 청소기처럼 빨아들여 미국, 유럽 미술관에 팔아넘긴 더글러스 래치퍼드 같은 인물이 '큰손'이오."

"그 양반의 밀매 규모는 얼마쯤으로 추정됩니까?"

"그자의 딸이 상속받은 유물 125점을 캄보디아에 무상으로 반환했다오. 경매 감정가격만으로 5천만 달러나 된다오."

4

탕, 타앙!

바깥에서 요란한 총성이 난다. 노인과 내가 응접실 문을 열고 나오자 남자 시종이 종종걸음으로 달려와 숨을 헐떡인다.

"큰일 났습니다요. 네페르티티 아가씨가 총을 맞고 쓰러졌습니다요."

"뭐? 누가 쏘았어?"

"조세르 도련님이 … ."

노인과 나는 총성이 난 정원 쪽으로 달려 나갔다. 네페르티티가 피투성이가 되어 쓰러져 있다. 그녀의 어머니는 옆에서 울부짖는다. 복부를 맞아 피가 콸콸 쏟아져 나온다. 그녀는 음, 음, 신음만 할 뿐 말을 하지는 못한다. 어머니의 전언에 따르면 조세르가 네페르티티의 배낭을 뺏으려 하자 그녀가 필사적으로 저항

하면서 몸싸움이 벌어졌다는 것이다. 그녀는 조세르의 허리춤에서 권총을 빼들었고 둘은 거의 동시에 총을 쏘았다고 한다. 조세르도 총을 맞고 피를 흘리며 집 밖으로 나갔단다.

중년의 시녀가 와서 붕대로 네페르티티의 배를 감싸 피흘림을 막으려 했다. 별 소용이 없다. 하얀 붕대는 금세 벌건 피로 흥건해진다.

"빨리 병원으로 옮겨!"

노인이 소리치자 승용차가 정원 안으로 들어왔다. 내가 네페르티티를 업고 차 뒷좌석에 올라탔다. 아까 조세르의 추적을 받으며 달려간 그 길을 질주한다. 굼후리야 광장에 다시 섰다. 그녀가 흘린 피로 좌석 시트커버는 온통 벌겋게 물든다. 그녀의 얼굴은 하얀 석고처럼 푸석푸석해져 간다. 이마에 손을 대보니 온기가 사라져간다.

"기사 양반, 액셀을 더 세게 밟으시오."

내가 간청했지만 러시아워 때라 빨리 나갈 수 없었다. 그녀의 감은 눈을 들추어 보니 동공이 서서히 풀려간다.

"네페르티티!"

나는 울부짖으며 그녀를 흔든다. 그녀는 순간, 눈을 희미하게 떠 나를 바라본다.

"정신 차려요! 여기서 죽으면 당신은 너무 억울해."

위급하니 신파조新派調 말이 튀어나온다. 다시 한 번 그녀를 흔드니 그녀는 입에 가느다란 미소를 머금고 눈을 감는다. 그녀의 몸은 왼쪽으로 기울었다. 왼쪽은 죽음을 맞이하는 방향이다.

나는 그녀의 손에 현자의 돌 반 토막을 쥐어주었다. 부적, 영물靈物 따위를 믿지 않지만 혹시라도 이 돌이 그녀의 영면 또는 부활에 도움이 되도록 기원하면서 ⋯ .

'참 나'를 찾아서

1

미국 동부의 소도시 프라비든스Providence를 아는 한국인은 흔하지 않다. 이 도시가 있는 로드아일랜드주州도 작은 주여서 지명도가 낮다. 그러나 프라비든스에 있는 명문 브라운대학이라면 아이비리그 대학이어서 귀에 익은 편이다. 나에게도 그랬다.

Providence는 '신의 섭리攝理'라는 뜻이다. 하필이면 도시 이름이 이런가?

나는 얼마 전만 해도 브라운대학의 캠퍼스를 방문할 줄은 예상치 못했다. 네페르티티의 족적을 찾으려 이집트를 떠나 이곳으로 왔다.

"유 교수님, 네페르티티라는 이집트 학생, 기억나십니까?"

"예, 물론입니다. 그 학생과 어떻게 … ?"

"제가 이집트에서 우연히 만났답니다."

"알렉산드리아 도서관에 연구원으로 간 이후 아무 소식이 없어 궁금했는데 요즘 어떻게 지내고 있던가요?"

나는 고개를 잠시 숙여 묵념을 올린 후 대답했다.

"오시리스의 세계로 갔습니다."

"예? 그럴 수가…."

담쟁이가 뒤덮인 고색창연한 건물 앞 벤치에 앉아 유 교수에게 그동안의 경위를 털어놓았다. 유 교수는 그녀의 죽음에 매우 안타까워했다.

"아까운 인재가 사라졌네요. 1급 학자로 대성할 자질을 지녔는데…."

"그녀가 고문서 원본을 어디엔가 두었다는데 혹시 교수님께서 소재지를 아시나 해서요."

"아… 그녀가 무슨 상자를 학과 자료실에 맡긴 적이 있습니다. 자기 신상에 변고가 생기면 제게 열어보라고 부탁하며 처분위임장을 건네주더군요."

"그럼, 당장에라도 열어볼 수 있겠네요?"

"그렇습니다. 이왕이면 학과장님 등 여러 교수님들을 모시고 함께 개봉하기로 하지요."

"그리고 교수님! 제가 이집트에서 만난 자칭 아멘호텝 3세… 그 사람이 한국에도 지인이 있다는데 혹시 그럴 만한 분을 아시는지요?"

"글쎄요. 음지세계의 일이어서 저희처럼 양지에서 연구하는 백면서생은 문화재 밀매꾼을 잘 모릅니다."

"그렇겠군요."

"학계에 떠도는 풍문으로는 밀매 및 도굴 감시를 위한 국제 민간 탐정조직에서 한국인 어느 분이 핵심 브레인 역할을 한다고 합니다."

"누구인지 짚이는 분이 안 계십니까?"

"전혀 모르겠습니다. 그분은 신분이 드러나면 활동하기 곤란하므로 철저히 베일 뒤에 계신 것 같습니다. 유네스코, 인터폴 등에서도 그분을 예우한다 하더군요."

교수 10여 명과 대학원생 10여 명이 자료실에 모였다. 유 교수가 네페르티티의 사망 소식을 알리면서 일종의 추모제 형식으로 개봉식을 갖기로 한 것이다. 이집톨로지 전공자답게 네페르티티 사진 주위에 이시스 여신, 마아트 여신 등의 그림을 걸어두고 추도했다. 유 교수가 하얀 장갑을 낀 손으로 열쇠를 돌려 흑단 나무 상자 뚜껑을 살며시 열었다.

"앗!"

상자 안을 바라본 참석자들이 이구동성異口同聲으로 신음을 뱉는다. 갈가리 바스러진 파피루스 조각들이 수북이 쌓인 것이다. 운반 과정에서 진동 때문에 잿더미처럼 바뀐 것으로 보인다. 글자를 판독하기가 불가능해졌다.

"네페르티티가 마아트 여신에게 보여주려고 문자들을 몽땅 갖고 갔나 봐요."

키가 멀쑥한 백인 여자 대학원생 하나가 그렇게 말하며 눈물을 글썽거린다.

나는 다리가 후들거리면서 눈앞이 어질어질해졌다. 네페르티티는 만약 자신이 무슨 사고라도 당하면 유 교수가 해독작업을 완성하기를 바랐던 모양이다.

나는 단풍잎이 지천으로 깔린 캠퍼스 구내를 천천히 걸었다. 혼자이지만 양쪽에 각각 동반자가 걷는 듯한 착각이 들었다. 오른쪽에는 네페르티티가, 왼쪽엔 아톰 왕이 … .

네페르티티와 아툼 왕이 쾌활한 목소리로 나누는 대화가 들린다.

"아툼 할아버지, 저도 할아버지 뒤를 따릅니다."

"오, 네페르티티! 반갑다. 어때, 오시리스를 만났어?"

"그런 것, 없던데요. 할아버지 말씀이 맞았습니다."

"내 몸은 대자연 속에 녹아 지금까지 수천 년 동안 넓은 천지를 유영한단다. 장미꽃이 되었다가 꿀로 변신하기도 하고 꿀을 먹은 발레리나의 몸이 되기도 하지."

"저는 무화과나무 열매가 되어 있습니다. 굶주린 고아에게 가고 싶습니다."

"우리 언제 함께 도요새가 되어 높은 하늘을 날아 세상을 내려다

보세.”

“아, 멋진 구상입니다.”

2

나는 프라비던스에서 열흘을 머물렀다. 호텔 방과 브라운대학 도서관에서 앉아 ‘알렉산드리아 피랍被拉사건’을 기록했다. 어릴 때의 추억과 성장과정도 담았다. 내가 아직 회고록이나 자서전을 쓸 나이는 아니지만 내 삶과 경험을 책으로 내고 싶었다. 한국에 돌아가면 분주한 일상 때문에 집필시간을 찾기 어려울 터!

호텔에서 걸어서 10분 거리에 있는 프라비던스 시청 건물은 백악관 축소판 같다. 집필하다 머리가 무거워지면 하얀 석조石造 외벽이 돋보이는 시청 청사까지 산책하러 나갔다 돌아왔다.

어느 날 음악당 앞에서 오페라 공연을 알리는 현수막이 눈에 띄었다. 모차르트 작곡의 〈마술피리〉다. 알렉산드리아 골방에서 네페르티티의 피아노 반주로 이 작품에 나오는 아리아를 내가 부르던 광경이 머리에 떠올랐다. 나는 망설임 없이 R석 입장권 두 장을 샀다. 공연장에 들어가서는 내 옆자리 빈 의자 위에는 입장권과 장미 한 송이를 올려놓았다. 네페르티티와 함께 관람한다고 상상했다. 베이스 성악가가 ‘이시스 & 오시리스’ 아리아를 부를 때 나도 네페르티티를 떠올리며 마음속으로 따라 불렀다.

인천공항에 돌아온 후 미국에서 마련한 스마트폰을 열자 요란한 소리가 울리며 전화가 걸려왔다.

"임호택! 나, 외숙모야!"

"외숙모? 어느 외숙모?"

어머니의 남동생이 넷이니 외숙모도 넷이다. 목소리로는 어느 외숙모인지 모르겠다.

"나, 박세라야! 박호순…."

"야! 반갑다! 그런데 네가 왜 내 외숙모야?"

"어허! 이것 좀 보소! 조카가 외숙모에게 반말을 하다니!"

"웃기지 마라. 네가 그러니 꼭 진짜 외숙모 같네."

"진짜인지 가짜인지, 만나서 확인하면 될 거 아냐?"

하도 궁금하기에 바로 만나기로 하고 광화문 사거리의 W커피숍으로 갔다. 박세라는 대낮인데도 모자를 쓰지 않고 선글라스도 벗었다. 그 옆에 웬 사내가 앉아 있는데 어디선가 본 듯한 느낌이었다.

"조카! 여기 외숙부님께 인사 드려야지!"

박세라가 눈을 찡긋하며 다그치기에 나는 엉겁결에 그 사내에게 머리를 조아렸다. 사내는 올백 헤어스타일에 굵은 뿔테 안경을 쓰고 넥타이 정장 차림이다. 손가락엔 큼직한 사파이어 반지도 끼었다.

"삭朔이 누님이 늘 자랑하는 조카님, 오랜만이네!"

외삼촌 넷 말고 다른 외삼촌이 계셨나? 내가 계속 눈을 멀뚱거리자 사내는 안경을 벗는다.

"삭이 누님과 육촌이야. 자네에겐 칠촌 아저씨뻘이지."

그러고 보니 그 사내가 장풍 박사임을 알아차렸다. TV에서 노장 철학을 강의할 때는 개량 한복의 도인풍이었는데, 지금은 재벌회사 임원 또는 대형 로펌의 중견 변호사풍으로 변모했다. 박세라가 어색한 분위기를 바꾸어 볼 요량으로 깔깔 웃으며 말문을 잇는다.

"세상은 요지경이지? 하하하! 다음 달 초에 잠실 롯데호텔에서 식을 올려. 앞으로 외숙모에게 존댓말을 써야 해. 알겠지?"

"뭐? 어 … 예 … ."

3류 드라마가 따로 없다. 악연이 반전되어 사랑으로? 이런 막장 연속극이 내 눈 앞에서 실제로 일어나다니!

커피숍에서 나와 인근 빈대떡 식당에서 막걸리를 마시며 대화를 이어갔다. 그동안의 상황을 들으니 박세라는 장용 병원에서 꾸준히 치료받으며 '달 타령' 질환에서 거의 벗어났다. 골프 선수로서는 완전히 은퇴하고 VIP 고객들에게 레슨을 해주는데 수입이 짭짤하단다. 장풍 박사는 기업체를 돌며 '인문학과 경영'이라는 주제 강의를 벌여 그럭저럭 밥벌이를 한단다.

"외숙모의 작은 소망이 뭔지 아니?"

"작은 소망?"

"달 탐사 여행이야. 아마존 창업자 제프 베이조스, 테슬라 창업주 일론 머스크, 이런 기업인들이 민간 차원의 우주여행을 시작했잖아? 나도 이 여행에 동참할 거야. 달에 가면 내 친척들을 진짜로 만날지도 모르지. 신혼여행은 달에 갈 때까지 보류할 거야."

"작은 소망이 이루어지길 기원해요. 그럼 큰 소망은?"

"달에 골프장을 지어 운영하는 거란다. 설계는 네가 해줘. 골프장 이름은 소섬素蟾 컨트리클럽!"

"소섬?"

"달의 별칭이야. 영어로 'So-Some'… 영어 표기도 멋있지?"

"외숙모님! 큰 소망도 이루세요!"

"달에서 골프를 친다 하니 헛꿈이라 여길지 모르지만 실제로 1971년 2월 26일 아폴로 14호 우주선을 타고 달에 간 앨런 셰퍼드 우주비행사는 골프공 2개를 갖고 가 6번 아이언으로 쳤단다. 달에서는 지구보다 중력이 약해 공이 훨씬 멀리 날아가지. 내가 드라이버로 풀스윙하면 아마 2킬로미터쯤 날아갈 거야."

3

부모님을 뵈러 남해안 경남 고성에 갔다. 아버지는 폐암에 걸린 후 날씨가 온화하고 공기가 맑은 요양지를 찾았는데 요행히 아버지와 절친한 조각가가 고성의 고향집을 제공했다. 서울에 사는 그 조각가는 "텅 빈 시골집에 누가 와서 살아주어 고맙다"고 말했다 한다. 어머니는 서울과 고성을 오가며 산다. 해안의 야트막한 언덕에 자리 잡은 이 집은 바다를 조망할 수 있는 명당이다.

부모님에게는 이집트에서 겪은 고초를 자세히 밝히지 않았다. 임호텝으로 오해받아 해프닝을 겪었다는 정도로만 말씀드렸다. 5천 년 전의 고문서를 읽는 바람에 아득한 고대 세계로 여행한 기분이 들었다고 말했다. 어머니가 저녁 밥상을 준비하는 동안 아버지와 나는 마당에 놓인 안락의자에 앉아 이야기를 나누었다.

"아버지! 사람 이름이 운명에 어떤 영향을 미칠까요?"

"그 오묘한 상관관계를 내가 어떻게 알겠냐만, 오래 살다보니 별별 경우를 다 보았다. 포항제철 설립 과정에서 기술자로 큰 공을 세운 인물을 예로 들어보자. 재일교포 김철우金鐵佑 박사인데 이름에 쇠 철鐵, 도울 우佑자가 들어있으니 이름대로 활약했지. 포스코 회장을 지낸 권오준 박사도 아명兒名이 철우鐵宇였고 경북 영주의 철탄산鐵呑山 자락에서 자랐다 하더군. 우동집禹東集이란 내 친구가 있는데 이런저런 사업을 벌이는 족족 말아먹었단다.

자살까지 기도했는데 막판에는 이름이 운명이라 여기고 용산역 부근에서 우동가게를 열었지. '이름빨'을 받았는지 가게는 문전성시, 대박을 터뜨렸어."

"그것 참 신비롭네요. 그럼 아버지도 함자銜字대로 종鍾을 만드시면 어떨까요?"

"임종수林鍾守라… 지킬 수守자가 있으니 종지기 운명일까? 그렇잖아도 얼마 전에 범종梵鐘 제작에 참여했단다. 표면의 비천상飛天像, 화문花紋을 조각했지. 고생깨나 했는데 한 푼도 못 받았다. 어느 놈이 농간을 부렸는지 내 손에는 아무것도 들어오지 않았지. 범종이 걸린 사찰에 가서 주지 스님에게 따졌더니 부처님께 시주한 셈 치라고 하더군."

"그래서 그냥 물러나셨어요?"

"주지 스님과 다담茶談을 나누면서 화가 다 풀렸단다. 내 이름 때문에 기대감에 부풀어 범종을 만들었다고 하니 스님이 빙긋이 웃으며 설법하시더군. 이름은 본성本性을 배반한다 하더군. 이름에 집착하면 다른 사물과 차별하려는 분별심分別心이 생긴다고…. 모든 사물은 평등한데 이것이 공空이라는 게야. 공은 언어로 표현할 수 없는 경지라 하더군."

"노자의 도가도 비상도 … 이 말과 비슷하네요. 공자의 정명과는 다르고 … ."

"진리를 언어로 규정할 수 없다는 불교 용어들이 수두룩하더군. 불립문자不立文字, 이심전심以心傳心, 직지인심直指人心, 교외별전教外別傳, 견성성불見性成佛 … ."

"말이나 문자 매개 없이 직접 진리를 깨달아야 한다는 뜻이지요?"

"그래. 진리는 이미 우리 몸에 있기에 바깥에서 구하지 말라고 선禪불교에서는 강조한다는구만."

"종은 절에서 어떤 역할을 하는지요?"

"종을 울려 아침저녁 예불 시간을 알린단다. 범종 소리는 크게 들리기에 지옥에까지 울려 퍼져서 중생을 제도한다고 하지."

"지옥까지라니요. 과장이 심하네요. 불립문자와 지옥은 서로 어울리지 않네요."

"상징이 그렇다는 거야."

"인간만이 상징을 갖고 있잖아요. 카시러는 '인간은 상징적 동물'이라 설파했지요."

"인간은 여타 동물과 달라 지능이 뛰어나기에 상징이라는 개념이 머리에 들어 있지. 그러나 상징은 허깨비일 뿐이야. 그런데도 인간은 허깨비에 휘둘리지. 요즘 이런 걸 주로 연구하는 기호학記號學, Semiotics이란 학문이 유행한다면서?"

"까마귀가 울면 불길한 일이 생기고 까치가 울면 반가운 손님이 온다, 이런 상징 말인가요?"

"맞아. 그 미물微物인 새가 인간사에 무슨 영향을 주겠느냐? 그런데 똑똑한 체하는 인간은 이런 상징에 정신이 팔리는 어리석음을 저지르지. 웃기는 건 일본에서는 까마귀가 길조吉鳥이고 까치는 흉조凶鳥라는군. 우리나라와는 반대잖아."

"이런저런 꽃에 꽃말을 붙이는 것도 같은 원리이겠군요."

"그렇지. 네잎클로버가 행운을 준다고? 황당무계한 상징일 뿐인데 자꾸 듣다보면 누구나 미혹迷惑된단다."

"팥을 뿌리면 붉은 색을 싫어하는 귀신을 물리친다 하잖아요. 이런 주술적인 믿음도 마찬가지네요."

"성수聖水를 손에 찍어 이마에 바르거나 향불을 피우면 악귀가 무서워 다가오지 못한다고 하잖아. 이런 원시적 샤머니즘 습속이 대명천지 현대종교에도 여전히 횡행하고 있지."

밥상을 차린 어머니가 다가왔다가 부자父子 사이의 대화를 듣고는 목소리를 높여 끼어든다.

"두 남정네가 또 천주교 교리를 비판하네요! 호택이 너는 순교자 집안 후손인데 왜 그런 불손한 발언을 터뜨리냐?"

"임호택이라는 이름 때문에 이야기하다보니 이렇게 비약했네요."

"이름에 사람 운명을 좌지우지할 힘이 있는지는 모르겠지만 이왕이면 듣기 좋고 뜻도 괜찮은 이름이면 낫지 않겠니? 기업에서 신제품을 낼 때 브랜드 결정에 사활을 거는 것은 그만큼 판매에 영향을 미친다는 뜻이겠지? 내 초등 친구 가운데 나죽자羅竹子가 있었는데 이상한 이름 때문에 아이들에게 놀림을 많이 받았지. 걔는 늘 고개를 푹 숙이고 죽을상을 지었단다. 세월이 흘러 신문에서 어느 여성 벤처기업인 인터뷰를 봤는데 나서령羅瑞玲으로 개명한 나죽자가 맞더구나. 활짝 웃는 얼굴 사진을 보니 새 이름 덕을 본 것 같더라."

"엄마도 성명철학을 믿는 모양이네요."

"작명가가 주장하는 논리에 완전히 동의하지는 않지. 그래도 사람 이름이나 사물의 단어에는 고유의 힘이 있단다. 자크 데리다 알지?"

"프랑스 철학자 말이지요? 뜬금없이 왜 그분을?"

"얼마 전에 그분이 쓴 글을 읽었어. '이름이란 하나의 외적 통일체로서의 표피表皮이고 그 안에 우리가 접근하지 못하는 심연深淵을 갖고 있다'고 갈파했더군. 그러니 이름의 중요성을 알겠지?"

"제가 어릴 때 아이슬란드, 그린란드에 대해 엄마가 이야기해주셨잖아요. 이름과 실상은 다른데 많은 사람들이 잘못된 지명에 매몰되어 있다고."

"엄마가 대학생 때 겪었던 황당한 일 하나 소개할까? 국어교육과는 국교國教, 불어교육과는 불교佛教라고 흔히 줄여서 쓰지. 종친회 장학금 신청서에 소속 학과를 '불교'라고 기재했더니 얼마 후 친지들 사이에서 해괴한 소문이 퍼졌어. 수백 년 천주교 집안의 딸이 '씬중'이 되었다는 거야."

"씬중이라뇨?"

"경상도 방언인데 비구니比丘尼라는 뜻이지. 외종조부께서 나를 불러 사실 여부를 추궁하기도 했단다. 외종조모님은 내가 머리를 깎고 가발을 쓰지나 않았는지 확인한다면서 내 머리채를 잡아당기기도 했지. 나중에 누군가가 나를 수덕사에서 봤다는 풍문마저 나돌았단다. 나는 수덕사 근처에도 가지 않았는데 … ."

"웃기지만 현실이 그렇군요."

"이름을 짓는 명명권命名權은 절대권력이야. 성경 창세기에는 로고스, 언어, 절대자가 같은 개념으로 쓰이잖니?"

어머니의 현학衒學 과시벽癖이 슬슬 도질 조짐이다. 아버지의 반격도 만만찮다.

"장 여사님! 데리다 주장에 나는 동의하지 못하겠소. 소쉬르는 '언어는 형태일 뿐 실체가 아니다'라면서 언어와 사물이 갖는 미신적 융합에 종지부를 찍지 않았소?"

"소쉬르의 《일반언어학 강의》를 읽으신 모양인데 그 책은 이젠 구닥다리에요. 《샬롯의 거미줄》이란 동화를 보면 시골농장 여자아이가 갓 태어난 새끼돼지에게 '윌버'라는 이름을 붙여요. 아빠는 허약한 새끼는 곧 죽을 거라며 이름을 짓지 말라고 엄명했지요. 죽어 소시지가 될 운명이었던 윌버는 박람회에서 멋진 돼지로 뽑혀요. 이름의 힘, 존재감의 상징이지요."

"토론이 길어지다간 밥 먹을 시간도 없겠소. 재밌는 퀴즈를 낼 테니 풀고 나서 얼른 저녁을 먹읍시다."

아버지는 수첩을 펼쳐 나를 향해 질문한다.

"함민복 시인의 〈명함〉이란 시가 아주 재밌더군. 새들의 명함은 울음소리, 돌의 명함은 침묵이라 표현했더라. 그럼 꽃의 명함은?"

명함이란 사물의 상징이 되겠다.

"향기?"

"맞았다!"

"자본주의의 명함은?"

"돈?"

"거의 맞았다. 함 시인은 지폐라고 썼더라. 그럼 명함의 명함은?"

"……."

"어렵지? 시인의 재치가 드러나더군. '명함의 명함은 존재의 외로움이다'라고 규정지었더라."

바다에서 낙조落照를 보면 대자연에 대한 경외심이 느껴진다. 수평선 너머에 끝없이 펼쳐진 빛과 구름의 조화가 신비롭다. 절대자가 존재하는 것 같은 마음이 절로 든다. 마당 테이블에 차린 저녁밥을 먹으며 부모님과 대화를 이어갔다. 아버지가 낚시로 잡은 도다리 몇 마리를 어머니가 제법 익숙한 솜씨로 회를 쳤다.

아버지는 고대 이집트 이야기를 다시 들먹인다.

"아득한 과거를 들여다보니 시야가 넓어지지?"

"그럼요. 고대인, 현대인 할 것 없이 인간의 욕망 구조는 비슷해 보였습니다."

"너는 5천 년 전을 들락거렸지만 나는 요즘 2억 년 전 세계를 헤매고 있단다."

"2억 년?"

"놀랍지? 공룡이 뛰놀던 시대야."

"무슨 일이라도 있었습니까?"

"요즘 어린이들은 공룡을 그렇게 좋아하더군. 고성엔 공룡박물관이 있단다. 이 지역에서 공룡 발자국 화석이 발견되었지. 종값을 떼이고 나서 상심하고 있을 때 흙으로 디노사우로스를 만드는 소년을 본 적이 있단다. 대여섯 살 아이의 표정이 어쩜 그리 밝고 맑은지! 평생 조형물을 만들어온 내가 저 아이의 경지에도 이르지 못했다는 자책감이 들더구나. 나도 공룡을 만들어봤지. 공룡 천국인 옛 한반도를 상상하면서 … 재미도 있고 평정심을 느끼게 됐단다."

"공룡이라면 덩치가 너무 커서 급변하는 환경에 적응하지 못한 생명체의 상징이잖아요? 부정적인 인식이 많은 동물인데 … ."

"그게 아니야. 공룡 번성기에 소행성이 지구에 떨어지면서 충격 때문에 엄청난 진동과 분진粉塵이 생겼지. 하늘에 먼지가 치솟아 태양열을 막는 바람에 빙하기가 닥쳤지. 이 때문에 공룡이 절멸絶滅한 거야. 공룡의 어리석음 때문이 아니잖아?"

"요즘 우리 세대가 맞고 있는 지구 기후변화 … 이게 심화되면 최악의 경우 인간도 공룡처럼 멸종할 수 있겠군요."

"조각쟁이 가운데 생태生態문제에 천착한 선각자도 있어. 독일에서 '사회적 조각'이라는 활동을 창안한 요제프 보이스…. 그 양반은 1982년 독일 카젤에서 7천 그루 나무 심기 프로젝트를 시작했지. 보이스는 조각이 예술세계 안에 갇히지 말고 환경, 사회와 어우러져야 한다고 주장했지. 나도 이런 관점에 공감하고 있어."

어머니가 아버지 작업실에서 아버지가 흙으로 빚어 만든 공룡을 들고 나왔다.

"아빠가 며칠 전에 완성한 트리케라톱스 공룡이다. 요즘 코흘리개 사내아이들이 특히 좋아하는 공룡이지. 손주에게 줄 선물이라며 정성들여 만드신 거란다."

"아직 장가도 가지 않았는데 벌써 손주 선물을 챙기세요?"

"벌써 가야 할 장가 아니냐? 몇 년 지나면 너도 나이 마흔이다."

나는 부모님의 관심을 다른 곳으로 돌리려 어머니에게 질문했다.

"장희빈 이야기, 책 원고 마무리하셨어요?"

"요즘 마무리하느라 용을 쓰고 있단다. 자화자찬自畵自讚 일색이 될까 걱정이네. 회고록, 자서전은 부끄러운 일도 털어놓아야 진정성을 인정받지 않니? 그런 점에서 우리 친정 가계사家系史를 기술할 때도 오욕汚辱의 사례를 넣어야 하는데 별로 보이지 않아 고민이야."

그날 밤 나는 꿈속에서 트리케라톱스를 갖고 노는 사내아이를 보았다. 아이 옆에는 부모가 활짝 웃으며 서 있었다. 그들의 얼굴이 클로즈업되며 내 눈 앞에 다가왔다.

헉!

아빠는 나, 엄마는 동굴 여인이었다.

4

오랜만에 서울 도곡동에 있는 나의 설계사무소에 들어섰다. 떠난 지 서너 달이 지났을 뿐인데 서너 해 만에 돌아온 듯한 기분이다. 20여 명의 임직원들이 모두 나를 환대한다. 나와 함께 제르바로 떠났던 박 이사와 현 부장이 내 손을 덥석 잡고 눈시울을 붉힌다. 갑자기 내가 실종되는 바람에 그들도 속이 새카맣게 탔으리라.

다행히 제르바 복합 리조트 프로젝트는 잘 진행된다 한다. 거의 완벽한 설계 시안을 만들어 갔기에 내가 없어도 박 이사가 프레젠테이션을 잘 했고 그쪽 관계자에게서 호평을 들었다 한다. 물론 본계약을 체결하려면 좀더 공을 들여야 한다.

고비제 고문이 출근하셨기에 고문실에 들어가 귀국 인사를 했다.

"이게 누구신가? 임 대표 아니신가?"

"고문님! 저 때문에 마음고생 많으셨지요?"

"처음엔 재외공관 이곳저곳에 알아보느라 소동을 벌였소. 그런데도 공식 외교채널로는 임 대표 행방을 도무지 알 수 없더군."

"전혀 엉뚱한 곳에 가서 인질 신세가 되었습니다."

"그래, 알렉산드리아 구경은 잘 하셨소? 거기서 총격전도 벌이고 몸싸움도 하고 활약상이 대단했다면서요?"

"어떻게 아세요? 제가 알렉산드리아에 억류됐다는 사실을…."

"하하하! 다 아는 수가 있소이다."

"예? 그럼 고문님이 바로 국제 밀매감시단의 한국인 브레인?"

"글쎄올시다. 너무 자세히 알려고 하지 마시오."

"입장이 곤란하시다니 더 이상 캐묻지는 않겠습니다만, 고문님의 대외 암호명이 '고라니'입니까?"

"허허! 자기 암호명을 함부로 발설하는 요원이 어디 있겠소?"

"아, 알겠습니다."

고 고문은 믹스 커피를 꺼내 뜨거운 물에 타서 나에게 건네준다. 자신도 한 잔을 타서 마신다.

"내가 이 믹스 커피 맛에 중독이 됐다니까. 외국 가서 한국 커피믹스가 떨어지면 속이 탄다오."

"고문님, 요즘도 이 부근 은행 지점에서 커피믹스 갖고 오세요?"

"그걸 어떻게 아시오?"

"하하하! 다 아는 수가 있답니다."

"내가 갖고 오는 모습을 보셨구만! 구두쇠 영감탱이라고 욕했겠지?"

"욕이라뇨, 하하하!"

"그것 몇 개씩 갖고 와 봐야 몇 푼어치가 되겠소? 내가 그러는 이유는 그렇게 삶의 현장에서 자잘한 일을 끊임없이 직접 해야 큰 일을 할 때도 전투력이 생기기 때문이오. 남과 티격태격 다툼을 벌이면 몸에 활력이 생긴다오."

"특이 체질이시네요."

"커피믹스, 사탕, 푸드뱅크용 빵을 얻어 와서 한국에서 떠도는 국제 난민들에게 갖다 준다오. 대기업 협찬을 받아 대량으로 그들에게 공급하기보다 내 몸을 던져 조금씩 모아야 의미가 있다오. 운수승雲水僧 노릇을 하는 거요."

"운수승?"

"탁발승托鉢僧을 좀 고상하게 표현해서 그렇게 한다오. 허허허…."

"고문님의 어휘력은 가히 국보급입니다."

"임 대표는 앞으로 절차탁마切磋琢磨하여 비수갈마毗首羯磨 같은 국보급 인물이 되시오!"

"비수갈마?"

“조각, 건축을 맡은 인도의 천신이오. 범어梵語 비스바카르만Visvakarman을 한자漢字로 음역音譯한 것이오.”

“고문님 기억 창고 안에 보관된 어휘가 얼마나 많은지 짐작조차 못하겠습니다. 예를 들어 ‘스님’의 동의어로는 어떤 게 있습니까?”

“수두룩하지요. 사문沙門, 상문桑門, 부도浮屠, 법신法身, 치도緇徒, 노납老衲….”

“그만, 됐습니다! ‘죽음’의 동의어도 많지요? 제가 아는 바로는 별세, 서거, 영면, 귀천, 입적入寂, 선종善終….”

“많이 아시네! 요즘은 거의 쓰이지 않지만 옛 문헌에 나오는 어휘로는… 불휘不諱, 조사徂謝, 잠매潛寐, 장서長逝, 속광屬纊, 절현絶絃, 고분叩盆….”

“그만, 그만하십시오. 고문님! 머리가 어지러워 죽을 것 같습니다.”

“허허! 이 정도를 갖고….”

“고문님은 한문 실력을 어떻게 연마하셨습니까?”

“유학儒學의 중심지인 안동에서 태어나 어릴 때부터 문중門中 어른들에게서 집중적으로 지도를 받았다오. 유생儒生 친지들은 임진왜란 때 활약한 고경명 장군의 후손임을 잊지 말라며 학문 연마를 독려했다오.”

“고경명 장군님은 호남에서 의병 활동을 하지 않으셨습니까?”

"맞아요. 전란이 벌어지자 막내아들과 식솔 50여 명을 멀리 떨어진 안동의 학봉 선생 댁에 맡겨 만일 사태에 대비해 대를 잇게 했다오. 전란 이후 일부 혈족이 안동에 남았는데 제 직계 조상인 분이지요."

"고문님 몸에는 의혈義血이 흐르는군요."

"과찬이오. 하하하!"

고 고문은 자기 가방을 뒤져 사탕을 꺼내 내게 건네준다.

"증권회사에서 얻은 캔디요. 맛보시고…."

고 고문의 오른손 새끼손가락의 마디 하나가 없음을 알았다. 비밀 결사結社 대원들이 흔히 하는 단지斷指 의식의 흔적인가? 안중근 의사처럼…. 대학 은사 M교수의 손가락도 마찬가지다. 이 어르신들은 같은 동맹원?

"요즘 M교수님, 자주 만나십니까?"

"못 본 지 꽤 됐소. 아프가니스탄에 가 있다오."

"거기엔 왜 가셨습니까?"

"2001년 3월에 탈레반이 고대 불교 미술의 상징물인 높이 55미터 바미안 대석불大石佛을 폭파하지 않았소? 탈레반 대원은 카불 박물관에 소장된 석조 유물을 망치로 마구 깨부수기도 했다오. M교수는 한국에 편히 앉아 있을 수 없다는 고古건축학 전문가로서의 양심 때문에 그곳에 달려가 유적보존 활동에 매달리고 있소. 아프가니스탄은 동서문명의 교차로여서 다양하고 화려한 유적, 유물이 그득한 곳이오. 신라금관과 비슷한 황금 유물이 아프간 박물관에 수두룩하다오."

"탈레반은 그 황금 유물을 약탈하겠네요?"

"요즘 국제 밀매시장에서는 아프간 황금 유물이 엄청나게 흘러나와 거래되고 있소. 한국의 몇몇 재력가도 이 유물에 눈독을 들이고 있다 하오."

고 고문은 스마트폰을 꺼내 〈뉴욕타임스〉 기사를 검색해 나에게 보여주었다. 아프가니스탄 국립박물관장 모하마드 파힘 라히미 박사의 인터뷰였다.

"박물관 소장품 5만여 점을 안전한 곳으로 옮기는 비상대책을 세웠는데 탈레반이 수도 카불을 장악하는 바람에 이행하지 못했다."

기사로 읽었지만 라히미 관장의 다급한 심정이 느껴진다. 라히미 관장은 고 고문, M교수와 수십 년 전부터 알고 지내는 지기知己란다.

드르르륵….

무음 진동모드로 해놓은 고 고문의 휴대전화가 울렸다.

"여보세요? 아! 자네, 별일 없나? 외신보도를 보니 아프가니스탄이 난리던데? 뭐? 젊은 요원이 필요하다고? 음… 마침 여기 임호택 군이 내 앞에 앉아 있네. 직접 통화해 보시게."

전화를 받고 보니 M교수였다.

"임 군! 자네, 여기 카불에 올 수 있겠나? 설계사무소에 쪼그리고 앉아 있는 것보다 훨씬 보람 있는 일을 할 수 있다네. 인류의 문화유산을 지킨다는 사명감! 얼마나 의의 있나? 영어, 불어로 대외對外 호소문을 작성해야 하고, 국제 명사들과 접촉할 일도 많으니 자네가 꼭 필요하네."

"……."

"신변 안전 때문에 불안하지?"

"그렇습니다."

"크게 걱정할 것 없네. 탈레반 수뇌부에도 우리 조직 요원이 있어 나를 보호해 준다네."

"그런가요?"

"너무 쫄지 마! 제 발로 걸어와 나를 돕는 한국인 P박사도 있어. 아! 그러고 보니 P박사가 임 군을 들먹인 적이 있지. 불알친구라며?"

"스페인문학 전공한 그 P박사 말입니까?"

"그래! 한국 재력가 심부름꾼으로 아프간 황금 왕관을 구입하려고 카불에 왔더라구. 그 과정에서 P박사가 밀매조직에 납치되면서 계약금인 현금을 탈취당하고 억류되는 사건이 벌어졌지. 내가 그 정황을 인지하고 P박사를 구출해 냈다네. P박사는 귀국하지 않고 여기서 나와 함께 활동하고 있어. P박사는 아프가니스탄의 남부지역 언어인 파슈툰어까지 익힐 만큼 열정파야."

"교수님! 저도 곧 가겠습니다!"

통화를 마치고 나는 내 새끼손가락을 내밀며 고비제 고문에게 단도직입적으로 질문했다.

"비밀결사에 가입하려면 이걸 자르면서 맹세해야 합니까?"

"뭐라?"

고 고문은 자신의 오른손을 내 눈앞에 불쑥 내밀며 말을 잇는다.

"하하하! 그게 걱정이구만! 임 대표의 상상력이 너무 앞섰네. 대학생 시절에 산악반으로 활동했는데 졸업여행으로 에베레스트 등반을 갔다오. M교수도 같은 멤버였소. 베이스캠프를 떠나 정상으로 향하다 M군과 함께 크레바스에 빠졌지. 사나흘 사경을 헤매다 독일 등반대원의 도움으로 기적적으로 구조되었지. 그때 손가락에 동상이 걸려 절단한 거요. 공교롭게도 M군도 같은 손가락 부위를…."

"M교수님이 피라미드에 열광하게 된 계기가 무엇입니까? 제가 여러 번 물어봐도 염화시중拈花示衆의 미소만 지을 뿐 대답을 안 하시더라구요."

"하하하! 다, 사연이 있소. 우리가 청년일 때 이집트 정부가 아스완댐을 짓는다고 아부심벨 유적지를 옮긴다고 했소. 세계의 문화유산 지킴이들은 이에 극렬 반대를 했는데 M군과 나도 동참했소. 관련 단체 운동가들이 이집트 현장으로 간다기에 우리도 나섰지요. 그때는 한국과 이집트가 국교수립 이전이라 한국인이 이집트에 가기가 무척 힘들었다오. 더욱이 아스완댐 반대운동을 펼치러 간다는 목적이 들키면 이집트 정부가 입국 비자를 내주겠소? M군과 나는 이탈리아 시칠리아섬에 가서 밀항선을 타고 이집트로 갔다오. 조그만 배여서 별불丿乀이 하도 심해 멀미 때문에 죽을 뻔했소."

"별불? 잠깐만요."

나는 스마트폰을 꺼내 '별불'이란 단어를 검색했는데 나오지 않는다.

"사전에도 실리지 않은 단어일 게요. '삐칠 별'에 '팔 불'인데 배가 좌우로 요동친다는 뜻이오. 영어로는 롤링rolling…."

"고문님께서 즐겨 쓰시는 특이한 단어만으로도 사전을 만들겠습니다. 어쨌든 그 시절에 이탈리아에서 이집트로 갔다니 대단하십니다. 이집트에서 어떻게 활동하셨는지요?"

"알렉산드리아 인근 어촌마을에 상륙하자마자 체포되었다오. 어쩌면 북한 대사관에 넘겨질 뻔했는데 문화유산 지킴이 활동가인 영국의 브라운 경卿이 힘을 써서 우리를 구출해 주었다오. 그분과 함께 반대시위를 벌였는데도 공사는 강행되었소. 우리는 방향을 선회하여 신전이 제대로 옮겨지는 데 일조하자고 다짐하고 공사판에 참여했다오."

"한국인 청년 둘이 아부심벨 신전 이전공사에 참여했다…. 정사正史에 기록된 사실인지요?"

"우리가 밀입국자이고 한국이 미수교국이어서 공식 기록으로 남길 수 없었소. 야사野史에만 남을 일이라오. M교수가 이런 전력을 굳이 자랑하지 않는 것은 외교문제로 비화될 우려가 있기 때문이라오. 거대한 석조 신전을 1만 6천 개로 나누어 원래 위치보다 70미터 높은 지대로 옮겼소. 그때 미국, 영국 기술자들과 친분을 쌓아 평생 우정을 나누고 있다오."

"그래서 고문님의 인맥이 전全세계에 뻗어 있군요."

"사람은 수련修鍊을 해야 성장하는 법이오. 이래저래 나와 M교수는 평생 운명적인 친구라오."

"저도 피나는 수련을 더 하겠습니다. 아프가니스탄에서 M교수님을 돕고 있는 P박사가 제 초등학교 동기생이자 어린 시절 이웃사촌입니다. 그 친구도 저와 운명적인 관계자네요. 평생 친구가 되도록 하겠습니다."

"춘훤椿萱께서 걱정하실 것이니 여행지를 자세히 알리지는 마시오."

"춘훤?"

"춘당椿堂과 훤당萱堂, 아버지와 어머니…."

"예…."

언젠가 S호텔에서 M교수를 우연히 마주친 적이 있다.

"어쩐 일로 오셨습니까?"

"오늘 모 신문사 주최로 국제문제 심포지엄이 열리기에 참관하러 왔지. 분쟁지역 전문 저널리스트 로버트 카플란 기자가 연사로 나온다기에."

"그 기자가 저명한가요?"

"미군이 개입한 분쟁 현장에 뛰어들어 상세한 르포르타주를 기록한 것으로 유명하지. 아프가니스탄 상황에 관해 직접 들으려고 왔어."

M교수는 카플란의 저서 번역본 《제국의 최전선*Imperial Grunts*》을 손에 쥐고 있었다. 그때 나는 M교수가 단순한 호기심 차원에서 심포지엄에 온 것으로 알았다. 이제 보니 아프가니스탄에 가기 위해 준비를 하셨구나!

M교수가 아프가니스탄 현지의 신변안전에 대해 걱정하지 말라 하셨지만 왜 위험하지 않겠는가. 그런데도 거기로 가기로 결심한 것은 인류 문화유산을 지키자는 목적도 있지만, 참된 나를 찾아나서야 할 때라고 판단했기 때문이다. 지금까지 일하며 돈 벌고 밥 먹으며 살아왔으나, 이집트에 다녀와서는 맥락脈絡이 있는 삶을 살고 싶은 충동이 일었다.

부적符籍의 효용성을 믿지 않지만 현자의 돌 반쪽을 가슴팍에 간직하고 있으니 든든하다. 총격을 당해도 무사하리라는 막연한 자신감이 생긴다. 이참에 어머니가 주신 반지 묵주도 손가락에 끼었다.

알렉산드리아 체험은 타율적인 계기였지만 카불 체험은 자율적인 기회이다. 내 의식, 무의식 속에 깊숙이 침윤浸潤해 있다가 때때로 불쑥 부유浮游하는 박세라, 동굴 여인, 네페르티티에 대한 망상을 떨쳐내기 위해서라도 나 스스로 극약 처방을 내려야 한다.

내 생애 족적의 1부를 이것으로 정리한다. 2부 또는 3부는 추후 집필할 기회가 있으리라.

임호택의 원고를 소설로 내기로 결정한 직후 나는 저자에게 이를 알리려 애썼다. 그의 스마트폰, 이메일은 내내 불통이었다. 원고 내용대로라면 지금 아프가니스탄에 체류하고 있겠다.

이 무렵에 불길한 뉴스가 쏟아졌다. 미국이 아프가니스탄에서 미군을 철수하고 종전終戰을 선언했다. 탈레반 세력이 아프가니스탄 전역을 장악한 것이다. 그들은 무고한 시민들을, 특히 여성들을 살해하는 등 만행을 저지르고 있다.

임호택의 외삼촌인 장용 원장에게 연락했다.

"우리 집안에서도 난리가 났어요. 벌써 몇 달째 연락이 끊어졌어요."

"여전히 아프가니스탄에 있는지요?"

"그런 걸로 알아요. 아무 일이 없어야 할 터인데…."

"곧 임호택 저서가 출판된다는 사실은 아시는지요?"

"조카가 자서전인지 다큐멘터리 리포트인지를 친구 출판사에서 낸다고 귀띔은 했답니다."

나는 도곡동 임호택 건축설계사무소를 수소문해서 찾아갔다. 사무실 분위기가 출판사와는 사뭇 달랐다. 책걸상, 인테리어 소품이 '모던modern'한 디자인이다.

고비제 고문을 찾았더니 요즘 출근하지 않는단다. 박 이사를 만나 사정을 밝혔다.

"임 대표 저서 출판 소식은 아시는지요?"

"금시초문인데요."

"고 고문님 연락처를 알려주세요."

"고문님 연락처는 저희도 모릅니다. 나비처럼 날아오셨다가 안개처럼 사라지는 분이랍니다. 그분은 그림자도 없다는 풍문이 파다합니다."

나는 싱싱한 현장감이 넘치는 '임호택의 소설'을 읽고 내 작품의 결점을 깨달았다. 내가 쓴 소설은 한 마디로 '방구석'의 산물이었다. 골방에 앉아 머리를 굴려 쓴 태작이었다. 등장인물도 내 주변에 보이는 고만고만한 지인들을 소설화했을 뿐 시대정신을 대표하는 캐릭터를 만들지 못했다.

임호택을 만나면 그의 다음 여정에 '깐부'로 동참하고 싶다. 그의 부모님을 만나 뵈러 지금이라도 당장 달려가고 싶다. 아버님께 우리 아들 녀석에게 줄 공룡을 만들어달라고 떼를 쓰고 싶어진다.

이 '소설'을 편집하면서 '마이더스의 손'은 거의 작동하지 않았다. 오탈자를 잡아내는 수준이었다. 이 글 자체의 생명력만으로도 주목을 끌 가능성이 큰데 무엇 하러 사족蛇足을 덧붙이랴.

교정쇄 종이 뭉치를 들고 귀가한 적이 있다. 집에서 작업하려고 종이를 펼치자 아내가 곁눈질로 보더니 아예 낚아채 갔다. 아내는 밤을 꼬박 새우며 원고를 다 읽었다.

"스케일이 어마무시한 대작이네! 당신도 이렇게 소설을 써봐!"

"납치당하면서까지?"

"꼭 그렇게 하라는 게 아니고 그만큼 드라마틱한 체험이 필요하다는 거야. 당신 소설에 등장하는 인물은 맨날 소설가, 시인, 출판 편집자 같은 뻔한 캐릭터잖아."

"……."

"임호택 씨 소설은 웹툰으로 만들어도 좋겠네."

"그렇겠군. 요즘은 명작 웹툰을 영화로도 만드는 게 대세잖아?"

"그래. 이 작품이 웹툰으로, 또 영화로 제작되는 날을 기대하겠어!"

"고대 이집트 장면은 화면에 구현하기가 얼마나 어렵겠나? 또 제작비가 얼마나 많이 들겠어? 영화제작자가 엄두를 내기 어려울 걸?"

"방구석 소설가님! 별 걱정을 다 하시네요. 〈듄〉이나 〈이터널스〉를 봐요. 요즘 영화는 컴퓨터 그래픽 덕분에 온갖 장면을 어렵잖게 구현할 수 있어요. 넷플릭스 같은 거대자본은 제작비 따위는 신경도 안 써요."

카불 공항을 출발한 특별수송기 탑승자 명단에 임호택, M교수, P박사는 없었다.

친구여!

제발 무사히 얼른 돌아오라!

파라오의 황금시대를 찾아서

이집트는 강력한 자석처럼 내 심신을 끌어당긴다. 이집트에 가기 전에도, 갔다 온 후에도.

피라미드의 잔상殘像이 눈앞에 어른거린다. 알렉산드리아 도서관의 방대한 장서 가운데 앉은 내 모습이 환영幻影처럼 떠오른다. 람세스 대왕이 세운 아부심벨 신전의 위용도 뇌리에서 맴돈다.

서울 시내 간판을 보며 이집트를 상기한다. 클레오파트라 모텔, 파라오 논술학원, 나일 호프, 아이다 미용실 … .

이집트와 맺은 첫 인연은 묘했다. 1990년 8월 이라크가 쿠웨이트를 무력 침공한 '걸프 사태'가 발발했다. 당시 파리특파원으로 활동하던 필자는 분쟁 취재를 위해 현지로 가야 했다. 이라크 또는 쿠웨이트로는 바로 갈 수 없어 일단 중동 국가인 아랍에미리트

연합국UAE에 입국했다. 여기서 취재하다 비행기를 타고 요르단으로 옮겼다. 요르단에서 택시를 빌려 타고 이라크와의 국경지대로 가는 등 전쟁 상황의 현지를 취재했다.

20여 일 동안 이곳저곳을 다니다 분쟁이 소강상태에 빠지자 파리로 돌아갈 준비를 했다. 문제는 요르단의 수도 암만을 빠져나가려는 인파는 엄청난데 항공기 좌석은 한정됐다는 점이었다. 파리 직행은 없고 이집트 카이로행 여객기가 몇 편 다녔다.

"퍼스트 클래스(1등석) 밖에 없는데요."

항공사 직원은 한 마디로 잘라 말했다.

"이코노미 클래스(2등석) 를 차지하려면 두 달은 기다려야 할 걸요."

신문사 돈으로 출장 온 처지에 2등석 요금의 2배인 1등석을 탈 수 없는 노릇 아닌가. 그렇다고 해서 암만에서 두 달을 기다릴 수도 없고. 일단 2등석을 예약해 놓고 공항에 나가 기다리는 수밖에….

이집트 카이로행 항공기를 이처럼 우여곡절 끝에 탔다. 공항에서 대기하니 마침 2등석 빈 자리가 생겼다. 옆자리에 앉은 양복 차림의 이집트인 남성이 말을 걸어왔다. 나이를 알고 보니 필자와 동갑이었다. 그러나 그는 머리칼이 거의 다 빠지고 피부도 쭈글쭈글해 나보다 거의 스무 살은 더 들어 보였다. 기내식이 나오자 그는 말끔히 먹은 뒤 내 쟁반 쪽으로 흘깃 시선을 돌렸다.

"우리 동네에선 설탕이 노인들에게 좋은 약으로 쓰인답니다. 이것 좀… ."

'세레프 아메드 파미'라는 긴 이름의 그 사내는 내가 커피에 넣지 않고 남긴 설탕봉지를 집어 들고 얼른 호주머니에 넣었다.

컴컴한 피라미드 내부, 영겁의 적요

카이로에는 심야에 도착했다. 입국 비자를 받으려 줄을 섰으나 다른 관광객 행렬 때문에 시간이 엄청나게 오래 걸릴 것 같았다. 마침 기자들을 위한 사무실 간판이 눈에 띄었다. 그곳 공무원들은 무척 친절했다.

"피라미드를 취재하러 오시는 기자님들에겐 즉석에서 비자를 내주지요."

담당자는 이렇게 말하곤 하급 직원을 시켜 내 가방까지 들게 했다. 그들은 택시정류장까지 나를 안내했다. 이런저런 손 신호를 하더니 택시를 잡았다. 짐을 싣고 승차하려 하자 그 담당자는 "한국 기자 선생님, 저 직원이 꽤 수고했는데 조금 생각해 주셔야겠는데요. 저 친구, 아직 저녁도 안 먹은 것 같은데…"라고 말했다. 팁을 달라는 눈치였다. 지폐를 꺼내 주니 경례까지 붙이며 "땡큐!"를 외쳤다.

택시가 얼마나 험하게 달리는지 오금이 저렸다. 휙휙 꺾는 것은 예사이고 끼어들기를 일삼으며 질주했다. 한국에서는 생산이 중단된 현대자동차 포니 승용차들이 카이로 시내에 자주 보이는 것도 이색적이었다.

예약한 메리디안 호텔에 도착하니 온몸에 땀이 흘렀다. 나일강 삼각주에 자리 잡은 이 호텔에서는 기막힌 경관을 감상할 수 있었다. 굽이굽이 흐르는 나일강의 장엄한 위용이 보였다.

푹 자고 일어나 여기 온 김에 피라미드를 구경하기로 했다. 호텔 앞에 늘어선 택시를 잡아타고 카이로 근교인 기제로 향했다. 사하라의 열기가 에어컨도 없는 택시 안을 파고들었다. 카이로 시내 곳곳에 흙더미로 만든 움막집이 즐비했는데 그 속에서 어른거리는 주민들의 행색은 몹시 남루했다.

30여 분쯤 가니 거대한 피라미드가 나타났다. 쿠푸 왕의 피라미드. 원래 높이는 146미터인데 지금은 꼭대기 부분이 잘려 137미터만 남아 있다. 밑변은 230미터로 한 쪽 끝에서 다른 쪽 끝으로 걸어가는 데도 한참 걸린다. 평균 2.5톤 무게의 돌을 무려 230만 개나 쌓아올렸다. 헤로도투스의 《역사》에는 이 피라미드를 짓기 위해 10만 명이 20년이나 매달렸다고 기술돼 있다.

산더미만 한 이 인공구조물 앞에 서니 나 자신이 무척 왜소하게 느껴졌다. 뿌연 사막먼지 속에 우뚝 솟은 이 장대한 돌 더미는 무엇을 상징하는가. 공포심에서 벗어나기 위한 몸부림이 아니었을까. 막막하고 황량한 사막에서 엄습하는 공포심을 떨쳐버리려 거대한 축조물을 만들지 않았을까. 사람의 손길이 닿은 인공구조물이 그래도 신비 속의 대자연보다는 낫지 않을까 하는 자위책이 그것이다. 바빌론에서는 바벨탑을 쌓아 올렸고 이집트에서는 피라미드를 축조한 것이다.

'돌에 새겨진 왕의 모습은 영원히 사라지지 않는다'라고 피라미드 벽에 새겨진 각문刻文에서 대자연 속의 공포로부터 벗어나려는 인간의 염원을 읽을 수 있다.

입장료를 내고 피라미드 안으로 들어갔다. 도굴꾼들이 내부를 마구 뒤져 별로 볼 것은 없다고 한다. 그러나 정교한 이음매로 연결된 돌덩이들을 손으로 더듬기만 해도 인간의 능력에 대한 경외심이 가슴 한구석에서 솟구쳤다. 컴컴한 피라미드 속을 사다리를 타고 이리저리 헤매는 기분은 신비감 그 자체였다. 넓은 복도와 좁은 현실玄室이 번갈아 나타났고 환기구멍도 보였다. 컴컴한 현실에 들어섰을 때는 마치 영겁永劫의 시간을 뛰어넘어 온 듯한 적요寂寥를 느꼈다 할까, 자궁 속에 들어온 기분이라 할까, 우주 속에 유영遊泳하는 감흥이라 할까 ….

쿠푸 왕의 피라미드 옆에 있는 카푸라 왕 피라미드는 시간이 없어 제대로 보지 못했다. 겉모습만 휙 둘러보고 그 옆 멘카우라 왕 피라미드를 구경했다. 실내는 몹시 어두워 〈피라미드의 비밀〉과 같은 추리소설 속의 공포 분위기를 풍겼다.

속성으로 카이로 부근을 둘러보았다. 파리로 돌아가야 했다. 걸레처럼 너덜거리는 이집트 지폐가 주머니 속에 그득하다. 공항 면세점에서 이 돈으로 초콜릿이라도 사야지 … . 어처구니없게도 공항 면세점에서 이집트 화폐를 받지 않았다. 미국 달러나 프랑스, 독일 돈만 받는다는 것이다. 이집트의 경제사정을 대변하는 상황이다. 다시 한 번 이집트를 방문할 인연이 생겼다는 막연한 느낌이 들었다. 언젠가 이집트에 오면 이 돈을 써야지 … .

이집트 학술기행 … 람세스 족적을 찾아

세월이 20년 흘러 2010년, 다시 이집트로 여행할 기회가 생겼다. '그랜드 투어'라는 멋진 이름을 붙인 학술 답사여행이다. 중근동학 분야의 석학碩學인 종교학자 배철현 교수에게서 강의를 들은 적이 있는 분들이 동참했다. 출발 전에 '고대 이집트문화 입문' 특강을 받았고, 여행 내내 현장 해설을 들었다. 이집트학Egyptology에 심취하여 좋은 직장을 그만두고 미국에 유학 간 유성환 선생도 미국에서 이집트 현지로 와 동참했다. 유 선생은 세계적인 이집트학 연구중심인 미국 브라운대학에서 박사과정을 마치고 학위논문 작성과 학부생 강의에 바쁜 분이었다.

여러 방문지 가운데 내가 가장 주목한 곳은 람세스 2세의 발자취다. 흔히 '람세스 대왕' 또는 '위대한 건설자'라 불리는 그 유명한 파라오 말이다. 어린 시절, 〈십계〉라는 영화를 보면서 람세스 역으로 나온 배우 율 브리너의 카리스마에 매혹 당했다. 물론 그 영화에서는 악역으로 나온다. 모세 역의 찰튼 헤스턴과 벌인 연기대결 덕분에 〈십계〉는 불후의 명화로 남았다.

세월이 흘러 프랑스 작가 크리스티앙 자크의 역작 《람세스》라는 장편소설을 읽었다. 한국에서도 5권 모두 번역돼 나왔다. 김정란 시인의 유려한 필치로 번역된 그 작품에서 람세스는 영화 〈십계〉 또는 구약성경에서 각인된 악인 이미지와는 달리 등장했다. 통찰력, 추진력, 리더십 등 여러 부문에서 출중한 인물이었다. 이집트 역대 파라오 가운데 가장 위대한 통치자로 묘사됐다. 모세와도 절친한 친구 사이로 나온다.

크리스티앙 자크는 소설가이자 이집트학 학자다. 흡인력 있는 그의 문장에 매료돼 불어판 5권도 모두 구입했다. 이와 함께 《파라오의 역사》 등 수십 권의 이집트 관련서적을 사들였다. 람세스에 관한 기록을 읽으며 그의 체취와 숨결을 느끼려 애썼다. 람세스, 그는 과연 어떤 인물인가.

혈기 넘치는 25세 때 즉위한 람세스 2세는 기원전 1279년부터 1212년까지 67년이란 긴 세월동안 왕좌에 앉았다. 그의 즉위명은 '우세르마아트레'. 오래 통치했을 뿐 아니라 거대한 신전, 거상, 오벨리스크 등을 숱하게 축조했다. 람세스 대왕은 당시 철기문명의 주도세력인 히타이트족을 맞선 위업을 이루었다.

람세스 대왕은 그의 할아버지 람세스 1세와 아버지 세티 1세의 혈통을 이어 받아 문무文武 겸전했다. 어린 람세스는 아버지 세티 1세의 눈에 띄었다. 총명하고 용감해 나라의 장래를 이끌고 갈 만한 인물로 비쳤다. 세티 1세는 히타이트족 정벌에 소년 람세스를 데리고 가기도 했다. 아스완의 화강암 채석장에서 오벨리스크를 깎는 사업에 람세스를 책임자로 임명했더니 비범한 능력을 발휘했다. 아버지 세티는 유능한 젊은이들을 아들 람세스 옆에 두어 장래의 보좌진으로 양성했다. 모세도 그 가운데 한 사람이었다.

람세스가 히타이트족을 물리쳤다는 카데시 전투 장면을 살펴보자. 카데시는 히타이트가 점령한 시리아 지역이다. 람세스는 재위 5년(기원전 1275년) 때에 군사 2만 명을 모아 히타이트 원정에 나섰다. 이 병력을 5천 명씩 4개 사단으로 나누어 각각 아멘, 레, 프타, 세트 등의 이집트 신 이름을 붙였다.

이에 맞서는 히타이트 병력은 숫자에서 거의 갑절이었다. 각각 1만 8천 명, 1만 9천 명인 2개 사단으로 편성됐다. 히타이트의 왕 무와탈리스가 군사를 지휘했다. 먼 길을 달려온 람세스 군대는 히타이트의 기습을 받고 위기에 빠졌다. 람세스는 창졸지간에 고립됐다. 개인 경호원 몇몇이 주위에 남았을 뿐이다. 람세스는 남은 병력을 추슬러 방어체제를 갖추고 밤이 되기를 기다렸다. 마침내 람세스는 본진本陣 병력과 합류했고 이튿날 전투에서는 거의 무승부를 이루었다.

람세스는 무와탈리스의 화평 제의를 거부하고 일단 퇴각했다. 그 후에도 람세스는 히타이트를 몇 차례 공격했으나 그들을 궤멸시키지는 못했다. 무와탈리스를 이은 하투실리스 3세는 이집트와 번번이 벌이는 전투에서 승부를 가리지 못하자 카데시 대격전이 끝난 지 16년 후에 평화조약을 제의했다. 국내 정세도 불안한데다 동쪽 아시리아와의 갈등도 부담이 됐다. 람세스도 무리한 원정이 불필요하다고 판단해서 재위 21년(기원전 1259년)에 이 조약을 체결했다. 세계 최초의 국제 평화조약이었다.

고대에는 적국과 불가침 조약을 맺으면 왕족끼리 혼인하는 풍습이 있었다. 람세스도 하투실리스 3세의 딸 마아토르네페루레와 혼인했다. 처음엔 신부가 갖고 온 지참금이 너무 적어 람세스가 분통을 터뜨렸다. 이집트의 파라오를 무시하는 처사라고 꼬집은 것이다. 낙타 수백 마리에 실은 추가 선물을 받고 람세스는 혼인을 성사시켰다. 그녀는 람세스의 7번째 부인이었다. 7년 후에 하투실리스의 또 다른 딸이 람세스의 8번째 부인으로 들어앉았다. 람세스의 첫 정실은 지혜가 뛰어난 네페르타리 왕비. 람세스는 8명의 왕비와 여러 후궁 사이에서 100여 명의 자녀를 두었다. 92세까지 살며 67년간 통치하고 이렇게 많은 자녀까지 두었으니 여러 몫의 삶을 산 셈이다.

람세스 대왕은 이집트 역대 파라오 가운데 기념물을 가장 많이 지었다. 쿠푸 왕이 대피라미드를 남겼지만, 람세스는 이집트 전역에 여러 축조물을 남겼다. 람세스의 즉위명 우세르마아트레는 온갖 고대 이집트 건축물에 새겨져 있다. 람세스가 심혈을 기울여 지은 축조물 가운데 압권은 이집트 남부의 아부심벨에 있는 신전이다. 그곳을 2010년 2월 3일 찾았다.

아부심벨 신전 … 통째로 옮겨져

이집트 남부는 누비아 지방으로 불린다. 나일강 상류 지역이다. 고대로부터 이집트 북부, 즉 나일강 하류 지역과 누비아는 패권다툼을 벌였다. 람세스는 누비아 지역을 확실히 장악하려고 여기에 대신전을 지었다. 호텔에서 새벽 4시에 출발한다기에 제대로 잠도 못 자고 어슴새벽에 일어났다. 그 전날 밤 카이로에서 비행기를 타고 1시간가량 날아 중부 도시 아스완에 도착했다. 아스완이라면 '아스완댐'으로 유명한 도시 아닌가. 아스완에서 관광버스를 타고 너른 사막을 지나 4시간가량을 달려야 아부심벨에 도착한단다.

가없이 너른 사막. 그 가운데 뻗은 도로 위에 우리 일행을 실은 버스가 질주한다. 새벽이니 둥그런 달이 그대로 떠 있다.

사막의 달, 교교皎皎한 빛을 내뿜는다. 살바도르 달리의 〈성聖 앙트완느의 유혹〉이란 그림이 떠올랐다. 이 그림은 사막 위에서 벌거벗은 앙트완느가 호화 궁전의 유혹을 거부하는 환상적인 장면을 그린 것이다.

프랑스 소설가 생텍쥐페리가 이 사막 상공을 비행하다가 추락해 한동안 헤맸다고 한다. 생텍쥐페리는 아마 이 새벽달을 보고 〈어린 왕자〉의 모티프를 얻지 않았을까. 어린 왕자와 사막여우가 대화를 나누는 장면이 연상됐다.

달빛이 옅어졌다. 해가 떠오르는 시간이다. 이윽고 저 가없이 먼 지평선에서 희부윰한 기운을 머금은 태양이 솟기 시작했다. 휘황한 붉은 빛을 띤 해가 금세 치솟자 대지는 눈부시게 밝아졌다. 사막의 낮을 지배하는 태양신이 강림한 것 아닌가.

아부심벨에 도착해서 10여 분 걸어가니 멀리 나세르 호수가 보이고 사막 가운데 작은 바위산 2개가 나타났다. 람세스 신전은 사막 한가운데 불쑥 솟은 이 바위산을 깎아 암굴 형태로 만든 것이었다. 큰 것은 람세스 대신전, 작은 것은 람세스 대왕의 왕비인 네페르타리를 위한 소신전이었다.

대신전의 앞면 암벽은 너비 38미터, 높이 31미터인데 입구 양쪽에 둘씩 짝을 지어 세운 높이 19미터의 웅장한 람세스 2세의 좌상 4개가 위용을 자랑한다. 입술 크기가 1.1미터, 귀 길이가 1미터라고 한다. 이 가운데 왕관을 쓴 람세스 석상은 해를 바라보는 형상이었다. 갓 떠오른 태양에서 비친 빛이 람세스 대왕의 얼굴을 환하게 비췄다.

신전 내부로 들어가니 좌우 양쪽에 오시리스 신상이 서 있다. 왼쪽 오시리스는 상上 이집트의 흰 왕관을, 오른쪽 오시리스는 하下 이집트의 이중관을 쓴 모양새다. 내부 벽에는 람세스가 히타이트와 벌인 카데시 전투 장면이 새겨졌다. 벽화에 쓰인 상형문자는 람세스의 전공戰功을 찬양하는 내용이다.

이집트 신전은 내부로 들어갈수록 좁아지고 어두워진다. 가장 안쪽에 있는 지성소至聖所에 들어가니 사방이 캄캄하다. 그곳에는 아몬 라Ra 신으로 변신한 람세스 신상이 있었다. 사후에 신으로 바뀌기를 소망한 람세스의 뜻을 알 수 있다.

1813년 스위스의 역사탐험가 부르크하르트가 이 신전을 발견했을 때 신전은 수천 년 동안 모래에 파묻힌 상태였다. 모래를 걷어내는 등 작업 끝에 1817년 8월 1일에 지오반니 벨조니가 이 신전에 처음으로 들어가 보았다. 상형문자를 해독한 샹폴리옹, 트로이 유적 발굴자 슐레이만 등이 발굴 초기의 이 신전에 초대돼 고증작업에 참여했다. 이들은 한결같이 이 신전은 최고의 걸작이라고 찬사를 보냈다.

이집트 나세르 대통령은 이 부근에 아스완 하이댐을 건설하겠다고 1959년 발표했다. 나일강의 홍수를 조절한다는 목적이다. 이 하이댐이 완공되면 저수량이 많아져 람세스 신전이 수몰될 위기에 빠졌다. 유네스코는 이 세계적인 문화유산을 보존하려 국제사회에 호소했다. 범국제적인 모금운동이 전개되고 신전 자체를 통째로 옮기기로 결정됐다. 이전공사는 1963년 11월에 시작돼 1968년 4월 마쳤다. 한국정부도 모금운동에 참여했다.

람세스 2세는 기원전 1212년 천수天壽를 누리고 서거했다. 그의 시신은 미라로 만들어져 '왕들의 계곡'에 안치됐다.

람세스 대對 모세

람세스 2세는 아버지 세티 1세의 신전이 있던 룩소르에 거대한 장제전葬祭殿을 세웠다. '라메세움'이란 이름의 이 축조물은 그의 통치기간 초기에 착공돼 20여 년 걸려 완공됐다. 이 신전은 아부심벨 신전과 건축미에서 자웅을 겨룬다. 두 신전의 부조는 엇비슷하다.

이 장제전 내부의 벽에는 다양한 부조가 새겨져 있다. 람세스 2세가 아몬 라 신에게서 왕홀을 받는 장면이 두드러진다. 건물 맨 안쪽에는 지성소가 있다.

신전 앞에는 17미터 높이의 람세스 2세 좌상이 놓였다. 이 거상의 무게는 1천 톤으로 아스완에서 화강암 한 덩어리를 통째로 가져와 조각한 것이다. 화강암 거상의 어깨에는 람세스를 뜻하는 '태양의 왕'이라는 글이 새겨져 있다. 이 조상은 머리와 몸통만 남아 있고 다른 부서진 부분들은 세계 각국의 박물관에 산재해 있다.

이 신전은 길이 270미터, 너비 175미터의 거대한 진흙 벽돌로 둘러싸여 있는데, 곡물 창고와 부속 건물들이 대부분의 지역을 차지하고 있다.

람세스의 무덤 부장품은 거의 남아 있지 않다. 람세스의 치적으로 미루어 대단한 규모의 부장품이 있었을 것이나 세월이 흐르며 도굴된 듯하다.

람세스의 미라는 1881년 다이르 알 바하리의 왕실 미라 보관소에서 발견됐다. 관에 적힌 상형문자를 해독해 보니 람세스 대왕의 시신은 당초 무덤에서 기원전 1054년에 아버지 세티 1세의 무덤으로 옮겨졌으며 다시 왕실 미라 보관소로 옮겨졌다는 것이다.

1976년 프랑스 파리에서는 람세스 2세 전시회가 열렸다. 이때 그의 미라가 파리로 왔다. 전시회 참여 목적뿐 아니라 손상된 미라를 프랑스 고고학 기술로 제대로 보존하기 위해서였다. 미라 상태이지만 고대 이집트의 파라오여서 파리 공항에서 의장대 영접을 받았다고 한다.

전문가들이 살펴보니 람세스의 미라에서 콧대가 우뚝 솟은 것이 눈에 띄었다. 정밀검사 결과 미라를 만들 때 코 부분에 후추열매를 넣었기에 코 형태가 유지된 것으로 판명됐다. 다른 미라의 코는 붕대로 감기 때문에 세월이 지나면 코가 납작해진다.

살아서는 67년간이나 이집트를 통치한 장수 파라오, 죽어서는 신이 될 것으로 믿었던 람세스. 그는 인류 역사상 가장 화려한 명성을 누린 제왕 가운데 한 사람이다. 크리스티앙 자크의 소설 《람세스》의 마지막 부분을 보면 람세스의 노년 시절이 묘사된다. 이 가운데 람세스의 서민적 풍모를 그린 대목도 있다.

길거리에 앉은 늙은 여인이 화덕에 빵을 구웠다. 고소한 빵 냄새가 왕의 후각을 꿈틀거리게 했다.

— 한 조각을 주겠나?

여인은 눈이 흐릿해 왕을 알아보지 못했다.

— 헛일하게 생겼네.

— 빵값은 치르겠네. 이 금반지를 주면 되겠나?

늙은 여인은 자신의 옷자락에 반지를 문지르고서는 꼼꼼히 살펴보았다.

— 이런 반지라면 그럴듯한 집 한 채를 사겠는데! 노인장, 반지는 그만 두오. 내가 빵을 그냥 주겠소. 이런 귀한 보물을 가진 당신은 누구시오?

빵 껍질이 누릇누릇 익었다. 어린 시절 빵을 먹던 맛이 떠올라 람세스는 잠깐 늘그막의 고통을 망각했다.

— 반지를 받게나. 할망 빵 솜씨가 간단찮네.

이집트의 통치자인 람세스와 이스라엘 민족의 지도자인 모세. 이들은 적敵인가, 동지인가. 이런 이분법적 질문은 타당하지 않을 듯하다. 각자가 출중한 리더십으로 자기 민족을 이끈 인물이었다. 서로 우정을 간직한 라이벌이라고 할까. 크리스티앙 자크는 소설에서 노년의 람세스가 모세의 별세 소식을 듣는 장면을 다음과 같이 묘사했다.

— 모세가 숨졌습니다.

— 그는 성공했나?

— 예, 전하. 그는 자기 민족이 자유스럽게 살아갈 약속의 땅을 찾았답니다. 친구는 자신이 좇던 희망을 마침내 이룬 것입니다. 그를 뜨겁게 태웠던 불길이 젖과 꿀이 흐르는 땅으로 변신한 것입니다.

람세스는 애환哀歡이 교차하는 가슴이 울렁임을 느꼈다. 모세가 약속의 땅을 발견했다는 소식은 환희였고 별세한 것은 슬픔이었다.

모세 … 피-람세스 건설의 주인공, 기나긴 방랑세월을 신앙으로 이긴 사람, 누구도 꺾지 못할 열망을 지닌 예언자, 이집트의 아들이요, 람세스의 영적靈的 형제, 꿈을 현실로 실현한 모세!

오지만디아스. 람세스 2세의 다른 이름이다. 람세스는 조각가에게 자신의 상을 만들게 하면서 "내 이름은 오지만디아스, 왕 중의 왕이노라!"라고 글자를 새기도록 했다. 세월이 흐르면서 그 석상이 부서져 지금은 흙투성이 사막 가운데 몸뚱어리 없는 다리만 덜렁 서 있을 뿐이다. 이 상을 보고 영국 낭만파 시인 셸리는 그 유명한 시 〈오지만디아스〉를 지었다. 이 시를 읽어보면 인간과 그의 명성은 유한有限하다는 사실을 절감할 수 있다.

Ozymandias

I met a traveler from an antique land
Who said: Two vast and trunkless legs of stone
Stand in the desert … Near them, on the sand,
Half sunk, a shattered visage lies, whose frown,
And wrinkled lip, and sneer of cold command,
Tell that its sculptor well those passions read
Which yet survive, stamped on these lifeless things,
The hand that mocked them, and the heart that fed:
And on the pedestal these words appear:
"My name is Ozymandias, king of kings:

Look on my works, ye Mighty, and despair!"
Nothing beside remains. Round the decay
Of that colossal wreck, boundless and bare
The lone and level sands stretch far away.

—Percy Bysshe Shelley, 1817

오지만디아스

나는 어느 옛 나라에서 온 나그네를 만났다네

그가 이야기했다네: 몸뚱어리 없는 커다란 돌 다리 두 개가
사막에 서 있소. 그 부근 모래 속에는
깨어진 얼굴이 반쯤 묻혀 있소. 찡그린 얼굴로
단단히 다문 입, 싸늘하게 내려다보는 멸시의 표정엔
조각가가 내뿜은 열정이 무생물체에 새겨져
이들을 묘사한 손과 심장의 박동이 아직도 살아남아 있는 것 같소.
받침대에서 이런 문구가 보이오.
"짐의 이름은 왕 중의 왕, 오지만디아스로다.

너희 잘난 체하는 자들아, 내 위업을 보니 놀랍지 않은가!"
허물어진 폐허 주변엔 아무것도 남지 않았소.
적막하고 평평하게 끝없이 펼쳐진
텅 빈 사막밖에는!

— 셸리, 1817